Love

NORA ROBERTS

Love

Jade

Titres originaux :

The Name of the Game
Traduction française de Evelyne Charles

Best Laid Plans

Photos de couverture

Paysage : © EDDIE SOLOWAY / GETTY IMAGES
Cignes : © ROYALTY FREE / STOCKBYTE / GETTY IMAGES

83-85, boulevard Vincent-Auriol, 75646 PARIS CEDEX 13.
Tél. : 01 42 16 63 63
Service Lectrices — Tél. : 01 45 82 47 47
www.harlequin.fr

ISBN 978-2-2802-1351-6 — ISSN 1773-7192

La couleur des roses

1

— Marge Whittier, le moment est venu de gagner dix mille dollars… Vous êtes prête ?

La concurrente, une institutrice de quarante-huit ans, originaire du Kansas, s'agita sur sa chaise. Bien qu'elle se sentît proche de la nausée, elle fixa courageusement la caméra.

— Je suis prête.

— Bonne chance, Marge. Dès que vous aurez tiré la première question, le chronomètre se mettra en marche. Allons-y.

Marge avala sa salive avant de choisir le numéro six. Tandis que les soixante secondes qui lui étaient imparties commençaient de s'égrener, sa célèbre partenaire et elle se creusèrent la cervelle pour trouver la réponse.

Il s'agissait de préciser l'élément contenu dans tout composé organique.

Marge pâlit. Elle enseignait l'anglais et l'histoire, mais les sciences n'étaient pas son fort. Elle lança un coup d'œil suppliant en direction de son acolyte, plus connue pour la vivacité de ses reparties que pour ses connaissances.

Le gong retentit, réduisant en fumée les espoirs de Marge. Le public émit un long murmure désappointé. John Jay Johnson, l'onctueux présentateur, posa une main compatissante sur l'épaule de la concurrente.

— Quel dommage, Marge, vous étiez si proche de la victoire finale ! Fort heureusement, avec huit bonnes réponses de plus, vous augmentez votre capital de huit cents dollars.

Il adressa son éblouissant sourire à la caméra.

— Amis téléspectateurs, nous profiterons de la page de publicité pour calculer les gains de Marge. Restez avec nous si vous voulez connaître la bonne réponse.

John Jay profita des quatre-vingt-dix secondes de pause pour se précipiter sur la ravissante vedette censée assister la candidate.

— Pompeux imbécile ! grommela Johanna.

Le pire était que les manières affables et les regards langoureux de John Jay entraient pour une bonne part dans le succès de *A vos marques*.

La jeune femme jeta un coup d'œil à sa montre-bracelet avant de se diriger vers les perdants. Souriante, elle s'efforça d'apaiser leur déception tout en les guidant vers le fond du studio, où ils demeureraient jusqu'à la fin de l'émission.

Ensuite, elle donna le signal des applaudissements.

— Nous reprenons dans cinq secondes ! Suite et fin !

Un bras passé autour des épaules de Marge, que ses

trois mille dollars consolaient de sa défaite, le présentateur conclut l'émission avec son brio habituel.

Après l'extinction des projecteurs, Kiki Wilson, la partenaire de Marge et vedette d'un feuilleton populaire, bavarda quelques instants avec l'institutrice de façon à lui laisser un souvenir impérissable de cette journée.

Comme elle s'éloignait de Marge, John Jay se précipita.

— A propos de ce verre, mon cœur…

— Je m'appelle Kiki.

Malgré sa fatigue, Johanna s'interposa pour entraîner l'actrice un peu plus loin.

— Je voulais vous remercier d'être venue. Je sais combien votre emploi du temps est chargé.

D'un air absent, Kiki alluma une cigarette.

— C'est une bonne émission, rapide et efficace.

— Vous avez été merveilleuse, j'espère que nous vous reverrons.

L'actrice exhala un nuage de fumée et observa Johanna. Cette fille connaissait son métier, c'était une vraie professionnelle. Pourtant, elle avait l'air d'une ravissante figure de mode, que l'on pouvait très bien imaginer présenter une marque de shampooing ou de rouge à lèvres. La journée avait été longue, mais le déjeuner de première classe et le public prodigue en applaudissements. Son imprésario l'avait d'ailleurs avertie que *A vos marques* était actuellement la meilleure émission de jeux.

Kiki sourit avec une pointe de malice.

— Je ne demande pas mieux, si vous m'invitez. Votre équipe est parfaite, à une petite exception près.

Johanna n'eut pas besoin de se retourner pour vérifier qui la jeune femme fixait de ses yeux mi-clos. Avec John Jay, il n'y avait pas de juste milieu : on l'adorait ou on le haïssait.

— J'espère qu'il ne vous a pas importunée ?

— Ne vous inquiétez pas, j'ai l'habitude, la profession regorge d'imbéciles.

Elle scruta le joli visage de Johanna, avant d'ajouter :

— Vous ne semblez pas trop marquée vous-même par cette promiscuité.

Johanna sourit.

— J'ai la peau dure.

Ceux qui la connaissaient auraient pu en témoigner : sous une apparence douce et fragile, Johanna Patterson cachait une âme d'amazone.

Pendant dix-huit mois, elle avait trimé comme une esclave pour concevoir et réaliser *A vos marques*. Dans ce monde fait pour les hommes, la fragilité n'était pas de mise, Johanna le savait. Ce qu'elle voulait, elle l'obtenait à force de volonté, mais au prix de certains sacrifices…

Ainsi, ce n'était pas son nom mais celui de son père qui figurait au générique de l'émission : Carl W. Patterson. C'était celui que les chaînes de télévision connaissaient, celui en qui elles avaient confiance. Aussi Johanna l'avait-elle utilisé… en renâclant.

Cela dit, cette association délicate durait déjà depuis deux ans. Johanna connaissait bien son métier... et son père. Elle savait qu'avec lui rien n'était jamais acquis.

Aussi travaillait-elle dur, sans jamais déléguer à quiconque ses responsabilités. Sa carrière ne dépendait pas du succès ou de l'échec de l'émission, mais elle y avait mis ses espoirs.

Quelques techniciens s'affairaient encore sur le plateau après le départ du public. Il était tout juste 8 heures. Bill, l'un de ses assistants, lui apporta les enregistrements de la journée.

Depuis le matin, cinq émissions avaient été enregistrées, ce qui impliquait cinq tenues différentes pour la vedette ainsi que pour John Jay. Celui-ci insistait même pour changer de sous-vêtements entre chaque séance. Ses costumes bien coupés étaient aussitôt expédiés à un tailleur de Beverly Hills, qui les lui procurait gracieusement... moyennant une publicité tout aussi gracieuse à la fin de chaque émission.

Le travail du présentateur était terminé, mais celui de Johanna commençait. Les cassettes devaient être visionnées et soigneusement chronométrées, ensuite il faudrait parcourir le courrier des téléspectateurs afin de sélectionner de nouveaux candidats.

Cette tâche terminée, Johanna discuterait des questions suivantes avec son assistante, Bethany. Elle s'était fait une règle de tout superviser, afin d'éviter tout risque de tricherie.

Lorsque les candidats se présentaient, les jours d'audition, ils étaient aussitôt isolés. Les batteries de questions étaient enfermées dans un coffre dont la combinaison n'était connue que de Johanna et de Beth.

Et puis, évidemment, il fallait s'occuper des vedettes, disposer dans les loges leurs fleurs préférées ainsi que tout un choix de boissons. Certaines se montraient charmantes et coopératives, d'autres faisaient caprice sur caprice, comme pour démontrer combien elles étaient importantes. Il fallait les flatter, les cajoler. Johanna s'en acquittait sans rechigner. Quand on a grandi dans le show-business, rien ne vous surprend plus.

— Johanna !

A regret, la jeune femme écarta son rêve de bain chaud.

— Oui, Beth ?

Sa collaboratrice la plus proche, Bethany Landman, était jeune, intelligente et énergique. A cet instant précis, elle paraissait débordante de vie.

— Je suis morte de fatigue ! dit Johanna en soupirant.

Beth se mit littéralement à danser sur place. Sa chevelure brune offrait un saisissant contraste avec la blondeur de sa « patronne ».

— Nous l'avons !

— De qui parles-tu ?

D'excitation, Beth se mordit la lèvre inférieure.

— Sam Weaver ! Je vais enfin pouvoir le contempler de près !

L'innocence de son amie fit monter un sourire cynique

aux lèvres de Johanna. Sam Weaver hantait les rêves de toutes les femmes. Johanna ne niait pas son talent, mais elle n'en était plus à s'émouvoir pour un beau visage ou un corps musclé.

— Sais-tu que Sam Weaver vient de terminer son premier film pour la télévision ? poursuivait Beth d'une voix exaltée.

— Un navet de plus !

— Les critiques parlent d'un événement du petit écran.

— J'adore Hollywood…

Beth brandit triomphalement son agenda.

— En tout cas, j'ai appelé son imprésario. Le film passera justement sur notre chaîne.

Suivie de Beth, Johanna poussa la porte du studio et aspira une bouffée d'air frais.

— Je commence à entrevoir ton plan.

— L'imprésario s'est montré très réservé, mais…

Johanna cherchait ses clés.

— Je sens que je vais apprécier ce « mais ».

— Il est d'accord pour que Sam fasse l'émission, à condition qu'elle commence une semaine avant que le film ne passe.

— Je vois… Nous lui faisons sa publicité, en quelque sorte.

— C'est cela ! Si nous acceptons, il vient.

— Sam Weaver…, murmura Johanna.

On ne pouvait contester la séduction de ce gaillard à la beauté rude, mais il avait plus que cela. Six ans auparavant, un rôle important l'avait rendu célèbre. Depuis, il gardait le haut de l'affiche.

Ce ne serait peut-être pas facile de travailler avec lui, pourtant il en valait la peine, songea-t-elle en évoquant les millions de téléspectateurs plantés devant leurs écrans. Décidément, l'expérience méritait d'être tentée.

— Bon travail, Beth, transmets-leur notre accord.

La secrétaire attendit que Johanna se fût glissée au volant de sa petite Mercedes.

— C'est comme si c'était fait. Si je pousse un hurlement strident, je suis virée ?

Souriante, Johanna mit le contact.

— Tout à fait. A demain matin.

Quelques secondes plus tard, elle jaillissait littéralement du parking. Sam Weaver… La prise n'était pas mauvaise, pas mauvaise du tout.

Sam avait horreur de se sentir pris au piège. Assis en face de son impresario, ses longues jambes étendues devant lui, il arborait une expression soucieuse.

— Bon sang, Marv, un jeu télévisé ! Pourquoi ne me demandes-tu pas de me déguiser en Mickey, pendant que tu y es ?

Marvin Jablonski alluma un cigare. Plus âgé que son poulain de dix bonnes années, il portait des vêtements coûteux destinés à inspirer la confiance. Il connaissait la force de l'apparence, tout comme il savait manipuler ses clients en douceur.

— Ce serait sans doute trop exiger de toi que de te demander de réfléchir une seconde.

Sam sourit. Marv venait d'adopter le ton du pauvre-imprésario-qui-se-sacrifie-pour-le-bien-de-son-poulain. C'était sa tirade préférée, celle dans laquelle il excellait.

— La publicité fait partie du métier, Sam.

— Exact, et je ne m'en plains pas. Mais un jeu télévisé !

Marv toussa à fendre l'âme, pour se donner le temps d'élaborer une stratégie. Dans le monde du show-business, il était l'un des rares à savoir combien Sam Weaver était sensible à des mots tels que « responsabilité » ou « devoir ».

— N'oublie pas que cette émission est programmée chaque jour pendant une demi-heure, Sam. Les gens aiment les jeux, ils aiment jouer et regarder les concurrents s'en aller avec leurs gains. Et surtout... Ce sont les femmes qui achètent la plupart des produits lancés par les sponsors pendant ces émissions, et ce sont elles qui feront le succès ou l'échec de ton film.

— C'est entendu, mais nous savons tous les deux que je ne l'ai pas tourné pour promouvoir une marque de soda.

Marv passa une main dans ses cheveux. Sa nouvelle perruque était une œuvre d'art.

— Dis-moi pourquoi tu as accepté ce contrat ?

— Tu le sais parfaitement. Nous ne pouvions réduire la projection à deux heures, il nous en fallait quatre.

— Si bien que tu as utilisé la télévision. Et maintenant, c'est elle qui t'utilise. Ce n'est que justice, Sam.

Encore un mot pour lequel Sam avait un faible… L'acteur réprima un juron et se leva pour regarder par la fenêtre. Il n'y avait pas si longtemps, il battait le pavé de cette ville, la rage au cœur. Marv avait parié sur lui. Il avait pris un risque calculé, mais un risque tout de même. Sam aimait payer ses dettes, cependant il détestait se ridiculiser.

— Je n'aime pas les jeux, à moins que je n'en pose moi-même les règles.

Marv ignora la sonnerie du téléphone posé sur son bureau.

— Tu es un homme intelligent, Sam.

Juste une fraction de seconde, Sam tourna la tête vers lui. Marv avait déjà éprouvé la puissance de son regard, auparavant. C'était l'une des raisons pour lesquelles il avait fait confiance à un inconnu.

Les yeux de Sam étaient d'un bleu électrique, intense. Avec ses lourdes paupières, son visage étroit, sa bouche ferme et son nez à peine dévié par un coup de poing, il suscitait l'émoi chez la plupart des femmes.

Elles se plaisaient à imaginer les expériences qui avaient pu marquer cette face bronzée. Il y avait un mystère en lui qui les attirait, tout comme sa virilité plaisait aux hommes.

— Est-ce que j'ai le choix ? demandait Sam.

Parce qu'il connaissait son client, Marv décida qu'il était temps de lui dire la vérité.

— Infime. Ton contrat avec la chaîne t'oblige à participer à la promotion. Nous pourrions esquiver la corvée, mais ce ne serait pas bon pour ton film.

— C'est pour quand ?

— Dans deux semaines. Ce n'est qu'une journée de ta vie, Sam.

— Hum... Marv, si je ne me retenais pas, je déverserais une tonne de colle forte sur ta magnifique crinière.

Aussi étrange que cela parût, deux personnes pouvaient travailler dans le même immeuble, prendre parfois le même ascenseur, sans jamais se rencontrer.

Sam faisait rarement le trajet de Malibu jusqu'au bureau de son imprésario. Maintenant qu'il était au sommet de sa carrière, il passait son temps à répéter ou à lire des scénarios. Lorsqu'il avait quelques semaines de libres, comme c'était le cas en ce moment, il ne les gaspillait pas dans les embouteillages de Los Angeles ou dans les murs de Century City. Il préférait se retirer dans son ranch.

De son côté, Johanna se rendait chaque jour à son bureau de Century City. En deux ans, elle n'avait pas pris une journée de vacances. Si quelqu'un l'avait accusée de se griser de travail, elle aurait haussé les épaules. Son labeur avait un sens : personne ne pourrait jamais prétendre qu'elle profitait de son lien de parenté avec Carl Patterson.

Elle pénétrait dans son bureau aux environs de

8 h 30 et ne se permettait une pause que si elle avait un déjeuner d'affaires, puis elle se remettait à la tâche jusqu'au soir.

Hormis son dévouement à l'émission, elle nourrissait un projet, celui d'un jeu fondé sur le maniement du vocabulaire, cette fois. Une idée qu'elle ne présenterait à la chaîne que lorsqu'elle serait parfaitement au point.

En ce moment, elle étudiait les questions préparées par l'une de ses collaboratrices à l'intention des futurs concurrents. Bien qu'elle dût presque coller son nez sur le papier, elle refusait de chausser ses lunettes.

Beth entra dans le bureau, un dossier sous le bras.

— Johanna ?

La jeune femme ne daigna pas lever les yeux.

— Savais-tu que sept reines d'Egypte ont porté le nom de Cléopâtre ?

— Nous n'avons pas été présentées, dit Beth.

— Très drôle... A propos, nous devrions contacter Hank Loman. Les vedettes de feuilletons attirent toujours les foules.

Beth déposa une liasse sur le bureau de Johanna.

— Puisque tu parles d'attirer les foules... Voici le contrat de Sam Weaver. J'ai pensé que tu désirerais le parcourir avant que je l'apporte à son imprésario.

Johanna souleva les feuillets jusqu'à ses yeux.

— Parfait. Ecoute, va déjeuner, je me charge du contrat.

— Johanna, tu n'es pas obligée de tout faire toi-même.

— J'ai juste envie de me changer les idées.

La jeune femme se leva et passa sa veste rose pâle.

— J'oubliais... fais-moi penser à tancer vertement John Jay. Il a encore commandé une caisse de champagne aux frais de l'émission.

Beth inscrivit quelques mots sur son calepin.

— Trop contente de te le rappeler, fais-moi confiance.

Sur le pas de la porte, Johanna se retourna.

— Nous examinerons les résultats des nouveaux concurrents à 3 heures. Au fait, la femme de Randy, le technicien, est à l'hôpital. Envoie-lui des fleurs. Qui a dit que je faisais tout moi-même ?

Devant l'ascenseur, Johanna souriait pour elle-même. Elle avait de la chance d'avoir Beth, pensa-t-elle. Elle prévoyait d'ailleurs que son assistante ne tarderait pas à la quitter pour voler de ses propres ailes. Mais pour l'instant, Beth était à ses côtés, ainsi que toute une équipe jeune et brillante. Grâce à cette collaboration, elle était en passe de se faire un nom dans le monde cruel de la télévision.

Tandis que l'ascenseur s'élevait, la jeune femme rejeta en arrière une longue mèche de cheveux blonds et lissa les pans de sa veste. Les apparences, elle le savait, avaient autant d'importance que le talent.

Lorsque les portes s'ouvrirent devant elle, elle était satisfaite de son aspect. Quelques instants plus tard, elle pénétrait dans les bureaux de Jablonski.

Visiblement, l'imprésario avait foi dans le tape-à-l'œil.

D'énormes vases chinois entouraient une sculpture de bronze qui devait représenter un torse d'homme. La moquette, d'un blanc immaculé, faisait sans doute le désespoir des femmes de ménage. De larges fauteuils de cuir rouge et noir étaient disposés autour de tables de verre sur lesquelles on avait empilé des magazines.

A l'accueil, une ravissante brunette trônait derrière une large table d'un noir brillant sur le bord de laquelle était assis… Sam Weaver. A le voir penché sur la brunette, Johanna dressa légèrement un sourcil. Elle n'était pas étonnée de le voir flirter avec une secrétaire. Après tout, son père n'avait-il pas eu une liaison avec chacune de ses employées, depuis ses assistantes jusqu'aux réceptionnistes qui travaillaient pour lui ? La seule chose qui la surprenait, c'était que l'acteur était encore plus séduisant en chair et en os que sur l'écran.

Vêtu d'un simple jean et d'une chemise de coton, il n'avait nul besoin, pour exercer ses charmes, d'un diamant au doigt ou d'une montre en or. Il suffisait d'observer l'expression extasiée de la brunette pour s'en convaincre.

— Elle est ravissante, Gloria.

Sam se pencha davantage sur les instantanés que la réceptionniste avait étalés sur la table.

— Vous avez de la chance, ajouta-t-il.

Gloria sourit à la photographie de sa fille, puis à Sam.

— Elle a six mois. Je viens de terminer mon congé de maternité et elle me manque déjà.

— Elle vous ressemble.

Les joues de la jeune femme s'empourprèrent de plaisir.

— Vous le pensez vraiment ?

— Bien sûr ! Regardez ce menton. Je parie qu'elle vous prend tout votre temps.

— Vous ne croiriez jamais…

La jeune mère allait se lancer dans une description enthousiaste lorsqu'elle aperçut Johanna. Gênée, elle rassembla les instantanés.

— Bonjour. Que puis-je pour vous ?

Inclinant légèrement la tête, Johanna traversa la pièce d'un pas vif. Sam se retourna pour la regarder. Son regard se rétrécit.

Bon sang, que cette fille était belle ! Il n'était pas immunisé contre la beauté, bien qu'il la côtoyât souvent. A première vue, on pouvait prendre cette sylphide pour l'une des blondes Californiennes qui peuplaient les plages et ornaient les posters de papier glacé.

Sa peau était non pas bronzée mais dorée, ses épais cheveux blonds, coupés au ras des épaules, encadraient un visage ovale. Elle avait des pommettes hautes, une bouche pleine, des yeux d'un bleu très clair, comme des lacs de montagne.

Elle était… fascinante. Peut-être était-ce sa démarche souple et vive, à moins que ce ne fût la façon dont elle portait cette longue veste lâche sur sa jupe étroite, qui la rendait si particulière. Il se surprit à remarquer les pieds fins, chaussés de fines ballerines ivoire.

Profitant qu'elle ne regardait pas dans sa direction, il l'observa avant qu'elle ne le reconnaisse et ne gâche cet instant.

— J'ai un document pour M. Jablonski.

Même sa voix était parfaite, décida Sam. Douce, à peine teintée d'une légère froideur.

Gloria adressa à Johanna son sourire le plus professionnel.

— Donnez-le-moi.

Consciente que Sam ne la quittait pas des yeux, Johanna sortit le contrat de sa pochette de cuir, ainsi qu'une cassette vidéo.

— Voici le contrat de M. Weaver, et un enregistrement de *A vos marques.*

— Oh ! Justement…

Sam interrompit la réceptionniste.

— Pourquoi ne pas les lui porter tout de suite, Gloria ? J'attendrai.

Gloria ouvrit la bouche, puis elle la ferma et s'éclaircit la gorge avant de se lever.

— Très bien. Si vous voulez bien m'excuser un moment…

Tandis que Gloria s'éloignait dans le corridor, Sam se tourna vers Johanna.

— Vous travaillez pour l'émission ?

La jeune femme lui adressa un sourire dépourvu d'intérêt.

— En effet… Etes-vous un téléspectateur, monsieur… ?

Elle ne le reconnaissait pas ! Un instant déconcerté, l'acteur goûta presque aussitôt l'humour de la situation. Il tendit la main.

— Je m'appelle Sam.

— Et moi Johanna.

Désarçonnée à son tour par l'aisance avec laquelle il avait saisi la balle au bond, la jeune femme s'aperçut soudain qu'il s'était emparé de sa main. La sienne était dure et forte, comme son visage, comme sa voix. Sans bien analyser pourquoi, elle poursuivit la supercherie.

— Vous appartenez à l'équipe de M. Jablonski ?

Sam esquissa une petite grimace.

— En quelque sorte. Et vous ? Quel poste occupez-vous ?

— Oh ! Je fais un peu de tout. Mais je ne veux pas vous retenir.

— Ne vous en privez surtout pas. Que diriez-vous de déjeuner avec moi ?

Les yeux de Johanna s'arrondirent. Deux minutes auparavant, il courtisait la brunette. Maintenant, il invitait à déjeuner la première femme qu'il rencontrait. Tout à fait typique du don Juan.

— Je suis désolée, mais le devoir m'appelle.

— Pour longtemps ?

— Assez.

Gloria réapparut fort à propos.

— Dès demain, M. Jablonski renverra le contrat signé à Mlle Patterson.

— Je vous remercie.

Comme elle se détournait, Sam posa une main sur son bras.

— A bientôt.

De nouveau, elle lui adressa un froid sourire avant de s'éloigner. Sam la suivit des yeux jusqu'à ce qu'elle tourne le coin du couloir.

— Vous savez, Gloria, je sens que ce jeu télévisé va me plaire, après tout.

2

Les jours d'enregistrement, Johanna se trouvait toujours sur le plateau dès 9 heures du matin. Ce n'était pas qu'elle manquait de confiance envers son équipe. Simplement, elle se fiait davantage à elle-même. De petits problèmes pouvaient toujours se présenter, les retardant de cinq minutes à deux heures. En supervisant tout personnellement, elle évitait les surprises de dernière seconde.

Tous les projecteurs devaient être vérifiés, les loges décorées, du café et des biscuits préparés pour les concurrents. On ne les attendait pas avant une heure, mais l'expérience prouvait que l'anxiété les conduisait bien plus tôt devant les portes du studio.

Elle aurait d'ailleurs volontiers confié le soin de les apaiser à quelqu'un d'autre.

Quant aux vedettes, elles arrivaient à peu près au même moment. Ainsi, on avait le temps de les habiller et de les maquiller.

John Jay les honorait de sa présence vers 2 heures. En général, il se plaignait des vêtements que l'on avait choisis pour lui. Ensuite, il se retirait pour bouder un peu avant d'être maquillé. Lorsqu'il était vêtu, poudré et pommadé, il émergeait, prêt à briller de tous ses feux devant les caméras. Johanna avait appris à ignorer ses sautes d'humeur. Sa popularité était incontestable… et incontestée.

Johanna s'acquittait de ses tâches une à une, puis elle vérifiait le travail des autres. Au cours des années, l'efficacité était devenue son obsession. A midi, elle avalait une salade. L'enregistrement commencerait à 3 heures et, avec l'aide de Dieu, se terminerait à 8.

Ce jour-là, heureusement, la vedette féminine était une récidiviste qui avait participé à l'émission au moins une douzaine de fois, ce qui épargna à Johanna une migraine épouvantable. Elle n'avait pas accordé une seule pensée à Sam… Du moins le croyait-elle.

Quand il arriverait, elle l'adresserait à Bethany, ce qui mettrait son assistante en transe. Pour sa part, elle espérait seulement qu'il s'en sortirait honorablement. Les questions étaient amusantes, pour la plupart, mais elles n'étaient pas toujours faciles. Plus d'une fois, elle avait dû panser les blessures d'amour-propre de vedettes incapables de fournir une seule bonne réponse. Ce ne serait quand même pas sa faute si Sam Weaver était dépourvu de cervelle ! Il lui suffirait de sourire pour regagner les cœurs des téléspectatrices déçues.

Elle se rappela la façon dont il avait souri quand elle lui avait demandé s'il travaillait pour Jablonski. C'est ainsi qu'il devait toucher les cœurs des midinettes… Mais pas le sien, évidemment.

Debout au centre du plateau, la jeune femme dirigeait ses techniciens.

— Le gong, s'il vous plaît. Concentrez les projecteurs sur le vainqueur.

Satisfaite, elle hocha la tête en direction de Beth.

— Les concurrents ?

— En lieu sûr. Le vainqueur des trois dernières semaines est arrivé. Sa première adversaire est une mère de famille originaire de l'Ohio. Elle est au bord de la crise de nerfs.

— Entendu. Tâche d'aider Dottie à la calmer pendant que je jette un dernier coup d'œil aux vestiaires.

Johanna longea un corridor. La vedette féminine était Marsha Tuckett, une femme épanouie qui jouait dans un feuilleton familial. Elle formerait un amusant contraste avec Sam Weaver, songea-t-elle. Après s'être assurée qu'on n'avait pas oublié de mettre des roses et des rafraîchissements dans la loge de l'artiste, elle passa dans la seconde pièce.

Les fleurs convenant peu à un homme, elle avait choisi pour Sam une somptueuse plante verte. Machinalement, la jeune femme redressa un coussin sur l'étroit canapé, puis elle s'assura que les ampoules n'étaient pas grillées et qu'on avait bien mis des serviettes propres dans la salle de bains.

Elle prit machinalement un bonbon à la menthe, dans un bol placé sur une table basse, et le glissa dans sa bouche. Elle s'apprêtait à partir, lorsqu'elle l'aperçut sur le seuil de la porte.

Il fit quelques pas à l'intérieur de la pièce, et posa négligemment son sac de sport sur une chaise.

— Bonjour. Je suis Sam… Vous vous souvenez ?

Il prit la main de Johanna et la serra un peu plus longtemps qu'il n'était nécessaire.

— Bien sûr, Sam. Nous sommes ravis de vous avoir parmi nous. L'enregistrement ne va pas tarder à commencer. S'il vous manque quelque chose, n'hésitez pas à le demander à l'un des membres de l'équipe. Vous êtes seul ?

— J'étais censé amener quelqu'un ?

— Non.

Où était sa secrétaire, ou bien son assistante, ou sa petite amie du moment ?

— Selon les instructions, j'ai apporté cinq tenues. Celle-ci vous convient ?

Elle examina le pantalon de cuir comme si cela avait eu de l'importance.

— C'est parfait.

Elle avait toujours su qui il était, songea Sam. Cette découverte excitait plutôt sa curiosité. Elle ne semblait pas très à l'aise en sa compagnie, ce qui accentuait l'énigme que cette jeune femme représentait.

Il prit à son tour un bonbon, ce qui les rapprocha l'un de l'autre. Son rouge à lèvres s'était effacé, remarqua-t-il. Il trouvait cette bouche sans fard extrêmement attirante.

— J'ai regardé l'enregistrement que vous nous avez confié.

Johanna s'éloigna. Son instinct l'avertissait qu'elle devait partir, et tout de suite.

— Tant mieux. Installez-vous confortablement. Quelqu'un va venir vous maquiller.

— J'ai aussi parcouru le contrat. Il est dit que Johanna Patterson est la directrice de production. C'est vous ?

— En effet.

La jeune femme réprima un tremblement nerveux. Elle ne se souvenait pas avoir ressenti un tel émoi depuis bien longtemps. Tous ceux qui la connaissaient l'auraient décrite comme froide et maîtresse d'elle-même. Elle jeta ostensiblement un coup d'œil à sa montre.

— Navrée de ne pouvoir bavarder plus longtemps, mais mon temps est compté.

Il ne parut pas l'entendre.

— La plupart des producteurs ne se chargent pas de porter eux-mêmes des contrats.

Elle sourit. Sous l'amabilité apparente, il sentait la glace affleurer.

— Je ne suis pas la plupart des producteurs.

Décidément, elle l'intéressait de plus en plus. Il avait écarté bien des femmes, mais il n'avait jamais pu résister au plaisir de résoudre une énigme.

— Je ne discuterai pas cette affirmation. Puisque nous n'avons pu déjeuner ensemble, l'autre jour, je vous invite à dîner.

— Désolée, je suis…

— Occupée, je le sais.

Il pencha la tête de côté, comme pour l'observer

sous un angle différent. Outre le fait qu'il était habitué aux hommages féminins, elle l'intriguait parce qu'elle semblait déterminée à l'écarter de son chemin.

— Vous ne portez pas d'alliance, observa-t-il.

— Quel sens de l'observation !

— Fiancée ?

— Avec quoi ?

Il se mit à rire. Il supportait tout à fait d'être éconduit, mais il aimait bien savoir pourquoi.

— Où est votre problème, Johanna ? Vous n'avez pas aimé mon dernier film ?

Elle mentit délibérément.

— Navrée, je ne l'ai pas vu. Maintenant, si vous voulez bien m'excuser, je dois veiller aux derniers préparatifs.

Comme il se trouvait entre la porte et elle, elle dut le frôler pour passer. Tous deux furent parcourus par un frisson.

Agacée, Johanna sortit de la pièce, suivie des yeux par un Sam de plus en plus intrigué.

Dès le premier enregistrement, Johanna dut admettre que Sam Weaver était un vrai professionnel. Les sponsors et les patrons de la chaîne seraient ravis. Il avait séduit sa partenaire, la mère de famille venue de l'Ohio, si tendue qu'elle émettait des couacs chaque fois qu'elle prenait la parole. Il avait même réussi à trouver quelques bonnes réponses aux questions.

Il était difficile de ne pas être impressionnée. Dès que les caméras s'étaient mises à tourner, il avait incarné ce mot trop galvaudé : star. Malgré ses mimiques et ses effets, John Jay avait dû s'effacer.

Pendant le tournage, Sam dosa savamment l'amusement et l'enthousiasme, et durant les pauses, il plaisanta avec les concurrents ou répondit gentiment aux questions du public. Il parut même sincèrement content lorsque l'épreuve de rapidité rapporta cinq cents dollars de plus à sa partenaire. Même s'il jouait la comédie, Johanna ne pouvait lui en tenir rigueur. Cette somme était importante pour la mère de famille originaire de l'Ohio.

John Jay souriait à la caméra.

— Amis téléspectateurs, voici venu le moment crucial. Cette question déterminera qui de nos deux concurrents aura accès à la finale… et à la possibilité d'empocher dix mille dollars. A vos marques… Et voici la question… Qui a créé le personnage de Winnie l'Ourson ?

Aussitôt, Sam appuya sur le bouton placé devant lui. Sa partenaire le regardait d'un air suppliant.

— A.A. Milne.

— Mesdames et messieurs, nous avons une nouvelle championne.

Sous les applaudissements du public, la mère de famille jeta ses bras autour du cou de l'acteur. Glissant un coup d'œil en direction de Johanna, il saisit son expression surprise. Il était clair qu'elle ne s'attendait pas qu'il soit féru en littérature enfantine.

John Jay s'acquittait des adieux officiels à l'ex-champion et annonçait la page de publicité, tandis que Sam portait presque sa partenaire jusqu'au siège des vainqueurs. Comme il prenait place à son côté, il adressa une petite grimace à Johanna.

— Comment me trouvez-vous ?

— Il reste soixante secondes, dit-elle.

Mais elle lui sourit parce qu'il tenait la main de sa partenaire, afin de la calmer.

Lorsque la minute se fut écoulée, John Jay parvint à énerver deux fois plus la mère de famille de l'Ohio, en lui débitant le règlement de l'émission.

Le gong retentit, annonçant la première des questions. Sam se dit avec étonnement qu'elles n'étaient pas difficiles, c'était le rythme imposé qui les rendait pénibles. Il avait le droit de répondre une seule fois à la place de la concurrente. Lorsque ce fut fait, il se contenta de lui presser la main avec sympathie.

Enfin, John Jay posa la dernière question :

— Où Napoléon perdit sa dernière bataille ?

Elle le savait, bien sûr. Penché en avant, Sam s'efforçait de lui insuffler la réponse.

— Waterloo ! cria-t-elle.

Au-dessus de leurs têtes, le chiffre dix mille s'inscrivit en lettres lumineuses. La femme hurla, puis elle embrassa Sam sur la bouche avant de hurler de nouveau. Elle haletait, bafouillait. Pendant la page de publicité, Sam l'allongea sur un canapé tout en lui prodiguant des mots d'apaisement.

Johanna s'agenouilla à son côté et prit le pouls de la

« championne ». Ce n'était pas la première fois qu'un concurrent réagissait aussi frénétiquement.

— Madame Cook ? Tout va bien ?

— J'ai gagné ! J'ai gagné dix mille dollars !

— Félicitations. Vous voulez boire quelque chose ?

Mme Cook se redressa lentement.

— Non. Excusez-moi, je me sens bien, maintenant. C'est juste que je n'avais jamais rien gagné, auparavant. Mon mari n'est même pas venu, il a emmené les garçons à la plage.

— Vous lui réservez une merveilleuse surprise.

— Dix mille dollars…

Comme Beth prenait la relève, Sam et Johanna lui abandonnèrent Mme Cook.

— Vous avez souvent des évanouissements ? demanda-t-il.

— De temps à autre. Une fois, nous avons dû interrompre l'enregistrement parce que notre concurrent était tombé de son siège pendant l'épreuve de rapidité. Je vous remercie… Vous réagissez vite.

— J'ai une certaine expérience.

Elle songea aux femmes qui se pâmaient à ses pieds.

— Je n'en doute pas. Vous trouverez des fruits et des boissons dans votre loge. Nous reprenons dans dix minutes, puisque Mme Cook s'est remise de ses émotions.

Il lui prit le bras.

— Si ce n'est pas mon dernier film, de quoi s'agit-il ?

— De quoi parlez-vous ?

— De toutes ces petites piques que vous m'envoyez. Vous avez une raison de m'en vouloir ?

— Bien sûr que non. Nous sommes énervés, c'est tout.

— Pas nous. Vous.

Elle déplora qu'il ait pris l'habitude de se tenir aussi près d'elle. Avec ses talons presque plats, ses yeux parvenaient tout juste à la hauteur de la bouche de Sam. Elle découvrait que cette vision la mettait mal à l'aise.

— Je suis absolument ravie de vous avoir parmi nous. Cette série d'émissions sera programmée en mai, juste avant la projection de votre film. Que souhaiter de mieux ?

— Un dîner en tête à tête.

— Vous êtes obstiné, monsieur Weaver.

— Je suis troublé, mademoiselle Patterson.

Elle réprima un sourire. Elle aimait ses inflexions légèrement traînantes.

— Un homme comme vous ne saurait se laisser troubler aussi aisément, monsieur Weaver. Il ne reste que dix minutes, vous devriez aller vous changer.

Ils parvinrent à enregistrer trois émissions avant la pause du dîner. Johanna commençait à croire qu'ils ne termineraient pas trop tard, mais elle garda cet espoir pour elle, par superstition.

Le dîner n'était pas raffiné, mais plantureux. Johanna

n'y accordait pas une grande importance, mais elle voulait seulement satisfaire les vedettes et mettre à l'aise les concurrents.

Pendant le repas, elle se contenta de grignoter une tartine. Le public était parti, d'autres spectateurs assisteraient aux deux derniers enregistrements. Tout ce qu'elle avait à faire, c'était d'éviter les crises de nerfs et de veiller à ce que John Jay n'importune aucune jolie fille.

La première préoccupation en tête, Johanna surveillait la prochaine challenger, une jeune femme enceinte d'environ six mois.

— Un ennui ?

Elle avait oublié l'une de ses priorités, qui était d'éviter Sam.

— Non, pourquoi ?

— Vous ne vous détendez donc jamais ? J'ai remarqué que vous ne quittiez pas Audrey des yeux.

Elle ne fut pas étonnée qu'il connaisse le prénom de la future mère.

— Je suis prudente, c'est tout. Il n'y a pas si longtemps, une jeune femme a ressenti les premières douleurs de l'accouchement sur le plateau. C'est une expérience inoubliable.

— Fille ou garçon ?

Johanna sourit. En fait, c'était l'un de ses meilleurs souvenirs.

— Un garçon. Pendant qu'on l'emmenait à l'hôpital, toute l'équipe a lancé des paris. J'ai gagné.

Ainsi, elle aimait parier ? Il ne l'oublierait pas.

— Ne vous faites pas de souci pour Audrey. L'heureux événement est attendu pour le mois d'août… Puis-je vous poser une question ?

— Bien sûr.

— Etes-vous souvent obligée de remettre John Jay à sa place ?

Elle se mit à rire.

— Il est inoffensif, en réalité, seulement il s'imagine qu'il est irrésistible.

— Il m'a dit que vous étiez très… intimes, tous les deux.

Johanna lança au présentateur un regard mi-hautain mi-apitoyé.

— Vraiment ? Il est aussi très optimiste.

Sam était heureux de l'apprendre.

— Au fond, reprit-il, il fait son métier. Evidemment, il hésite souvent entre le ton du confesseur et celui du supporter.

Johanna s'était fait une règle de toujours soutenir les membres de son équipe.

— Nous avons de la chance de l'avoir. Les téléspectateurs l'adorent. Dites-moi, vous ne vous êtes pas trop ennuyé, jusqu'ici ?

— Moins que je le craignais. Serez-vous vexée si je vous avoue que je me suis fait un peu prier pour venir ?

— Non. Je suis la première à admettre que nous ne jouons pas du Shakespeare. Qu'est-ce qui vous a intéressé plus particulièrement dans ce jeu ?

Il ne lui révéla pas qu'elle constituait pour lui le principal attrait de l'émission.

— J'aime voir ces braves gens gagner. Et vous, qu'appréciez-vous dans ce métier ?

Parmi un certain nombre de réponses possibles, elle en sélectionna une suffisamment sincère.

— Disons... que je m'amuse bien. Je ne voudrais pas vous presser, mais nous reprenons dans un quart d'heure.

D'un mouvement souple, il l'empêcha de s'écarter de lui.

— J'ai l'impression que vous aimez les jeux de hasard, Johanna.

— Cela dépend des enjeux.

— Que dites-vous de celui-ci ? Si je gagne les deux prochaines parties, vous dînez avec moi. Je fixerai le lieu et la date.

— Je n'aime pas ce genre de paris.

— Je n'ai pas terminé. Mais si je perds, je participerai de nouveau à votre émission avant six mois.

Il nota avec satisfaction qu'il avait réussi à retenir son attention.

— Avant six mois..., répéta-t-elle, songeuse.

Elle l'examinait, comme pour jauger son honnêteté. Il ne semblait pas homme à manquer de parole. Il tendit sa paume ouverte.

— Pari tenu ?

L'enjeu était trop tentant, les yeux de Sam trop moqueurs... Elle tapa dans la main.

— C'est entendu ! Plus que dix minutes, monsieur Weaver.

Quand Sam et sa partenaire remportèrent la première partie, Johanna fut envahie par un curieux sentiment. Pour la première fois de sa vie, elle souhaitait la victoire d'une équipe… celle de l'autre ! C'était absolument contraire à toutes les lois de la profession.

Sans doute était-ce parce qu'elle désirait le voir revenir à l'émission, se dit-elle. C'était la directrice de production, non la femme, qui avait parié. Au pire, elle dînerait avec lui, il n'y avait pas de quoi s'effrayer.

Cependant, elle demeura derrière la caméra et acclama l'équipe adverse chaque fois que celle-ci fut la plus rapide.

Sam était un acteur trop consommé pour montrer la moindre nervosité face aux caméras, pourtant il lui semblait n'avoir jamais été aussi tendu. Il avait le jeu dans le sang, se dit-il. C'était la seule raison pour laquelle il était si déterminé à gagner ce pari. La beauté de cette fille n'y était pour rien, pas plus que sa réserve et son entêtement. Il détestait perdre, voilà tout !

Au début de la dernière manche, les deux équipes se trouvaient à égalité. Le public n'en pouvait plus de crier, Johanna était nouée par l'anxiété.

Quand John Jay lut la dernière question, elle retint son souffle. Sam appuya sur le bouton, précédé d'une seconde par sa coéquipière. Il réprima un juron. Elle tenait plus que son sort entre ses mains !

— Henry Miller ! cria-t-elle.

Sous les acclamations du public, Sam embrassa longuement Audrey... De quoi la faire rêver pendant de nombreux mois. Puis il l'entraîna vers le siège du vainqueur. Dès qu'elle fut installée, il se tourna vers Johanna.

— Samedi soir, 7 heures, chuchota-t-il, je passerai vous prendre.

Elle se contenta de hocher la tête. Il est difficile de s'exprimer avec les dents serrées à se briser.

A la fin de l'enregistrement, Johanna se découvrit plusieurs tâches vitales. Elle ne remercia pas personnellement les vedettes, ainsi qu'elle en avait l'habitude, mais s'enferma dans son bureau jusqu'à ce qu'elle fût certaine que Sam Weaver était parti.

— Tout le monde était content, lui dit Beth. Les questions que nous n'avons pas utilisées se trouvent dans le coffre, les concurrents qui n'ont pu participer au jeu prêts à revenir la semaine prochaine. Voici tes cassettes. C'était particulièrement réussi, surtout la dernière émission. Même les techniciens se sont laissé prendre, ils ont adoré Sam. Pourtant, tu sais combien ils peuvent être rosses. Je suis contente de savoir que ce type est aussi intelligent qu'il est beau.

Johanna émit un grognement, tout en plaçant les cassettes dans son porte-documents. Comme elle sortait un tube de calmants, Beth hocha la tête.

— Tu veux boire un verre et discuter ?

Johanna était peu encline aux confidences. Beth était cependant la seule personne au monde en qui elle ait vraiment confiance.

— Raccompagne-moi jusqu'à ma voiture, si tu veux.

— Bien sûr.

Le soleil n'était pas encore couché. Après une journée passée entre quatre murs, c'était réconfortant. Johanna aspira avec délice l'air du soir.

La question franchit le seuil de ses lèvres, sans qu'elle y ait réfléchi :

— Que penses-tu de Sam Weaver ?

Beth leva un sourcil, l'air étonné.

— Je l'ai trouvé bien, dit-elle sobrement. Il n'a pas exigé le tapis rouge, il ne s'est pas montré condescendant et il n'a pas ricané dans le dos des concurrents.

— Que de négations !

— Entendu. J'ai apprécié la façon dont il a plaisanté avec l'équipe, signé des autographes comme si cela lui faisait réellement plaisir. Il s'est comporté avec simplicité, sans faire sentir à chacun qu'il était une star.

— Au fait, tu as toujours ce petit carnet où tu attribues des notes aux vedettes qui ont participé à l'émission ?

Beth rougit.

— Oui. Sam obtient le maximum, cinq étoiles.

Johanna se permit un léger sourire.

— Je suis heureuse de l'apprendre… Je dîne avec lui, samedi prochain.

Les yeux de Beth s'arrondirent.

— Waou !

— C'est confidentiel.

— Evidemment. Je sais que tu as grandi parmi les célébrités du show-business et que Cary Grant t'a probablement fait sauter sur ses genoux, mais tu ne ressens pas une légère excitation ?

Johanna ouvrit la portière de sa voiture.

— C'est plutôt une corvée. Je n'aime pas les acteurs.

— Un peu trop général, tu ne trouves pas ?

— Entendu. Je n'aime pas les acteurs aux yeux bleus et à l'accent légèrement traînant.

— Tu es malade, Johanna, complètement malade ! Tu ne veux pas de moi comme chaperon ?

Johanna émit un léger gloussement avant de se glisser derrière le volant de sa Mercedes.

— Je peux mater Sam Weaver.

— Tant mieux. Ecoute…

— Oui ?

— Tu me raconteras tout ? Il se peut que j'écrive mes mémoires, un jour.

— Rentre chez toi, Beth.

Le moteur rugit. Ce soir, Johanna se sentait assoiffée de vitesse.

— D'accord. Dis-moi seulement s'il sent toujours aussi bon, je me contenterai de cela.

Johanna hocha la tête. Elle n'avait pas prêté une attention particulière au parfum de Sam Weaver.

Il avait l'odeur d'un homme, se souvint-elle soudain, seulement l'odeur d'un homme.

3

Ce n'était qu'une invitation à dîner, il n'y avait pas de quoi s'inquiéter. Evidemment, Sam l'amènerait dans un restaurant à la mode, où il pourrait voir et être vu. Entre le homard et la mousse au chocolat, il aurait le temps de bavarder avec quelques-unes des célébrités qui fréquentaient ce type d'établissement.

Au fond, il suffisait de se dire qu'il s'agissait d'un repas d'affaires. Elle se montrerait donc charmante, voire gracieuse, jusqu'à ce que cet épisode soit conclu.

Elle n'aimait pas les hommes têtus, ni ceux qui traînaient derrière eux une réputation de don Juan. Pour tout dire, Sam Weaver ne lui plaisait pas.

C'était avant l'envoi de fleurs.

Johanna avait passé toute la matinée du samedi dans son jardin. Elle espérait à moitié que Sam n'avait pas trouvé son adresse, car il ne l'avait pas appelée pour confirmer leur projet.

D'ordinaire, lorsqu'elle travaillait dehors, elle emportait son téléphone sans fil. Cette fois-ci, elle avait feint de l'oublier pour se consacrer entièrement à ses fleurs.

Son jean était maculé et ses mains terreuses, lorsque le coursier se présenta devant la grille.

— Mademoiselle Patterson ?

— Oui.

— Signez ici, s'il vous plaît.

Déjà il déposait sur sa pelouse une longue boîte entourée d'un ruban de satin rouge.

— Vous avez un beau jardin, remarqua-t-il avant de s'en aller.

Johanna ouvrit la boîte. C'étaient des roses… non une douzaine de roses rouges ou roses, mais une de chaque couleur, depuis le blanc le plus pur jusqu'au rouge le plus profond, en passant par toutes les nuances de rose et de jaune. Charmée, elle enfouit son visage parmi les pétales. Leur parfum lui monta à la tête, enivrant et sensuel.

Ce n'était pas son anniversaire. Son père, ou plutôt la secrétaire de son père, n'était pas assez imaginative pour lui avoir envoyé un aussi joli présent. De ses doigts salis, elle ouvrit l'enveloppe qui se trouvait dans la boîte, et lut la carte qui s'y trouvait :

« J'ignore quelle est votre couleur favorite. Sam. »

Il n'avait pas attendu une soirée avec autant d'impatience depuis bien longtemps… Peut-être était-il piqué au jeu par cette indifférence qu'elle lui manifestait. Quel homme n'aurait pas apprécié un tel défi ?

Si elle avait accepté de sortir en sa compagnie dès

leur première rencontre, ils auraient sans doute passé ensemble quelques heures agréables. Il ne saurait jamais s'il y aurait eu une suite. Mais cette résistance fouettait sa curiosité.

Les femmes lui cédaient facilement. Trop facilement. Il avait beau en avoir profité, il restait un incorrigible romantique, quoi qu'en pensât la presse.

Il y avait deux Sam Weaver.

L'un était secret, très réservé sur ce qui comptait pour lui : la famille et les sentiments. L'autre était un acteur, un homme réaliste qui acceptait de payer le prix de la célébrité. Il accordait des interviews, ne paraissait pas incommodé par les journalistes et signait volontiers des autographes. Vu ce qu'il savait du passé de Johanna Patterson, il se demandait lequel des deux Sam elle comprendrait le mieux.

Elle était l'unique enfant du respecté producteur Carl Patterson, issue de son premier et orageux mariage. Sa mère avait disparu, ou, selon les termes consacrés, « s'était retirée » après que cette union se fut conclue par un échec.

Johanna avait grandi à Beverly Hills, fréquenté les meilleures écoles. Si l'on en croyait certaines rumeurs, elle adorait son père. Selon d'autres, il n'y avait aucune affection entre eux. Quoi qu'il en soit, elle était la seule fille de Patterson, bien qu'il eût convolé quatre fois et fût connu pour ses innombrables liaisons.

Sam était surpris qu'elle habite dans les collines,

si loin de la ville. Il fut plus étonné encore lorsqu'il découvrit la maison.

Elle était minuscule, entourée d'un jardin pas plus grand qu'un mouchoir de poche. En revanche, il y avait des fleurs partout. La petite Mercedes semblait garée dans l'allée par erreur.

Les mains dans les poches, Sam resta un instant immobile, adossé à sa propre voiture. Elle n'avait pas de voisins proches, la vue n'était pas extraordinaire, mais on aurait dit qu'elle avait choisi de se nicher au creux de la montagne. Il comprenait cela. Il appréciait.

En remontant l'allée, il sentit le parfum des pois de senteur. Sa mère plantait les mêmes sous les fenêtres de sa cuisine, chaque printemps. En ouvrant la porte, Johanna s'aperçut qu'il souriait.

— Je n'étais pas sûre que vous trouveriez.

— J'ai le sens de l'orientation. Si j'en crois votre jardin, les roses étaient superflues.

Elle aurait été malhonnête de le lui laisser croire.

— Vous vous trompez. C'est gentil à vous de les avoir envoyées.

Il ne portait pas un costume de soirée, mais une chemise et un pantalon de toile bleue. Elle fut heureuse d'avoir choisi une simple robe blanche.

— Si vous voulez bien m'accorder une minute, je vais chercher ma veste.

Il hocha la tête, bien qu'il fût dommage selon lui de dissimuler de si jolies épaules. La salle de séjour était petite et intime. Autour d'une cheminée de brique blanche, elle avait installé de profonds fauteuils et éparpillé des douzaines de coussins. Il pensa qu'elle aimait s'y blottir, en revenant du travail.

— Je ne m'attendais pas à ce que vous habitiez dans un tel endroit.

Elle enfila une veste rouge.

— Vraiment ? Je m'y plais.

— Je n'ai pas dit qu'il ne me plaisait pas, j'ai dit que je ne m'y attendais pas.

Il remarqua le vase rempli de roses, posé à la place d'honneur, sur la cheminée.

— Quelle est votre fleur préférée ?

Elle jeta un coup d'œil au bouquet, puis elle ajusta ses boucles d'oreilles devant un miroir.

— Je les aime toutes. Nous partons ?

— Une minute.

Il traversa la pièce, notant avec intérêt qu'elle se raidissait. Pourtant, il lui prit la main.

— Etes-vous décidée à vous montrer bonne joueuse ?

Elle poussa un léger soupir.

— Il le faut bien.

— Vous avez faim ?

— Un peu.

— Une petite promenade en voiture ne vous contrarie pas ?

— Non... Pourquoi pas ?

— Parfait.

La main de la jeune femme toujours dans la sienne, il l'entraîna à l'extérieur.

Elle aurait dû savoir qu'il avait une idée derrière la tête. Ils ne se dirigeaient pas vers la ville, comme elle s'y était attendue. Plutôt que d'en faire la remarque, Johanna discuta plaisamment avec son guide. Cependant, elle restait sur le qui-vive. Il fallait se méfier des acteurs, elle connaissait tous leurs tours et savait comment faire face à la situation, le moment venu. Pour l'instant, Sam avait adopté une attitude amicale, mais Johanna ne s'y fiait pas.

Il conduisait vite, un peu plus qu'il n'était permis, assez pour rester prudent. Lorsqu'ils se furent engagés sur une route de campagne peu fréquentée, il conserva la même vitesse.

— Je peux vous demander où nous allons ?

Sam négociait un tournant. Il s'était demandé combien de temps elle refrénerait sa curiosité.

— Dîner.

Johanna observa le paysage, vaste et désert.

— A la belle étoile, peut-être.

Il sourit. Elle avait repris son ton hautain, et Dieu sait pourquoi, il s'en réjouissait.

— Non. Nous mangerons chez moi.

Chez lui ! La perspective d'un repas solitaire en tête à tête ne l'effrayait guère. Elle avait trop confiance dans sa capacité à maîtriser toutes sortes de situations. En revanche, elle s'étonna qu'il vive si loin des néons.

— C'est une caverne ?

Le sourire de Sam s'élargit.

— Mieux que cela, rassurez-vous. Simplement, j'évite les restaurants.

— Pourquoi ?

— Parce qu'on y rencontre toujours des gens du métier. Ce soir, je n'avais pas envie d'échanger des mondanités.

— Cela fait partie du jeu, non ?

Ils passaient devant une jolie maison aux volets bleus. Sam donna deux coups d'avertisseur.

— Sans doute, mais ce n'est pas une raison pour le jouer... Le gardien et sa famille vivent ici. Je lui signale mon arrivée, pour qu'ils ne nous prennent pas pour des intrus.

A la grande surprise de Johanna, les écuries situées un peu plus loin ne semblaient pas avoir une fonction purement décorative. Elle remarqua quelques chevaux dans les enclos. Un chien se mit à aboyer.

Soudain, la route bifurqua et elle aperçut le ranch. Il était blanc, lui aussi, mais les volets étaient gris et les trois cheminées de brique qui ornaient son toit avaient pris une teinte rose sombre au fil du temps. C'était une bâtisse trapue, en forme de H. Des bancs de bois avaient été placés sous le porche, et les bacs de fleurs regorgeaient de pensées et de balsamines. Malgré l'atmosphère chaude et sèche, elles paraissaient en pleine santé.

Johanna descendit de voiture et fit quelques pas.

— Quel endroit agréable !

— Je m'y plais, dit-il.

Remarquant qu'il avait repris sa propre formule, elle sourit.

— Un peu éloigné de la ville, peut-être…

— J'ai un appartement à Los Angeles. Dès que j'ai terminé un tournage, je viens me reposer ici quelque temps. Avant de me lancer dans la carrière d'acteur, je voulais partir pour l'Ouest et travailler dans un ranch. J'ai eu la chance de pouvoir faire les deux.

Il prit le bras de Johanna et l'entraîna sous le porche. Avec leurs petites têtes arrogantes, les pensées évoquaient irrésistiblement le monde d'Alice au pays des merveilles.

— Vous élevez du bétail ?

Il poussa la porte, jamais fermée. C'était une habitude qu'il gardait de son enfance.

— Des chevaux. J'ai convaincu mon comptable qu'il s'agissait d'un magnifique placement. Dès lors, il s'est senti mieux.

Les tapis tissés à la main ne dissimulaient pas entièrement le plancher reluisant. Dans l'entrée, une collection de pots en étain était disposée sur une haute table. Johanna avait toujours été intimement convaincue que les maisons possédaient une personnalité propre. Elle avait choisi la sienne parce qu'elle lui avait paru chaude et confortable, elle avait quitté celle de son père parce qu'elle était possessive et malhonnête.

— Vous venez souvent ? demanda-t-elle.

— Pas assez. Vous désirez boire un verre, avant le dîner ?

Elle connaissait trop l'effet de l'alcool sur un estomac vide.

— Non, merci.

— J'espérais que vous répondriez cela. Venez.

A sa façon désinvolte, il la prit par la main et l'entraîna de l'autre côté du hall, puis il ouvrit une porte donnant sur une vaste cuisine. Des casseroles pendaient à des crochets, au-dessus d'un comptoir central. Tout un pan de mur était occupé par des buffets et des tiroirs, l'autre par une cheminée de pierre. Les baies vitrées donnaient sur une terrasse dallée, au centre de laquelle Johanna aperçut une piscine. Elle s'était imaginée découvrir une ou deux servantes affairées autour des fourneaux. Seule l'odeur des plats l'accueillit.

— Cela sent merveilleusement bon.

Sam ouvrit le four, d'où il sortit une marmite de lasagnes.

— Tant mieux. J'avais mis cela au chaud.

D'ordinaire, la nourriture n'inspirait guère Johanna. Pourtant, elle ne put s'empêcher de s'approcher. Depuis combien de temps n'avait-elle pas vu quelqu'un sortir un plat d'un fourneau ?

— Cela a l'air très bon.

— Ma mère m'a toujours dit que la cuisine est meilleure si elle a bel aspect.

— Ne me dites pas que vous avez préparé ce repas vous-même ?

Il lui jeta un coup d'œil amusé.

— Et pourquoi pas ? Je voulais être acteur, mais pas un acteur affamé. Quand je suis arrivé en Californie, je suis passé d'audition en audition, et de fast-food en fast-food. Au bout de deux mois de ce régime, j'ai appelé ma mère et je lui ai demandé de me livrer quelques recettes.

Sam ouvrit une bouteille de vin avant de conclure :

— Quoi qu'il en soit, j'ai mis moins de temps à savoir faire le sauté de veau qu'à obtenir un grand rôle.

— Mais maintenant que vous êtes une célébrité, pourquoi vous adonner à d'aussi humbles tâches ?

Sam sortit une appétissante salade du réfrigérateur.

— Cela me plaît, tout simplement. Voulez-vous prendre le vin ? J'ai pensé que nous dînerions dehors.

L'ennui, à Hollywood, songeait Johanna en suivant son hôte dehors, c'était que les choses n'étaient jamais ce qu'elles paraissaient. Elle était certaine d'avoir fait le tour de Sam Weaver, mais l'homme qu'elle avait imaginé n'aurait pas demandé des recettes à sa mère. Pas plus qu'il n'aurait préparé ce charmant repas pour deux, disposé sur la table ces assiettes de grès bleu et ces chandeliers étincelants.

— Allumez les bougies, voulez-vous ?

Il effleurait la table du regard, comme pour s'assurer qu'il ne manquait rien.

— Je vais chercher le reste.

Johanna le suivit des yeux. Quelques secondes plus tard, les accents d'un vieux blues lui parvenaient de la maison, puis il réapparut, portant un plateau lourdement chargé.

Son instinct ne l'avait pas trompé, songea Sam en prenant place en face de Johanna. Il avait failli retenir une table dans un restaurant à la mode, puis il s'était ravisé au dernier moment. Il lui était déjà arrivé de cuisiner pour des femmes, auparavant, mais jamais dans cette maison.

Le ranch était son domaine privé, le refuge où il se retirait lorsqu'il désirait se soustraire d'un monde où il avait pourtant choisi de vivre. Jusqu'à cet instant, il ignorait pourquoi il avait décidé d'enfreindre sa propre loi en y amenant Johanna. Maintenant, il commençait à en comprendre la raison.

Au ranch, il pouvait être lui-même, et c'est ce dont Johanna avait besoin. Il pouvait se tromper, mais il sentait qu'elle s'était adoucie à son égard, cependant elle restait méfiante. Il voulait savoir pourquoi.

Peut-être avait-elle été meurtrie par un homme. En ce cas, il faudrait se montrer patient, mais il parviendrait à briser ses défenses. Et il sentait que cela en valait la peine.

Il aborda ce qui semblait le plus important pour elle, son travail.

— Vous êtes satisfaite des émissions que nous avons enregistrées l'autre jour ?

Elle était trop honnête pour ne pas reconnaître les choses, surtout si elle le pensait.

— Plus que satisfaite. Vous avez été parfait. Je ne parle pas seulement des réponses que vous avez fournies aux questions, mais de votre attitude pendant toute la journée. Plus d'une fois, le public a dû vous importuner par sa curiosité, mais vous n'en avez rien laissé paraître. Et, bien sûr, c'était merveilleux de vous avoir parmi nous.

— Je suis flatté.

Elle lui lança un regard froid.

— Je doute qu'il soit facile de vous flatter.

Il esquissa une petite grimace.

— Un acteur aime toujours les compliments. Et vous, comment êtes-vous entrée dans la production ?

Elle pinça brièvement les lèvres.

— C'est de famille.

— Avec Carl Patterson pour père, j'imagine en effet que vous avez dû côtoyer ce milieu de bonne heure. Il produit les meilleures émissions télévisées, ainsi qu'un nombre impressionnant de feuilletons.

Le visage de Johanna s'était durci. L'espace d'un instant, il crut percevoir dans ses yeux une souffrance mêlée de rancune. Elle porta sa fourchette à sa bouche.

— C'est vraiment délicieux. C'est une recette de votre mère ?

— J'y ai apporté quelques modifications.

Ainsi, son père était un sujet tabou. Il pouvait l'accepter… Pour l'instant.

— Quand avez-vous lancé *A vos marques* ? reprit-il.

Elle sourit, l'air plus détendue.

— C'était il y a deux ans. J'étais clouée dans mon lit par la grippe, et comme j'avais trop mal aux yeux pour lire, je regardais la télévision.

Elle ne protesta pas lorsque Sam remplit son verre pour la seconde fois et poursuivit.

— Les émissions de jeux me fascinaient. On prend parti pour les concurrents, vous savez, puis on se passionne, on tente de leur insuffler la bonne réponse.

Sam l'observait attentivement tandis qu'elle parlait. Elle était animée, maintenant, comme lorsqu'elle s'affairait sur le plateau pour s'assurer que tout allait bien.

— Si bien que vous avez décidé d'en produire une, après la grippe ?

— Plus ou moins.

Elle se souvenait d'avoir arpenté les couloirs de la chaîne, avant de s'adresser finalement à son père.

— De toute façon, reprit-elle, je n'étais pas dénuée d'expérience. J'avais produit une série documentaire, ainsi qu'une émission d'actualités. Maintenant, notre indice d'écoute est l'un des meilleurs. D'ici peu, nous serons programmés en début de soirée.

— Que se passera-t-il alors ?

— C'est la meilleure heure. Les enfants ont terminé leurs devoirs, les parents désirent se détendre après une dure journée. Vous montez les enjeux, vous offrez des voitures, de plus grosses sommes d'argent.

Elle s'aperçut avec surprise qu'elle avait dévoré le

contenu de son assiette. D'ordinaire, elle se contentait de quelques bouchées, puis elle attendait avec impatience la fin du repas.

— Resservez-vous, proposa Sam.

Elle but une gorgée de vin.

— Non, merci, c'était délicieux. J'ai beau avoir perdu notre pari, il me semble l'avoir remporté.

— Mmm… Lorsque je vous regarde, je suis le vainqueur.

Elle se raidit aussitôt. Comprenant qu'il avait commis une erreur, Sam se leva et lui tendit la main.

— Si nous faisions quelques pas ? La lune vient juste de se lever.

Elle n'avait aucune raison de se montrer maussade, pensa-t-elle. Elle avait horreur de se hérisser pour ce qui n'avait pas d'importance.

— Entendu.

Surprise, elle le vit déposer du pain dans une serviette qu'il noua ensuite aux quatre coins.

— Allons jusqu'à l'étang, vous nourrirez les canards.

— Vous en avez ?

— Plusieurs. J'aime les regarder le matin.

— Dans *Un homme à demi*, vous les dévoriez au petit déjeuner.

— Ainsi vous avez vu mon dernier film ?

Elle se mordit la langue.

— Oh ! C'est le dernier ?

— Trop tard. Vous avez froissé mon narcissisme.

Il souriait. Se défendant de lui sourire en retour, elle se retourna vers la maison.

— C'est ravissant, vu d'ici. Vous vivez seul ?

— J'apprécie la solitude, de temps à autre. Bien sûr, j'ai quelques employés, et Mae fait le ménage deux fois par semaine. Ma famille me rend parfois visite et met tout sens dessus dessous.

Tout en parlant, il lui avait pris la main.

— Vos parents viennent vous voir, ici ?

— Oui, ainsi que mon frère, mes deux sœurs accompagnées de leurs maris et de leurs enfants, et toute une ribambelle de cousins.

— Je vois…

En fait, elle ne voyait rien. Elle ne pouvait qu'essayer d'imaginer… et envier sa chance.

— Je suppose qu'ils sont fiers de vous, poursuivit-elle.

— Ils m'ont toujours soutenu, même lorsqu'ils étaient persuadés que je divaguais.

L'étang était à environ cinq cents mètres du ranch. Johanna perçut le parfum des citronniers, puis l'odeur caractéristique de l'eau qui scintillait sous la lune. Quelques canards bruns barbotaient.

— Je n'ai jamais eu le courage de venir ici les mains vides, dit Sam. Je suis sûr qu'ils me suivraient jusqu'à la maison.

Ouvrant la serviette, Johanna en sortit un morceau de pain. Il fut gobé avant même d'avoir atteint la surface de l'eau. Elle éclata d'un rire clair.

— J'ai toujours eu envie de voir leurs pattes s'agiter d'en dessous, dit-elle. Ma mère et moi nourrissions souvent les canards. Nous leur donnions des noms stupides, pour voir si nous parviendrions à les reconnaître la fois suivante.

Elle se tut brusquement, étonnée d'avoir partagé ses souvenirs avec un étranger. Sam ne parut pas avoir remarqué ce changement d'humeur.

— Quand j'étais gosse, nous chipions des biscuits dans la cuisine pour les leur distribuer. Regardez ! Je crois bien que voilà une famille.

Suivant son regard, Johanna aperçut une cane suivie de ses petits.

— Comme ils sont mignons ! Je voudrais qu'il y ait davantage de lumière, pour mieux les voir.

— Revenez au grand jour.

La jeune femme leva les yeux vers son compagnon. A la lueur de la lune, il paraissait plus séduisant encore. Ses yeux brillaient dans l'ombre, sans qu'elle pût déchiffrer leur expression. Soudain intimidée, elle se détourna pour s'absorber dans la contemplation des canetons.

A cet instant précis, Sam songeait combien ce halo de cheveux blonds lui seyait. Ils devaient être doux et odorants, comme sa peau. Il ressentit le désir pressant d'y plonger la main, de caresser ce cou gracile pour voir si elle tremblerait.

Elle venait de distribuer les dernières miettes de pain.

— C'est un endroit ravissant. Je comprends que vous l'aimiez tant.

— Je désire que vous reveniez.

Le cœur de Johanna battit plus vite. Elle s'accrocha à l'idée que les choses paraissaient souvent plus graves à la lueur de la lune qu'au grand jour.

— J'ai perdu mon pari, c'est pourquoi je suis ici ce soir.

Il tendit la main pour repousser une mèche blonde qui lui barrait la joue.

— Il ne s'agit pas de cela, j'ai envie de vous revoir ici.

Elle aurait voulu écarter sa requête d'un haussement d'épaules. Cela lui fut impossible.

— Pourquoi ?

Un lent sourire étira la belle bouche de Sam.

— Je n'en sais fichtre rien, mais quand vous reviendrez, peut-être trouverons-nous ensemble la réponse. Pour l'instant, n'y pensons plus.

Il se penchait vers elle. Elle pensa qu'elle ne voulait pas qu'il l'embrasse. Elle avait beau vivre dans un monde où un baiser ne signifiait guère plus qu'une poignée de main, elle y voyait toujours une marque de tendresse, de confiance, d'intimité.

Les lèvres de Sam se posèrent sur celles de Johanna. Il sentit qu'elle se contractait, bien qu'elle ne tente pas de lui échapper. Elle était si ravissante, si distante, si visiblement sur ses gardes qu'il n'avait pas pu résister. Il ne s'attendait pas à ressentir un tel choc…

Il s'écarta, pris d'un léger vertige. A la lueur de la lune, le visage de la jeune femme avait la finesse d'un camée. Plongeant ses mains dans les cheveux blonds, comme il en avait eu envie, il s'empara une seconde fois de sa bouche.

Elle n'avait pas voulu cela… un raz de marée de désir… un rêve… Frissonnante, elle se serra contre lui, abandonnée au plaisir.

Elle avait le goût de la nuit, sombre, tourmentée. De toutes ses forces, il repoussa l'envie de déchirer la robe de toile blanche. Il la voulait tout entière. Là, sur l'herbe humide, il voulait découvrir tous ses secrets et la faire sienne…

Johanna était hors d'haleine lorsqu'ils se séparèrent. Atterrée, elle s'aperçut qu'elle venait de perdre la maîtrise d'elle-même, cette maîtrise acquise au prix de dures leçons. Elle devait se rappeler qui il était : un artiste adulé des femmes. Et surtout, elle devait se répéter qu'il n'y avait pas de place dans sa vie pour les scènes d'amour au clair de lune.

— Ce n'est une réponse ni pour vous, ni pour moi, dit-elle à mi-voix.

Sam comprit qu'elle avait reconstitué ses défenses, pourtant il lui reprit la main.

— Maintenant, je sais ce que j'ai ressenti la première fois que je vous ai vue.

— De la concupiscence au premier coup d'œil ?

— Bon sang, Johanna… !

Elle se détestait d'avoir été aussi directe, mais elle ne pouvait plus faire marche arrière.

— Très bien, Sam. Je serai honnête et avouerai que ce fut mieux que bien, mais je ne désire pas poursuivre dans ce sens.

Sam serra les mâchoires.

— Peut-on savoir pourquoi ?

Elle se força à sourire avec désinvolture.

— Mon métier m'interdit tout autre investissement. Disons que nous avons passé une bonne soirée et restons-en là.

— Non.

— C'est tout ce que je peux faire.

Il lui caressa une seconde fois les cheveux, non par volupté, cette fois, mais comme pour lui signifier qu'elle lui appartenait.

— Très bien, nous verrons combien de temps vous maintiendrez cette position.

Johanna ne parvint pas à feindre l'amusement parce qu'il l'effrayait… Elle le sentait beaucoup plus déterminé qu'elle-même, et c'est ce qui lui faisait peur. Dorénavant, songea-t-elle, elle devrait s'arranger pour ne jamais le rencontrer. Et autant commencer tout de suite.

— C'était une trop bonne soirée pour que nous la terminions par une dispute. Il se fait tard, et puisque nous avons un long trajet devant nous, nous devrions rentrer.

— Entendu.

Malgré sa colère, il sourit dans l'ombre.

— Les plus longs trajets sont souvent fertiles en événements, vous ne croyez pas ?

Elle préféra ne pas répondre à cette question.

4

Penchée sur sa liste, Bethany vérifiait que le nombre des prix correspondait bien au nombre de concurrents. Debout près de la fenêtre, Johanna contemplait la ville.

Etonnée que sa « patronne » témoigne d'un tel désintérêt pour son travail, Beth toussota.

— Euh... Tu as pensé à notre concours de l'été ?

— Quoi ?

— Les questions posées aux téléspectateurs ?

— Oh !

Se maudissant intérieurement, Johanna s'arracha à sa rêverie. Penser à Sam Weaver pendant les heures de travail constituait une perte de temps qu'elle ne pouvait pas se permettre. Elle ouvrit le coffre et en sortit un dossier.

— Je vais m'en débarrasser ce matin. J'ai là tout un éventail de questions. Le mieux est que John Jay en pose une chaque jour, mais jamais au même moment et surtout pas au début. Si nous voulons attirer le maximum de gens, il faut les tenir en haleine. Le problème de la voiture est-il réglé ?

— Oui. Les usines Ford sont d'accord pour nous en livrer une début juillet.

— C'est parfait, mais j'en veux deux.

— Deux quoi ?

— Deux voitures, Beth. « Regardez *A vos marques*, et vous remporterez des prix magnifiques. » Il faudrait que l'une des deux soit un break, à cause des enfants. L'autre sera blanche, conduite par John Jay en costume bleu.

— Tu veux faire vibrer la fibre patriotique ?

— Pourquoi pas ? Essaie de voir si nous ne pouvons pas porter le maximum des gains à cinquante mille dollars.

Beth lissa ses cheveux en arrière.

— Bien sûr. Je déploierai tous mes charmes, et si cela ne marche pas, je me roulerai sur le tapis.

— Utilise plutôt les indices d'écoute. Je veux un énorme encart dans *TV Magazine* et le *Supplément du dimanche*. Le premier noir et blanc, le second en couleur. Le spot publicitaire sera programmé dès que les voitures auront été livrées. Maintenant, choisissons cinq questions dans la liste. Bien entendu, cette liste ne doit pas sortir du bureau.

Bethany hocha la tête et se pencha sur la copie que lui avait donnée Johanna.

— Première question : Où Betty a-t-elle rencontré sa soliste ? Qui est Betty ?

— Revoie ta culture musicale. Années 60, groupes féminins de rock and roll.

— C'est joliment difficile !

— Tant mieux ! Il faut que cela vaille cinquante mille dollars.

— Deuxième question : Combien de sorcières furent brûlées à Salem ?

— Aucune… Elles ont été pendues.

— Je vois…

Le téléphone sonna. Laissant Beth se creuser la tête sur son questionnaire, Johanna décrocha.

— M. Weaver en ligne, mademoiselle Patterson.

Incapable d'émettre un son, la jeune femme serra de toutes ses forces le récepteur.

— Mademoiselle Patterson ?

— Quoi ? Oh, dites à M. Weaver que je suis en réunion.

Comme elle raccrochait, Beth lui lança un coup d'œil étonné.

— Je pouvais attendre cinq minutes.

Johanna rapprocha la liste de ses yeux.

— Je doute qu'il ait voulu discuter de l'émission. Que dis-tu de la numéro six ?

— Je ne saurais pas y répondre non plus. Johanna… Tout s'est bien passé, l'autre soir ?

— Très bien. Nous avons passé une agréable soirée. Pour ma part, je retiens les questions numéro un, quatre, six, neuf et treize.

Beth nota sans rien dire, tandis que la jeune femme sortait de sa poche son tube de calmants. Elle hocha la tête en signe d'acquiescement et tendit la liste à Johanna pour qu'elle la remette dans le coffre.

— Je... je jurerais que tu as un problème.

Johanna entreprit d'empiler les papiers éparpillés sur son bureau.

— Absolument pas. Nous avons bien mangé, bavardé amicalement et c'est tout. J'ignore pour quelle raison Sam m'appelle au bureau, mais je n'ai pas le temps de discuter avec lui.

— Remarque que je n'ai pas prononcé son nom, j'ai simplement parlé d'un problème. Je commence à croire que c'est la même chose.

Se levant d'un bond, Johanna enfonça ses mains dans les poches de sa veste et marcha vers la fenêtre.

— Il ne veut tout simplement pas admettre qu'il ne m'intéresse pas.

— Et c'est vrai ? Je veux dire... qu'il ne t'intéresse pas ?

— Je ne veux pas être intéressée. C'est tout comme.

— Non, parce que si c'était vrai, tu serais capable de sourire et de lui dire gentiment « non, merci », au lieu de trouver des excuses pour ne pas lui répondre au téléphone.

Johanna inspectait soigneusement le géranium en pot qu'elle avait arrosé le matin même.

— Qu'est-ce qui te rend si experte en la matière ?

— L'observation, beaucoup plus que la pratique, malheureusement. Il a l'air d'un chic type, Johanna.

— Peut-être, mais il n'y a pas de place dans ma vie pour les hommes, en ce moment. Et encore moins pour les acteurs.

— C'est un pari difficile à tenir.

— Nous vivons dans une ville difficile à conquérir.

— J'espère que tu ne me briseras pas le cœur en m'apprenant que Sam Weaver est un voyou ?

Johanna adressa à son amie un sourire contraint.

— Non, bien sûr. Il est charmant, sympathique… pour un acteur.

— Sa vue me donne des frissons, avoua Beth.

A elle aussi, songea Johanna, et c'était précisément pour cela qu'elle devait l'éviter.

Sa secrétaire passa la tête dans l'embrasure de la porte.

— Un télégramme pour vous, mademoiselle Patterson.

La jeune femme le prit en murmurant un remerciement. Elle était stupide, se dit-elle en fixant le carré de papier bleu. Cela faisait près de vingt-cinq ans qu'elle avait reçu de sa mère le message qui lui avait brisé le cœur. Elle était trop jeune pour le lire elle-même… Réprimant la foule de souvenirs qui se pressaient dans sa mémoire, elle déchira l'enveloppe.

« Je peux être aussi entêté que vous. Sam. »

Johanna relut deux fois cette unique ligne, puis elle chiffonna le papier. Mais au lieu de le jeter dans la corbeille, elle le fourra dans sa poche.

— Mauvaises nouvelles ? s'enquit Beth.

— Rien d'important, affirma la jeune femme. Revenons à nos préoccupations professionnelles.

La mine sombre, Sam raccrocha. Si cela continuait, elle allait parvenir à le rendre fou… Elle n'avait pas répondu à un seul de ses appels, n'avait pas une seule fois daigné le recontacter.

« Mlle Patterson est en réunion… Mlle Patterson est occupée, elle est navrée de ne pouvoir vous répondre… » Il aurait été plus franc de dire que Mlle Patterson l'évitait comme la peste, oui !

Il se sentait l'âme d'un adolescent empoté, amoureux d'une princesse. Plus d'une fois, il s'était adjuré d'abandonner, de se trouver une femme moins compliquée pour passer une soirée agréable.

Sam jura sourdement. Il n'avait pas envie de passer la soirée avec une femme moins compliquée. Il voulait la passer avec Johanna. Ne serait-ce que pour vérifier si la scène de l'étang se reproduirait. Et si c'était le cas, pourquoi toutes ces manières ?

Mieux valait ne plus la voir. Un homme était libre lorsqu'il fréquentait plusieurs femmes à la fois, non quand il se concentrait sur une seule… Seulement voilà ! Il ne se concentrait pas sur Johanna, il ne parvenait plus à l'extirper de sa tête !

Quels secrets cachait-elle au plus profond d'elle-même ? C'est ce qu'il devait découvrir.

Quand il l'avait embrassée… Toute sa réserve s'était

envolée. Elle s'était montrée aussi passionnée qu'un homme pouvait l'espérer. Quant à lui… Il n'avait pas seulement ressenti un intense plaisir. C'était plus que cela, un transport de tout son être, un désir de possession comme il ne l'avait jamais éprouvé. Elle avait été aussi abasourdie que lui… et tout comme lui, la proie de ses sensations. Ne désirait-elle pas savoir pourquoi ?

Encore fallait-il savoir ce qu'elle voulait, et il le saurait. Qu'elle le veuille ou non, Johanna lui livrerait son mystère.

Elle était épuisée ! Johanna croqua deux aspirines avec son yoghourt. L'après-midi avait été ponctué de réunions, et bien qu'elle fût invitée à une réception, Johanna avait choisi de passer une soirée tranquille chez elle. Elle devait mettre au point la fête qu'elle projetait d'organiser en l'honneur de son équipe. Tous méritaient bien cette petite récompense.

Le soleil couchant brûla son visage quand elle sortit dans le jardin. Elle remarqua que les roses avaient besoin d'être arrosées et les haies taillées. Ravie par les parfums qui s'exhalaient des parterres, elle s'assit sur le gazon.

Enfant, elle avait passé bien des après-midi tranquilles, en compagnie du jardinier de son père. Il lui avait appris les noms des plantes et les soins qu'on devait leur donner. Parfois, elle rêvait qu'il était son père et qu'ils avaient été engagés tous deux dans cette grande propriété.

Et puis un jour, elle l'avait entendu dire à un autre employé combien il la plaignait. Tous les serviteurs de son père étaient pleins de compassion pour cette petite fille qu'on ne sortait que pour la parade, selon les caprices du maître. Elle possédait une maison de poupées à trois étages, un service à thé de porcelaine de Chine et un manteau de fourrure blanche. Elle prenait des leçons de danse et de piano et un précepteur lui enseignait le français. Bien des fillettes auraient rêvé avoir ce qu'elle possédait…

Lorsqu'elle avait six ans, une photo d'elle avait paru dans la presse. Elle portait une robe de velours rouge qui tombait sur ses chevilles et un diadème de diamants. Elle était la demoiselle d'honneur de l'actrice italienne qu'épousait son père… Une vraie princesse de Hollywood.

Pendant les deux années qu'avait duré cette union, son père avait passé presque tout son temps sur la Riviera, laissant sa fille dans la grande propriété de Beverly Hills.

Puis il y avait eu un scandale, suivi d'un divorce mouvementé. L'actrice avait gardé la villa italienne, tandis que son père engageait une liaison avec la vedette de sa dernière production. A huit ans, Johanna jetait déjà sur le monde un regard froid et lucide.

Elle préférait la compagnie des fleurs à celle des hommes. Son grand plaisir était de les choyer, comme des amies. Elle ne portait d'ailleurs jamais de gants, pour mieux sentir leurs tiges fragiles. Quand, par hasard, elle se rendait chez la manucure, celle-ci poussait chaque fois des cris horrifiés à la vue de ses ongles courts.

« Cette petite manque totalement de féminité », c'était ce que Lydia avait dit à son père. Lydia avait figuré parmi les plus longues distractions de son père. Fort heureusement, il n'avait pas épousé cette pâle beauté infatuée d'elle-même.

« Mets-la dans une institution privée en Suisse, mon chou. Les religieuses sauront la dégourdir. »

A douze ans, Johanna avait vécu dans la terreur d'être envoyée au loin. Heureusement, Lydia avait été remplacée avant d'avoir pu convaincre Carl de la mettre en pension.

Dépourvue de féminité... De temps en temps, le verdict résonnait dans sa tête. La plupart du temps, elle l'ignorait car elle avait trouvé son propre style. Mais la vieille blessure se rouvrait parfois.

Absorbée dans ses pensées, Johanna entendit la voiture, mais elle ne leva pas les yeux. Ce fut le coup de frein furieux qui l'alerta. Atterrée, elle vit Sam jaillir littéralement de derrière le volant.

Incapable d'articuler un son, elle le vit franchir la distance qui les séparait, l'air hors de lui.

Il l'était, en effet. Le long trajet parcouru depuis le ranch lui avait donné le temps de cultiver sa colère. Il pourchassait une ravissante blonde aux yeux froids. Et maintenant qu'elle était devant lui, il la revoyait telle qu'elle était au clair de lune.

La nuit était presque tombée. Agenouillée parmi les

fleurs, elle ressemblait à une créature féerique, issue du *Songe d'une nuit d'été.* Ses mains étaient maculées de terre, l'air avait un parfum de péché originel, épais et odorant.

— Pourquoi diable avez-vous une secrétaire et un répondeur si vous n'avez pas l'intention de répondre aux messages ?

— J'ai été occupée.

— Ce n'est pas une raison pour être grossière.

Elle savait qu'il avait raison, pourtant elle arbora son sourire le plus professionnel.

— Je suis navrée. Nous organisons le concours de l'été, et je suis passée de réunion en réunion. Vous aviez quelque chose d'important à me dire ?

— Vous savez sacrément bien que c'est important.

Elle épousseta soigneusement son jean.

— Si quelque chose ne va pas dans votre contrat…

— Je vous en prie, Johanna, nous avons clos ce chapitre.

Elle leva les yeux vers lui.

— En ce cas…

Il enfonça les mains dans ses poches, pour s'empêcher de l'étrangler.

— J'ai horreur de me conduire comme un fou.

Elle se leva, attentive à ménager une distance respectable entre lui et elle.

— Je suis persuadée que vous ne l'êtes pas. S'il n'y a rien d'autre…

Sa phrase lui resta au fond de la gorge, car il venait d'attraper le devant de sa chemise.

— Vous ne vous en tirerez pas ainsi, dit-il calmement. Je me suis toujours considéré comme un homme d'un caractère aimable, mais je commence à me demander si je n'avais pas tort.

— Ce n'est pas mon problème.

— Vous croyez ?

Comme il l'attirait d'un geste brusque contre lui, elle leva les mains pour le repousser. Trop tard… la bouche de Sam était déjà sur la sienne.

Nulle tendresse en lui, cette fois-ci, il ne ressentait que l'urgence d'un désir contrarié depuis des jours. Elle ne se défendit pas. Il n'osait imaginer ce qu'il aurait fait en ce cas. Au contraire, elle demeura immobile et, pendant un instant, il se demanda si elle était totalement insensible.

Puis elle gémit et jeta ses bras autour du cou de Sam avec une sorte de désespoir. La nuit s'épaississait, remplissant l'air de fraîcheur, mais elle ne percevait que la chaleur du grand corps serré contre le sien. Il sentait le cuir et le cheval…

— Je vous désire, Johanna. Depuis l'autre soir, je n'ai pas réussi à vous arracher de mon esprit. Je vous veux, maintenant.

Elle le voulait aussi. Parcourue de frissons, elle s'accrocha à lui. Elle voulait s'abandonner, perdre tout contrôle sur elle-même. Au tréfonds, elle croyait qu'il pouvait lui donner ce dont elle avait à peine osé rêver.

Pendant un long moment, elle se cramponna à Sam. Puis, au prix d'un énorme effort, elle parvint à se détacher de lui.

— Entrons, proposa-t-il.

Elle s'écarta d'un pas.

— Non, Sam, cela ne marcherait pas.

— Pourquoi ?

— Parce que je ne le veux pas. Vous m'attirez, je ne le nie pas, mais cela ne nous mènerait nulle part.

— C'est déjà fait.

— Alors, cela ne nous mènerait pas plus loin. Croyez-moi lorsque je vous dis que je suis désolée, mais mieux vaut y renoncer tout de suite.

Il lui caressa tendrement la joue.

— A mon tour d'être désolé, mais je refuse le verdict. Si vous vous attendez à ce que j'abandonne la partie, vous allez être déçue.

Elle respira profondément.

— Je ne coucherai pas avec vous.

— Maintenant, ou jamais ?

Elle se mit à rire malgré elle.

— Bonne nuit, Sam.

Comme elle s'éloignait en direction de la maison, il la rappela :

— Attendez, nous n'avons pas fini. Pourquoi ne pas vous asseoir ? La nuit est belle. Je jure de ne pas esquisser le moindre geste pour vous déshonorer.

Elle revint sur ses pas.

— Très bien, vous voulez boire quelque chose ?

— Que me proposez-vous ?
— Du café de ce matin.
— Je m'en passerai, merci.
Ils s'assirent sur une marche du perron, hanche contre hanche.
— J'aime cet endroit..., commença-t-il. C'est tranquille, intime... joli. Depuis combien de temps habitez-vous ici ?
— Cinq ans.
— Vous avez planté vous-même les fleurs ?
— Oui.
Il étendit ses longues jambes et soupira d'aise.
— Vous savez, il me vient à l'esprit que nous ne nous connaissons pas très bien, tous les deux...
Elle lui jeta un regard méfiant.
— En effet.
— Que pensez-vous du flirt ?
Elle sourit.
— C'est une occupation d'adolescents.
— Vous pensez que les adultes ne s'y adonnent plus ?
— Les femmes que je connais ont des amants, non des petits amis.
— Mais vous n'en avez pas ?
— Cela ne m'intéresse pas, pour l'instant.
— Eh bien... je désire devenir votre cavalier attitré. Vous n'avez pas peur d'apprendre à me connaître ?
Elle se raidit aussitôt, preuve qu'il avait tiré sur la bonne corde, songea-t-il avec satisfaction.

— Bien sûr que non !

— Très bien. Il y a une soirée organisée au bénéfice des sans-abri, vendredi soir. Je passerai vous prendre à 7 heures.

— Mais…

— Je suppose que vous aurez à cœur de contribuer à cette bonne œuvre, et puisque vous n'avez pas peur, vous accepterez de m'accompagner. Je n'apprécie pas énormément moi-même ce genre de réception, mais c'est pour la bonne cause.

Johanna cherchait désespérément une excuse.

— J'apprécie votre invitation, mais je n'aurai pas le temps de rentrer et d'être prête à l'heure dite.

— Qu'à cela ne tienne, je viendrai vous chercher à votre bureau, ce qui vous laisse une demi-heure de plus.

— Sam… Pourquoi essayez-vous de me manœuvrer de cette façon ?

Lui prenant la main, il embrassa le bout de ses doigts.

— Sachez que je pourrais m'y prendre bien autrement.

— Je m'en doute.

Il lui adressa une grimace ravie.

— J'adore quand vous prenez ce ton.

— Vous n'avez pas répondu à ma question.

— Quelle question ? Oh, je n'essaie pas de vous manœuvrer, je m'efforce simplement de sortir avec vous, dans les termes que je vous ai proposés tout à l'heure. Regardez comme les étoiles brillent !

Elle leva machinalement les yeux. Elle s'asseyait souvent dehors, pour contempler les astres. Elle avait toujours préféré les admirer seule... Jusqu'à ce soir. Elle frissonna.

— J'ai un peu froid.

— Vous m'invitez à entrer ?

— Je ne suis pas transie à ce point. Dites-moi... pourquoi n'êtes-vous pas dans un club à la mode, en train de courtiser une actrice aux dents éblouissantes de blancheur ?

— Je l'ignore. Pourquoi ne dînez-vous pas en compagnie d'un producteur au bronzage discret ?

Elle pouffa.

— Je suis la première à vous avoir posé la question.

— J'aime mon métier, j'aime les tournages, les relations avec l'équipe, les répétitions. Et je n'ai pas honte d'être bien payé pour cela car c'est un travail harassant, bien que passionnant. Mais quand je suis en vacances, je n'ai pas de temps à perdre dans les clubs. Reviendrez-vous nourrir mes canards, Johanna ?

Consciente de faire une erreur monumentale, elle lui sourit.

— J'accepte votre invitation pour vendredi.

— A 7 h 30, à votre bureau ?

— Entendu. Amis seulement, n'est-ce pas ?

— Amis.

Comme il se penchait vers elle, elle le repoussa légèrement.

— Ne m'embrassez pas, Sam.

— Maintenant, ou jamais ?

— Maintenant, de toute façon… Conduisez prudemment, la route est longue.

— Elle me paraît chaque fois plus courte…

5

A 5 h 30, les bureaux étaient déserts, ce qui permit à Johanna de se consacrer à sa tâche pendant soixante longues minutes, sans être interrompue.

Les questions prévues pour l'enregistrement du lundi avaient été choisies et vérifiées, mais elle prit le temps de les revoir, afin de s'assurer qu'elles étaient à la fois éducatives et amusantes.

Elle répondit à une pile de notes, lut des lettres et signa des chèques. L'avantage des émissions de ce genre, pensa-t-elle, c'était qu'elles étaient bon marché. En une semaine, elle distribuait environ cinquante mille dollars, à peine le coût d'une demi-heure de comédie.

Plus que jamais, elle était décidée à créer sa propre compagnie de productions. Elle imaginait déjà son logo : La Compagnie des jardins. Bien sûr, elle continuerait de produire des émissions de jeux, mais elle explorerait aussi de nouveaux horizons... Un ou deux films de metteurs en scène débutants, une série hebdomadaire... Elle gravirait les marches l'une après l'autre. Mais pour l'instant, elle devait surtout penser à terminer la journée et... à franchir la soirée.

Après avoir rangé son bureau, Johanna tira son secret d'un tiroir. Le seul fait d'apporter une robe de soirée sur son lieu de travail lui avait causé une certaine émotion, mais elle n'aurait jamais cru qu'elle en viendrait à mettre… des faux ongles. Elle ouvrit la boîte, puis elle lut les instructions deux fois.

Une fois le matériel installé sur la table, elle examina ses mains. La parfumeuse n'avait pas eu tort d'affirmer qu'elle ne pouvait exhiber des doigts pareils. En soupirant, Johanna entreprit de coller les faux ongles sur les siens. Quand ce fut fait, au prix de maints efforts et de quelques exclamations de dépit, elle les peignit avec le vernis rose acheté à la parfumerie.

Elle maudissait à mi-voix l'esthéticienne quand la sonnerie du téléphone retentit.

— Johanna Patterson à l'appareil.

— C'est John Jay, ma douce. Heureusement que vous êtes une fanatique du travail en dehors des heures ouvrables !

Johanna fixait ses ongles roses d'un œil critique.

— De quoi s'agit-il ?

— Eh bien, j'ai un petit problème avec ma carte de crédit. Est-ce que vous voulez bien intervenir auprès du gérant du Chasseur ? Il dit qu'il vous connaît.

— Passez-le-moi.

Il fallut environ deux minutes pour tirer John Jay d'embarras. Après avoir raccroché, Johanna constata que deux de ses ongles étaient partis, et que les autres ne valaient guère mieux. Elle soupira avant de les enlever tous.

Après tout, elle était une jeune femme compétente et intelligente, se répéta-t-elle. Elle approchait de la trentaine, et occupait un poste difficile. Pourtant, elle était probablement la seule femme du pays à s'escrimer contre dix faux ongles dotés d'une indéniable mauvaise volonté. Rageusement, elle jeta ses achats dans la corbeille, y compris la bouteille de vernis.

Dans les vestiaires, elle fit ce qu'elle put pour arranger ses cheveux. Puis, vêtue de son porte-jarretelles et de bas fumés, elle déballa la robe qu'elle avait portée une seule fois, un an auparavant.

Elle était dépourvue de bretelles et extrêmement moulante, bien différente de ce qu'elle portait d'ordinaire. Avec un haussement d'épaules, Johanna l'enfila, après quoi elle dut se tortiller pour atteindre le zip de la fermeture Eclair. Pour la millième fois, elle se demanda comment elle s'était laissé embarquer dans tout cela. Enfin, elle put se contempler dans les miroirs qui surplombaient les lavabos.

La robe était jolie, admit-elle, et la couleur flatteuse, assortie au vernis qu'elle venait de jeter. Tout en s'adressant une petite grimace moqueuse, Johanna échangea ses boucles d'oreilles habituelles contre des anneaux d'or ornés de perle. Ensuite, parce qu'elle se sentait gauche et dépourvue de féminité, elle se maquilla tant bien que mal.

Une fois prête, elle enfila des chaussures à talons hauts

et remit ses vêtements de travail dans le sac. Lundi, sa secrétaire les déposerait au pressing. Elle avait bien fait de donner rendez-vous à Sam au bureau, décida-t-elle. D'abord cela ressemblait moins à un rendez-vous d'amoureux, ensuite elle lui demanderait de la déposer au retour dans le parking des studios. Ainsi, elle rentrerait seule chez elle.

Le procédé était lâche mais sûr, pensa-t-elle avec une certaine gêne. Ses sentiments envers Sam étaient un peu trop intenses, et il n'entrait pas dans ses projets d'avoir une liaison. En aucun cas elle n'imiterait son père...

Seigneur, qu'il était beau !

Il se trouvait dans son bureau, debout près de la fenêtre. Il ne l'avait pas entendue entrer, mais il pensait à elle avec une telle force qu'il sentit aussitôt sa présence. Il se retourna et l'image qu'il gardait d'elle se brisa pour se réassembler.

Elle paraissait si fragile, avec ses cheveux clairs réunis sur le haut de sa tête et ses épaules nues ! Il avait apprécié la femme d'affaires, désiré l'inconnue qui riait près d'un étang... Une nouvelle Johanna se dressait sur le seuil, presque trop délicate pour qu'on la touche.

Aussi ridicule que cela pût lui paraître, il dut reprendre son souffle.

— Bonjour. Je craignais que vous ne vous soyez enfuie.

Les jambes tremblantes, elle fit quelques pas dans la pièce.

— Non. Je me changeais.

Malgré elle, elle jeta un rapide coup d'œil sur ses ongles courts, comme s'il pouvait deviner ses tentatives de coquetterie.

— Vous êtes ravissante, Johanna.

Elle effleura du regard la haute silhouette, bien découplée dans son habit noir.

— Vous n'êtes pas mal non plus. Je suis prête.

— Une minute…

En quelques pas il fut auprès d'elle et, posant ses mains sur ses épaules nues, il l'embrassa.

— Je voulais juste vérifier que vous étiez bien réelle, murmura-t-il.

Elle était si réelle qu'elle sentait son cœur battre à grands coups.

— Nous devrions partir.

— J'avoue que je préférerais rester… Bien, peut-être une autre fois…

Prenant la main de la jeune femme, il l'entraîna vers l'ascenseur.

— Ecoutez, si nous nous ennuyons trop, nous pourrons partir tôt. Souriez !

— Les galas d'Hollywood ne sont jamais ennuyeux.

Elle s'était exprimée si sèchement qu'il se mit à rire.

— Vous ne les aimez guère.

— Je n'estime pas souvent nécessaire d'y assister.

Suivie de Sam, elle pénétra dans l'ascenseur.

— On ne peut appartenir à un monde et l'ignorer en même temps.

C'était pourtant ce qu'elle faisait depuis des années.

— C'est possible. Certains d'entre nous préfèrent rester dans les coulisses. Je… j'ai vu la bande-annonce de votre dernier film, poursuivit-elle pour changer de sujet. Elle est très réussie, très… sexy.

— Je dirai plutôt romantique.

— Quand vous retirez votre chemise et que votre torse luit au soleil, les gens pensent au sexe.

Tout en parlant, ils étaient parvenus dans le parking. Sam ouvrit la portière de sa voiture.

— C'est l'effet que cela vous fait ? Je peux ôter cet habit en cinq secondes, si vous le désirez.

Elle se glissa sur le siège avant.

— Merci, mais j'ai déjà vu votre torse. Pourquoi faites-vous de la télévision ? Je veux dire, à ce stade de votre carrière ?

— Parce que la majorité des gens ne tiendraient pas dans une salle de cinéma pendant quatre heures, et que je voulais faire ce film. Le petit écran est plus intime, le script aussi.

Le moteur de la voiture se mit à gronder, tandis qu'il poursuivait :

— Le personnage de Sarah est fragile, tragique. Elle est totalement confiante et naïve. La façon dont Lauren a réussi à le rendre m'a frappé. Elle a vraiment trouvé l'essence de cette innocence.

Si l'on en croyait la presse, pensa Johanna, lui et sa

partenaire, Lauren, avaient joué autant de scènes d'amour loin des caméras que devant elles… Elle ferait bien de s'en souvenir, d'ailleurs.

— Il est rare d'entendre un acteur parler d'un autre personnage que le sien.

— Luke est un salaud, dit simplement Sam. Un jouisseur opportuniste à la langue charmeuse.

— Avez-vous trouvé son essence ?

Il examina sa compagne à la lueur des néons.

— C'est vous qui me le direz.

Elle changea délibérément de sujet :

— Quel est votre prochain projet ?

— Une comédie.

— J'ignorais que vous jouiez la comédie.

— Visiblement, vous avez raté mon exploit dans *L'Etourdi*, il y a quelques années.

Elle pouffa.

— J'ose à peine avouer que oui.

— Cela ne m'étonne pas. C'était juste avant que je tourne ce spot publicitaire pour l'after-shave *Homme*. Vous vous souvenez ? « Quelle femme résisterait à un homme qui sent l'Homme ? »

Elle aurait ri si elle ne s'était rappelé ses propres réactions en face de lui… La façon dont elle se pâmait à la seule évocation de son odeur.

— Vous avez bien mérité la célébrité, en effet.

— J'aime à le croire. C'est d'ailleurs à la suite de ce spot que j'ai eu le premier rôle dans *Bas les masques*.

Johanna ne l'avait pas oublié. Si la publicité avait révélé

l'attrait érotique exercé par Sam Weaver sur le public féminin, *Bas les masques* lui avait permis de prouver qu'il était aussi un grand acteur.

— Ce genre de chance ne se présente pas souvent, dit-elle, et quand cela arrive, elle est généralement méritée.

Sam releva les sourcils.

— Je suppose qu'il s'agit d'un compliment ?

Johanna haussa les épaules.

— Je n'ai jamais prétendu que vous n'excelliez pas dans votre métier.

— Peut-être pourrions-nous présenter les choses autrement. En fait, depuis le début, le problème est que j'existe.

Elle ne dit rien, ce qui constituait en soi une réponse. Ils approchaient de Beverly Wilshire. Comme Sam se garait le long du trottoir, un employé en uniforme ouvrit la portière. Dès que Johanna fut descendue de voiture, les flashes crépitèrent.

Elle détestait cela à un point quasiment indicible. Prise d'une soudaine panique, elle voulut s'enfuir. Sam glissa un bras autour de sa taille, ce qui provoqua un nouvel afflux de journalistes.

— Ils s'acharneront moins si vous souriez et coopérez, lui murmura Sam.

— Monsieur Weaver ! Monsieur Weaver ! Que pouvez-vous nous dire à propos du film que vous avez tourné pour la télévision ?

Sam sourit aux reporters massés autour de lui. Il entreprit de se frayer un passage parmi eux, sans dédaigner toutefois de leur répondre :

— Avec un script de cette qualité et une partenaire comme Lauren Spencer, je pense que le film parlera de lui-même.

— Vos fiançailles avec Mlle Spencer sont-elles rompues ?

— Elles n'ont jamais eu lieu.

L'un des paparazzi prit le bras de Johanna.

— Peut-on connaître votre nom, mademoiselle ?

Elle se dégagea d'un mouvement sec.

— Patterson.

Elle entendit une exclamation.

— C'est la fille de Carl Patterson. Mademoiselle Patterson, est-il vrai que le mariage de votre père est brisé ? Que pensez-vous de sa liaison avec une femme qui pourrait être sa fille ?

Sans répondre, Johanna s'engouffra dans l'immeuble. Le bras de Sam l'entourait toujours. Il sentit qu'elle tremblait de ce qu'il prit pour de la colère.

— Je suis navré.

— Vous n'y êtes pour rien.

Elle avait juste besoin de se calmer. Chaque fois qu'on lui posait des questions à propos de son père, sous l'œil indiscret des caméras, elle ne parvenait pas à lutter contre la détresse qui la submergeait. Cela arriverait encore, tant qu'elle serait la fille de Carl Patterson.

— Vous voulez boire un verre au bar ? proposa Sam.

— Non, merci. Je… je ne pourrais pas les affronter aussi souvent que vous.

— Cela fait partie du métier.

D'un doigt léger, il effleura le menton de la jeune femme.

— Vous êtes sûre que ça va ?

— Tout à fait. Simplement, je vais…

Elle voulait s'éclipser pendant quelques minutes. Elle en fut empêchée par un groupe bruyant qui se précipitait au-devant de Sam. Elle les connaissait tous, les uns de vue, les autres de réputation.

Lorsque Sam et elle parvinrent dans la salle de bal, d'autres invités les abordèrent. Johanna en avait rencontré un certain nombre chez son père. Il fallut serrer des mains, échanger quelques formules de politesse. Un acteur aux cheveux argentés embrassa Johanna. Elle lui rendit son baiser avec une affection qu'elle témoignait rarement à quiconque. Elle n'avait jamais oublié le soir où il était venu dans sa chambre et lui avait raconté des histoires, à l'occasion d'une des réceptions de son père.

— Oncle Max, vous êtes plus beau que jamais !

Max Heddison émit un rire grave.

— Ma chère Jo ! Ta vue me rappelle mon âge avancé.

— Vous ne serez jamais vieux.

L'embrassant une seconde fois, il se tourna vers Sam.

— Ainsi, tu as finalement choisi un acteur ? Au

moins, tu en as choisi un bon. J'admire votre travail, jeune homme.

Après six ans de métier, Sam était toujours sensible aux éloges.

— Merci. C'est un honneur de vous rencontrer, monsieur Heddison. J'ai moi-même vu tout ce que vous avez fait.

— Ma petite Jo a du goût. J'aimerais assez travailler avec vous, un de ces jours. Je ne le dirais pas à n'importe qui.

— Dites-moi quand et où.

Le regard songeur, Max hocha lentement la tête.

— Je travaille sur un script, en ce moment. Peut-être vous l'enverrai-je pour que vous y jetiez un coup d'œil. Ma Jo, j'espère voir ton joli minois un peu plus souvent.

Il embrassa encore la jeune femme avant de rejoindre Marie, sa seule et unique femme. Muet, Sam le regarda partir.

— Je vois que vous restez sans voix, commenta Johanna.

— Je n'admire aucun autre acteur autant que Max Heddison. Il sort peu, et les rares fois où je l'ai entrevu, je n'ai pas osé l'aborder.

— Vous êtes timide ?

— Intimidé, disons.

— C'est l'homme le meilleur que je connaisse. Une fois, pour mon anniversaire, il m'a donné un chiot. Mon père était furieux, mais il n'a rien dit parce que cela venait de l'oncle Max.

L'attendrissement qui brillait dans les yeux de Sam fit place à une résignation teintée d'agacement. Deux bras blancs venaient de se nouer autour de son cou.

— Sam chéri ! Où te cachais-tu donc, pendant tout ce temps où je ne t'ai pas vu ?

La jeune femme aux boucles rousses qui embrassait Sam avec ostentation offrit son meilleur profil aux caméras. Avec une douceur extrême, il parvint à se libérer.

— Comment vas-tu, Toni ?

— Bien. Comment me trouves-tu ?

Rejetant sa jolie tête en arrière, la jeune femme éclata de rire. Johanna remarqua que sa robe était aussi courte que la loi le permettait.

Sam fit les présentations.

— Johanna Patterson. Toni Dumonde.

— Ravie de vous rencontrer.

Johanna connaissait Toni Dumonde de réputation. Actrice médiocre, elle comptait plus sur son sex-appeal que sur son talent. Elle s'était mariée deux fois, et ses deux maris avaient favorisé sa carrière.

Toni fixait sur Johanna des yeux étonnés.

— Vous êtes la fille de Carl ! Quelle chance ! Je brûlais justement de vous rencontrer. Quelle heureuse coïncidence. Chéri ! Devine qui je viens de trouver !

Elle avait posé sur l'épaule de Johanna sa main ornée d'un diamant étincelant. A peine surprise, Johanna se laissa entraîner jusqu'à son père. Toni se blottit contre

Carl Patterson. A la lumière des lustres, sa bague brillait d'un éclat dur et froid.

— Johanna, je ne savais pas que tu serais là ce soir.

Carl effleura des lèvres la joue de sa fille, comme il l'avait déjà fait une bonne centaine de fois avec ses relations. C'était un homme de haute taille, mince et aux larges épaules.

Il n'avait rien tenté pour éviter à son visage la marque des ans parce qu'il craignait le bistouri, fût-il esthétique. En revanche, il prenait soin de son corps qui n'avait pas pris un gramme. A cinquante-cinq ans, Carl Patterson exerçait sur les femmes le même attrait qu'autrefois, accentué sans doute par le pouvoir de l'argent.

— Tu as bonne mine, dit Johanna. Je te présente Sam Weaver.

Elle s'était exprimée sans chaleur, nota Sam, qui s'avança, la main tendue.

— Enchanté, dit Carl. J'ai suivi votre carrière, Sam. On dit que vous commencez bientôt un film avec Berlitz ?

— En effet.

Toni glissa son bras sous celui de Sam.

— N'est-ce pas charmant d'être réunis tous les quatre ? Nous allons nous asseoir à la même table, n'est-ce pas, Carl ? Après tout, je veux faire la connaissance de ta fille, maintenant que nous allons appartenir à la même famille.

Johanna ne broncha pas.

— Félicitations.

— Nous n'avons pas encore fixé la date, poursuivait Toni. Nous le ferons sitôt que les derniers obstacles seront levés.

C'est-à-dire dès que le dernier divorce serait prononcé, traduisit Johanna. Fort heureusement, la succession de ses belles-mères ne l'affectait plus.

— Je suis certaine que vous serez heureux.

Carl tapota tendrement le bras de sa fiancée.

— Nous en avons bien l'intention.

Sam saisit la main de Johanna. Elle était glacée. Il adressa à l'heureux couple un sourire d'excuse.

— Nous ne resterons pas longtemps, vous savez.

— Vous avez tout de même le temps de boire un verre en notre compagnie ! s'exclama Toni. Je t'en prie, insiste, mon chéri !

— C'est inutile, intervint Johanna. Le moins que je puisse faire, c'est de porter un toast à votre bonheur.

— Magnifique ! Je vous en prie, Johanna chérie, ne croyez pas un mot de toutes les calomnies qu'on a dites à propos de Sam et de moi. Vous savez comme les gens aiment à bavarder, dans cette ville.

Elle jeta un sourire par-dessus son épaule avant de partir en ondulant en direction des tables.

— Pourquoi diable faites-vous cela ? grommela Sam.

Johanna redressa le menton.

— Parce que cela fait partie du jeu.

*
* *

Assise en face de Toni, Johanna regardait sa future « belle-mère » roucouler entre son père et Sam. Jamais elle n'avait vu Carl Patterson aussi troublé par une femme. Il les avait désirées, convoitées, traînées dans la boue… Jamais elles ne l'avaient troublé.

Toni prit la main de Sam et adressa à Johanna une moue adorablement mutine.

— Méfiez-vous de cet homme, ma chérie, il brise les pauvres petits cœurs féminins.

Johanna porta sa coupe de champagne à sa bouche.

— Je n'en doute pas.

Toni ne l'écoutait pas. Tournée vers Sam, elle levait vers lui des yeux brillants.

— J'ai entendu dire que ton film était merveilleux, Sam. Il sera projeté dans deux semaines, c'est cela ?

Sam sourit avec une pointe d'ironie. Il savait qu'elle ne lui pardonnait pas de l'avoir refusée dans le rôle de Sarah.

— Nous devrions vraiment tourner ensemble, poursuivait-elle. Je suis certaine que Carl accepterait de nous produire.

« Quand il gèlera en enfer », songea Sam.

— Je suis désolé, dit-il, mais Johanna et moi sommes déjà en retard.

Sans laisser à personne le temps de protester, il se leva.

— Enchanté de vous avoir rencontré, monsieur Patterson. A bientôt, Toni.

Johanna l'avait imité.

— Bonsoir, dit-elle à son père. Au revoir, Toni.

Elle se laissa entraîner par Sam hors de la salle de bal.

— Vous n'auriez pas dû écourter votre soirée, commença-t-elle.

— Vous n'y êtes pour rien. Je supporte mal la proximité de piranhas tels que Toni. Je vous emmène dîner quelque part.

— Je n'ai pas faim.

— Entendu. C'est moi qui suis affamé.

Dans le hall, Sam donna les clés de sa voiture au groom pour qu'on aille la lui chercher.

— Ecoutez, Sam, j'apprécie votre gentillesse, mais pourquoi ne pas me déposer au studio ? Je récupérerai ma Mercedes et je rentrerai chez moi.

— Pas question. Je vous raccompagnerai chez vous... Quand nous aurons dîné.

— Je ne peux pas laisser ma voiture en ville.

— J'enverrai quelqu'un vous la rapporter demain.

— C'est beaucoup de tracas, et...

— Johanna... Laissez-moi être votre ami, d'accord ?

Elle lutta désespérément contre l'envie de se blottir contre lui pour sangloter tout son soûl.

— C'est entendu, j'ai besoin d'air et de nourriture.

Un quart d'heure plus tard, Sam stoppait devant un restaurant fast-food. Il commanda des frites et des hamburgers et signa une douzaine d'autographes avant de rejoindre Johanna, qui l'avait attendu dans la voiture.

— Je parierais que la serveuse a glissé son numéro de téléphone dans le sac, dit-il en soupirant.

— Vous auriez dû me laisser y aller.

— Nous avons tous nos croix à porter. Ecoutez, Johanna, il n'est pas dans mes habitudes de me justifier, pourtant je veux faire une exception et vous dire que je n'ai pas eu de liaison avec Toni.

— Cela ne me regarde pas, Sam.

— Je tiens à ce que vous me croyiez, d'autant qu'elle va sans doute épouser votre père. Toutes ces simagrées étaient grotesques !

Il se tut, ne voulant pas en dire davantage sur celle qui devait épouser Carl Patterson. Johanna l'observait. Absorbée dans ses propres pensées, elle ne s'était pas aperçue combien la prestation de Toni l'avait agacé.

Maintenant, Sam était sorti de la ville. Ils se trouvaient en haut d'une colline d'où ils pouvaient contempler les lumières de Los Angeles. Sam se gara sur un étroit plateau.

— Nous ne sommes pas habillés pour manger des hamburgers, mais j'ai pris une quantité de serviettes. Johanna… J'ai quelque chose à vous dire.

— Quoi ?

— Vous avez des jambes admirables.

— Donnez-moi un sandwich, Sam.

Ils mangèrent en silence pendant quelques minutes. Satisfait, Sam observait sa compagne du coin de l'œil. Tout à l'heure, dans cette salle de bal illuminée, elle semblait accablée de tristesse. Et le pire était qu'elle s'efforçait d'être vaillante.

— Voulez-vous que nous en parlions ?

Comme elle haussait les épaules, il poursuivit :

— J'ai cru comprendre que vous ignoriez que votre père allait se remarier.

— Je ne savais même pas qu'il comptait divorcer. Il ne discute pas de ces choses avec moi. J'ai été surprise parce que d'habitude il laisse s'écouler un an ou deux, entre deux mariages.

Sam frôla la joue lisse du bout des doigts.

— Vous avez de la peine ?

Elle secoua la tête, incapable de répondre pendant une longue minute.

— Mon père vit sa vie, ce qui me permet de vivre la mienne.

Sam agita le sac de frites.

— Vous savez, mon père et moi avons eu des disputes épiques.

— Vraiment ?

— Les Weaver sont tous dotés d'un sacré caractère. Nous adorons les cris. Je crois que j'ai dû passer les dix-sept premières années de ma vie nez à nez avec mon père. Par exemple, ce n'était pas parce que j'avais enfoncé la barrière des Greenley, qu'il avait le droit de me confisquer mon permis pendant six semaines !

Johanna éclata de rire.

— Du point de vue des Greenley, sans doute.

Content de l'avoir arrachée à sa tristesse, Sam posa un bras sur les épaules de la jeune femme.

— Vous vous sentez mieux ?

Elle soupira et se laissa aller contre lui.

— Incomparablement.

— Je regrette que vous ayez bu du champagne.

— Pourquoi ?

— Je ne voudrais pas profiter que vous êtes euphorique pour vous séduire.

Elle ne put s'empêcher de lever les yeux vers lui.

— Auriez-vous un code de l'honneur ?

Au lieu de répondre, il lui caressa les cheveux de sa main libre.

— Je vous désire, Johanna, mais quand vous serez à moi, je veux que vous ayez toute votre tête. C'est pourquoi, pour l'instant, je me contente de miettes…

Se penchant vers elle, il lui mordilla la lèvre inférieure, comme pour en goûter la douceur. Elle aurait pu le repousser. Il se montrait si prévenant, si doux, qu'il n'aurait pas insisté. Pas cette fois, du moins. Mais il y aurait les autres, elle le savait déjà, elle acceptait cette évidence. Une autre nuit, il la tiendrait contre lui de la même façon, peut-être à la lueur des étoiles, mais il ne serait plus aussi patient… et elle non plus.

Avec un petit soupir, elle lui caressa la joue.

— Je voudrais savoir où j'en suis…

Ce fut une torture, pourtant il parvint à s'écarter d'elle. Il aurait voulu emporter avec lui la douceur de sa peau, le parfum de ses cheveux, le goût pulpeux de sa bouche. Elle avait fermé les yeux et il vit à l'abandon de ses traits qu'elle aurait pu être à lui. Au prix d'un effort surhumain, il invoqua son fameux « code de l'honneur ».

— Il faudra que nous en discutions, ensuite nous aviserons. Mais pour l'instant, je vous raccompagne.

6

Le samedi, Johanna s'acquittait des tâches qu'elle avait négligées durant la semaine. Elle n'en profitait pas pour s'offrir une grasse matinée, mais pour s'occuper du ménage, des courses et du jardin. Le samedi, comme tous les autres jours de la semaine, était soumis à une routine qu'elle variait rarement. Johanna privilégiait l'organisation, parce qu'une vie bien réglée est une vie sans dangers.

Ce matin-là, elle s'attaqua d'abord à la poussière. Johanna n'avait jamais envisagé d'engager une femme de ménage. La maison était un lieu trop intime pour en confier le soin à quiconque. Elle trouvait d'ailleurs un certain plaisir dans ces humbles tâches, parce qu'elle considérait que son domaine, ses meubles, ses affaires personnelles méritaient son attention. C'était aussi simple que cela.

Tout en passant l'aspirateur, elle pensa à Sam. Elle espérait qu'il n'oublierait pas sa promesse de lui faire rapporter sa voiture. Dans le cas contraire, elle demanderait à Bethany de venir la chercher le lundi matin, quant aux courses, elle les ferait plus tard. Depuis bien longtemps, Johanna ne dépendait plus des promesses des autres, ou de leur mémoire.

Pourtant, elle ne parvenait pas à détacher son esprit de Sam Weaver. Elle se rappelait la tendresse avec laquelle il l'avait embrassée, et ce qu'elle avait ressenti. Pour la première fois depuis des années, elle avait failli rompre le contrat passé avec elle-même : ne pas engager de liaison qu'elle ne pût contrôler.

Dans la cuisine, Johanna remplit un seau d'eau chaude. Bien sûr, elle n'était pas amoureuse de Sam Weaver. Dieu merci, elle n'appartenait pas à cette race de femmes, qui se pâmaient à la vue du moindre biceps. Quant à sa réputation... Elle jouait plutôt contre lui. Evidemment, elle savait ce que valaient les ragots de la presse.

Avec une sorte de rage, Johanna passa la serpillière sur le sol dallé. La presse... Les journalistes n'avaient jamais connu sa vérité, la vérité de sa mère. Fermement, elle écarta cette pensée. Les souvenirs ne lui valaient rien, les jours de solitude...

Elle respectait le talent de Sam Weaver, mais elle avait trop connu de gens pervertis par leurs dons et l'argent qu'ils en avaient tiré. Son père en était un spécimen, lui et toutes les femmes qu'il attirait dans son sillage.

Pour être honnête, Sam Weaver possédait un charme indéniable, d'autant plus redoutable qu'il ne semblait pas le cultiver. Avec une aisance époustouflante, il avait réussi à creuser une première brèche dans le système de défense de Johanna. Il était temps de s'en inquiéter... et de trouver la stratégie adéquate.

Elle pouvait l'ignorer, mais elle doutait que cela marcherait. A moins qu'elle n'accepte, avec la plus grande prudence, son offre d'amitié. Peu à peu, elle parviendrait peut-être à le convaincre de la laisser tranquille.

Elle était incroyable ! Debout sur le seuil de la cuisine, Sam regardait Johanna, occupée à nettoyer le sol. Il avait frappé, appelé, mais le son de la radio avait couvert sa voix. Comme la porte n'était pas fermée, il lui avait suffi de traverser quelques pièces pour la trouver.

Johanna Patterson… Chaque fois qu'il la rencontrait, elle lui offrait une image différente d'elle-même. Sophistiquée un jour, délicieusement simple le suivant. Séduisante, puis glaciale. Nerveuse, puis inflexible. Un homme pouvait passer des années à découvrir toutes ces facettes, et Sam pensait qu'il avait le temps.

Pour l'instant, elle était vêtue d'un jean délavé roulé jusqu'aux genoux et d'un T-shirt trop large. Ses pieds étaient nus et ses cheveux remontés sur le haut de la tête. Elle maniait la serpillière avec aisance, sans paraître incommodée par cette tâche. Il aimait cela, et elle lui plaisait pour cela.

Il savait exactement ce qui l'attirait en Johanna Patterson. Elle était belle, mais cela n'aurait pas suffi. Elle était intelligente, mais cela ne l'aurait pas retenu. Elle était vulnérable. Normalement, cela l'aurait plutôt fait fuir. Il y avait en elle quelque chose de tranchant qui pouvait devenir insupportable, au fil des années. Mais pour l'instant, c'était une jeune femme meurtrie, qui ne se laissait pas impressionner par la gloire. C'était la combinaison de tous ces traits de personnalité, qui la rendait unique aux yeux de Sam.

A cet instant, les yeux de Johanna tombèrent sur les pieds de Sam. Effrayée, elle serra sa serpillière comme une arme et leva la tête. A sa vue, elle éprouva un soulagement mêlé de colère.

— Comment êtes-vous entré ?

Il sourit avec une pointe de moquerie.

— Par la porte. Elle n'était pas fermée. J'ai supposé que vous ne m'aviez pas entendu frapper.

— En effet. Apparemment, vous avez pris ma surdité passagère pour une invitation.

Il lui tendit un trousseau de clés.

— J'ai pensé que vous aimeriez récupérer votre voiture.

Elle les fourra dans sa poche, plus gênée qu'irritée, maintenant. Elle n'aimait pas être prise au dépourvu.

— Merci.

Il sortit de derrière son dos un bouquet de marguerites. Ainsi qu'il l'espérait, les yeux de la jeune femme s'adoucirent.

— Tenez, je les ai volées dans le jardin de Mae. En espérant qu'elle ne s'en apercevra pas.

Reconnaissant sa défaite, elle émit un soupir résigné.

— Elles sont très belles. Je vous remercie de m'avoir ramené la voiture, mais vous m'avez surprise au mauvais moment. C'est à peine si je peux vous offrir un verre, car le sol est humide et je suis très occupée.

— Je vous invite à en boire un dehors. Mieux encore, allons déjeuner.

— C'est impossible ! Je n'ai pas terminé ici et je ne suis même pas habillée. D'ailleurs, je…

— Vous êtes très bien comme vous êtes. Et vous devriez mettre ces fleurs dans un vase avant qu'elles n'inondent vos dalles.

Elle aurait pu se montrer désagréable. Pour une raison inconnue, elle n'en fit rien. En silence, elle alla chercher une vieille bouteille carrée, qu'elle remplit d'eau dans la salle de bains. Pendant qu'elle s'affairait, le volume de la radio baissa. Il était dans la salle de séjour, en train d'examiner sa collection de verres anciens. Cette vision eut le don de ranimer sa mauvaise humeur.

— J'imagine qu'il faut vous raccompagner chez vous ?

— Tôt ou tard.

Elle se tourna vers le téléphone.

— Je vais appeler un taxi. C'est moi qui réglerai la course.

Au moment où elle atteignait le récepteur, il posa sa main sur celle de la jeune femme.

— Johanna, de nouveau vous vous montrez inamicale.

— C'est vous qui allez trop loin.

— C'est exact. Avec vous, les subtilités ne marcheraient pas. Si nous allions déjeuner ?

Il leva la main pour ajuster une épingle à cheveux

qui menaçait de tomber. Il aurait préféré les lui enlever toutes, pour délivrer l'épaisse chevelure blonde.

— Je n'ai pas faim.

— En ce cas, nous commencerons par sillonner les routes avoisinantes en voiture. Cela vaut mieux, je vous assure, parce que si nous restons ici, je vais encore avoir envie de faire l'amour avec vous. Comme je suppose que vous n'êtes pas encore prête, sortons.

Johanna s'éclaircit la gorge.

— J'apprécie votre logique, pourtant je n'ai pas le temps de me promener.

— Vous avez un rendez-vous ?

— Non. C'est simplement que je...

— Vous m'avez déjà dit non. C'est trop dommage de rester enfermée à nettoyer une maison qui est bien assez propre.

Maussade, elle constata qu'il paraissait presque aussi amusé qu'elle était irritée.

— C'est mon affaire.

— Entendu. En ce cas, j'attendrai que vous ayez fini.

— Sam...

— Je suis têtu, Johanna, vous me l'avez dit vous-même.

— Très bien, je vais vous raccompagner chez vous.

— Certainement pas !

Il la prit par les épaules. Soudain, l'expression de son visage avait changé. Il n'avait plus l'air amusé, maintenant, bien qu'il ne parût pas non plus en colère. Ce qui dominait, c'était cette détermination irréductible qui durcissait ses traits.

— Je veux passer la journée avec vous... et la nuit aussi, vous le savez sacrément bien. Pourtant, je me contenterai de quelques heures en votre compagnie. Donnez-moi une seule bonne raison, et je m'en vais.

— Tout simplement, je n'ai pas envie de sortir avec vous.

— C'est une constatation, non une raison. De plus, je n'y crois pas.

— C'est votre narcissisme qui vous en empêche.

Il s'assit sur le canapé et glissa distraitement un coussin sous sa nuque.

— J'ai tout mon temps. Cela ne me dérange pas de rester assis jusqu'à ce que vous cessiez de poursuivre une poussière imaginaire. J'accepte même de vous donner un coup de main, parce que ce n'est pas facile de rester longtemps enfermé avec vous sans... J'ai envie de vous toucher, Johanna, de vous caresser longuement.

— Sortons, décida-t-elle très vite.

— Bonne idée. Voulez-vous que je conduise ?

Elle allait protester, pour le principe, puis elle pensa qu'il la troublerait moins s'il avait les yeux fixés sur la route.

— Entendu. Juste le temps d'éteindre la radio et de me changer, et je suis prête.

Il s'empara de sa main.

— Vous êtes parfaite, vêtue ainsi. Je sens que je

vais apprécier cette Johanna autant que j'ai aimé les autres.

Elle préféra ne pas réclamer d'éclaircissements.

— En ce cas, ce sera un déjeuner sans cérémonie ?

— Il le sera.

Il tint sa promesse. Le hot-dog dégoulinait de moutarde et le bruit était intense. Johanna contemplait les éléphants roses décrire des cercles au-dessus de sa tête. Ce n'était pas un rêve, c'était... Disneyland.

— Je n'arrive pas à y croire.

— Fantastique, n'est-ce pas ?

— Vous venez souvent ici ?

Il enfourna une énorme bouchée.

— C'est ici qu'on fait les meilleurs sandwichs. De plus, le château hanté me fascine. Il est extraordinaire, vous ne trouvez pas ?

— Je n'y suis jamais entrée.

Sam posa sur elle un regard sincèrement étonné.

— Et vous dites que vous avez grandi ici ?

Elle haussa les épaules. Son père n'avait jamais jugé utile de l'emmener dans un parc d'attractions.

— Vous prétendriez n'avoir jamais mis les pieds à Disneyland ?

— Ce n'est pas une obligation, que je sache.

Il posa sa serviette sur la table.

— Venez, votre éducation est incomplète.

— Où allons-nous ?

— Nous allons monter dans le chariot sauvage de M. Crapaud. Vous aimerez, vous verrez. C'était vrai.

Une minute plus tard, Johanna se surprenait à hurler de rire, tandis que le chariot virait et tournait à travers les tunnels. Sans lui laisser le temps de reprendre son souffle, Sam la traîna ensuite sur les montagnes russes. Lorsqu'il se déclara satisfait, elle avait virevolté, tournoyé, navigué et volé. Les jambes tremblantes, elle se laissa affubler d'une paire d'oreilles de Mickey, gravées à son nom.

— Vous êtes à croquer, dit-il.

Il l'embrassa sur le bout du nez, ravi de la voir détendue comme elle ne l'avait jamais été.

— Je pense que vous êtes prête pour le château hanté, poursuivit-il.

— Est-ce qu'il vous met la tête à l'envers ?

— Non, il vous glace de terreur. C'est pourquoi vous vous pendrez à mon cou, ce qui me persuadera de ma bravoure.

La prenant par les épaules, il l'entraîna. Johanna s'était aperçue qu'il connaissait le parc comme sa poche.

— Vous êtes venu souvent, j'ai l'impression.

— Lorsque je suis arrivé en Californie, j'avais deux objectifs : décrocher un rôle et aller à Disneyland. Quand ma famille me rend visite, nous y passons toujours au moins une journée.

Johanna jeta un regard alentour. Des enfants couraient dans tous les sens, passant d'une attraction à l'autre avec un enthousiasme toujours renouvelé.

— C'est un endroit étonnant, dit-elle.

Sam parut hésiter.

— J'ai été Pluto, pendant six semaines.

— Pluto ?

— Vous connaissez sûrement le chien Pluto ?

Elle fronça les sourcils.

— Vous voulez dire que vous avez travaillé ici ?

— Sous un costume de chien. Il y faisait très chaud, d'ailleurs. C'est ainsi que j'ai payé mon premier loyer.

— En quoi consistait votre travail ?

— Je prenais part aux défilés, je posais pour les photos, je transpirais beaucoup. J'aurais préféré incarner le capitaine Crochet, mais j'ai dû accepter Pluto.

Johanna s'efforça en vain de l'imaginer dans ce « rôle ».

— Je l'ai toujours trouvé adorable.

— J'étais un Pluto fantastique, estimable et loyal. Pourtant, Marv a pensé qu'il était inutile de le mentionner dans mon curriculum vitæ.

— Marv ? Oh, votre imprésario ?

— Il estimait que mon image de marque en souffrirait.

Tout en parlant, ils étaient parvenus au château hanté. Quelques minutes plus tard, leur train les emportait vers un monde où les fantômes dansaient et virevoltaient, où les spectres s'agitaient avec entrain. L'espace d'un instant, Johanna oublia qu'elle était une jeune femme raisonnable pour crier de terreur et de joie, comme tous les enfants qui l'entouraient.

Lorsqu'ils revinrent à la voiture, elle était épuisée.

Serrant contre son cœur le Pluto en peluche que Sam lui avait offert, elle affirma :

— En tout cas, je n'ai pas hurlé.

— Vous ? Vous n'avez pas cessé, au contraire. J'ai d'ailleurs admiré la force de vos poumons. Vous voulez y retourner ?

— Non, je demande grâce.

Sam ouvrit la portière.

— Aimez-vous les émotions, Johanna ?

— De temps à autre.

— Que diriez-vous de tout de suite ?

Il prit le visage de la jeune femme entre ses mains et l'embrassa sur la bouche, ainsi qu'il en avait eu envie dès l'instant où il l'avait vue nettoyer son plancher. Ses lèvres étaient chaudes, infiniment plus douces que dans son souvenir. Il s'attarda davantage qu'il en avait eu l'intention, et plus qu'il n'était sage. Quand elle voulut s'écarter, il la serra contre lui avec force.

Tout près de son oreille, il murmura :

— Je veux être seul avec vous, Johanna. N'importe où, pourvu que ce soit avec vous. Malgré tous mes efforts, je n'ai pas réussi à vous chasser de mon esprit.

— Je ne pense pas que vous ayez essayé.

Bien qu'elle tentât de lui résister, il l'embrassa de nouveau. C'était ce qu'il y avait de plus excitant, de plus irrésistible, en elle : cette résistance mêlée de passion.

— Vous avez tort, murmura-t-il entre deux baisers. Je ne cesse de me répéter que vous êtes trop compliquée, trop survoltée pour moi. Pourtant je reviens toujours vers vous.

— Je ne suis pas survoltée.

Le ton outragé de Johanna l'amusa.

— La moitié du temps, vous semblez prête à exploser. Et j'ai bien l'intention d'être là quand cela arrivera.

Elle lui prit les clés des mains, décidée à conduire, cette fois.

— C'est ridicule !

— C'est ce que nous verrons.

Se glissant sur le siège du passager, il casa à grand-peine ses longues jambes.

— Vous me ramenez chez moi ?

Elle avait très envie de l'abandonner sur le parking, juste en dessous de l'effigie de Donald. Pourtant, elle se contint et grimpa à son tour dans la voiture.

— Bien sûr.

Dès qu'elle fut sur la grand-route, elle gagna la file de gauche et appuya sur l'accélérateur. Elle conduisait vite mais bien, songea Sam, l'œil fixé sur le compteur. Sans doute éprouvait-elle le besoin de se défouler…

Le pire était qu'il avait raison, pensait Johanna. Elle n'ignorait pas qu'elle était sur les nerfs la plupart du temps. Mais elle faisait tout son possible pour se calmer, et les propos de Sam la blessaient cruellement.

Quand elle avait décidé de faire l'amour avec un camarade de faculté, lui aussi l'avait traitée de survoltée… sexuellement. « Détends-toi », lui avait-il conseillé. Elle n'y était pas parvenue, ni avec lui, ni avec les autres hommes qui la courtisaient. Aussi avait-elle cessé d'essayer.

Ce n'était pas qu'elle détestait les hommes, ce qui aurait été absurde. Simplement, elle refusait de s'engager, que ce soit sur le plan sentimental ou sexuel. Dans ce domaine, ses yeux s'étaient dessillés de bonne heure, et elle n'avait jamais oublié qu'on pouvait utiliser les sentiments et la sexualité comme des armes.

C'est pourquoi elle était « survoltée », bien qu'elle détestât ce mot. Elle ne s'abandonnerait certainement pas au charme de deux merveilleux yeux bleus ou d'une voix légèrement traînante.

Il lui avait dit la vérité et tant mieux si cela la faisait réfléchir, songeait Sam. Quant à lui, il profitait de chaque minute du trajet. Tôt ou tard, elle serait à lui... Il espérait que ce serait le plus tôt possible, ce qui lui éviterait de devenir fou.

— Nous dînons ensemble, la semaine prochaine ? Je peux passer vous prendre au bureau mercredi prochain, si vous voulez.

— Je serai très occupée.

— Il faut bien que vous vous nourrissiez. Disons à 6 heures.

Comme elle braquait avec un peu trop de vivacité, les pneus crissèrent sur le bitume.

— Quand vous déciderez-vous à comprendre que quand je dis non, c'est non ?

— Jamais, je crois. Prenez la deuxième à gauche.

— Je m'en souviens.

Elle conduisait en silence et ne ralentit que lorsqu'ils franchirent la barrière de son ranch. Lorsqu'elle s'arrêta devant la maison, il resta un instant immobile, comme s'il réfléchissait.

— Vous voulez entrer ?

— Non.

— Vous voulez vous disputer avec moi ?

Elle ne se laissa pas dérider.

— Non.

— Très bien, nous nous disputerons une autre fois. Je vais vous dire une bonne chose… Vous ne voulez pas ? Tant pis ! Selon moi, il y a trois étapes à franchir en amour. D'abord, quelqu'un vous plaît, puis vous êtes amoureux, et enfin, si le canon sonne la charge, vous l'aimez pour la vie.

Les mains sur le volant, elle lui offrait un profil rigide.

— Très intéressant. Si seulement la vie pouvait être aussi simple !

— Je vous ai toujours dit qu'elle l'était… si du moins vous acceptez qu'elle le soit. En ce qui me concerne, Johanna, je suis déjà sur la deuxième marche. Une femme comme vous exige de connaître les raisons de ce type de phénomène, mais je suis incapable de vous les fournir parce que je ne les connais pas.

— Sam, je vous ai déjà dit que ce n'était pas une bonne idée de persister. Je le pense toujours.

— Non, vous ne le pensez pas toujours. Aujourd'hui,

il y a une grande différence parce que je suis amoureux de vous. Vous avez le droit de le savoir.

Il se pencha pour l'embrasser sur la joue.

— Vous avez jusqu'à mercredi pour y réfléchir.

Il sortit de la voiture, avant de lancer par la vitre ouverte :

— Conduisez prudemment, voulez-vous ? Tant que vous serez survoltée, vous risquez de heurter quelque chose.

7

La journée avait été longue… ou, pour être honnête, la semaine avait été interminable. Fort heureusement, Johanna avait eu assez de menus problèmes à résoudre pour s'abstraire de sa vie privée.

Pour commencer, le technicien préposé aux éclairages avait choisi le lundi pour avoir l'appendicite. Elle lui avait envoyé des fleurs à l'hôpital, non sans lui souhaiter un prompt rétablissement pour des raisons… pas tout à fait désintéressées. Ensuite, John Jay avait décidé d'avoir une laryngite. Johanna avait dû utiliser la cajolerie, assortie de menaces voilées, pour obtenir une guérison miraculeuse…

Le mardi s'était passé en réunions de toutes sortes, dont une avec son père, relativement épuisante. Comme toujours, ils s'étaient montrés l'un envers l'autre d'une courtoisie purement professionnelle. Ils avaient discuté les statuts de l'émission, et dessiné les grandes lignes de son expansion future. Puis son père avait mentionné vaguement une réception de fiançailles. Dès que la date serait fixée, sa secrétaire préviendrait Johanna.

Et évidemment, Johanna regardait chaque matin

A vos marques à la télévision. Par un coup du sort, l'émission à laquelle Sam avait participé était justement programmée cette semaine. Il était difficile, dans ces conditions, d'éviter de penser à lui. Le mercredi, elle avait déjà reçu des centaines de lettres de téléspectateurs enthousiasmés.

Le mercredi...

Il lui avait donné jusqu'au mercredi pour réfléchir. Elle n'en avait pas eu le temps, se répéta-t-elle en allumant son poste pour regarder l'émission du jour.

Le générique défilait sur l'écran, tandis que les deux célébrités venaient s'installer sur le plateau. Malgré elle, les yeux de Johanna se posèrent sur Sam pour ne plus le quitter.

Elle ne pouvait s'empêcher d'admirer son aisance souriante, cette confiance en lui-même qui semblait ne jamais l'abandonner. Il parvenait à mettre sa partenaire à l'aise, grâce à cette amabilité courtoise que le public attendait des stars.

Johanna en oubliait le jeu. Elle ne se souvenait que trop bien que c'était après cet enregistrement qu'ils avaient fait un pari, et qu'elle avait perdu. Depuis, sa vie n'était plus la même.

Elle voulait que tout redevienne comme avant, quand elle n'était préoccupée que de sa carrière ! A cette époque, elle n'affrontait pas de longues nuits sans sommeil. Elle était « survoltée », peut-être, mais elle dormait.

Elle n'avait pas besoin de Sam, et de ses émotions. Tout ce qu'elle désirait, c'était la paix de l'âme...

Sam et sa partenaire avaient pris place sur les sièges réservés aux vainqueurs. Sous le feu des projecteurs, il recevait les ovations du public. Johanna se rappelait la rapide grimace qu'il lui avait adressée. A la seconde où les applaudissements retentirent, elle éteignit la télévision.

Prise d'une impulsion subite, elle décrocha le téléphone et forma le numéro personnel de Sam. Une voix de femme répondit. Aussitôt, Johanna en tira des conclusions propres à la justifier : un homme comme Sam était forcément entouré d'un harem. C'était justement ce genre d'individu qu'elle évitait comme la peste.

— Pourrais-je parler à M. Weaver, je vous prie ? C'est de la part de Johanna Patterson.

— Sam est absent. Puis-je prendre un message ?

A l'autre bout de la ligne, Mae cherchait le calepin qui se trouvait toujours au fond de sa poche de tablier.

— Patterson ? répéta-t-elle. Sam m'a parlé de vous. C'est vous qui produisez *A vos marques*, n'est-ce pas ?

Johanna fronça les sourcils, contrariée à l'idée que Sam avait parlé d'elle à l'une de ses femmes.

— En effet. Voulez-vous…

— Je n'en rate pas une, continua Mae. J'allume toujours le poste, quand je fais le ménage. Ensuite, je pose les questions à Joe. Joe est mon mari, mademoiselle Patterson. Je suis Mae Block.

Un peu honteuse d'avoir intérieurement calomnié Sam, la jeune femme murmura :

— Je suis heureuse que vous appréciiez notre émission.

— J'en suis folle ! Justement, je viens de regarder notre Sam. Je l'ai même enregistré, pour que Joe puisse le voir. Nous adorons Sam, vous savez. Il semble beaucoup vous aimer… Les fleurs vous ont plu ?

— Les fleurs ?

— Celles que Sam m'a chipées. Il ne sait pas que je m'en suis aperçue.

Johanna sentit sa résolution faiblir.

— Elles étaient ravissantes, madame Block.

— Mae. Appelez-moi Mae, ma chérie.

Se traitant intérieurement de lâche, Johanna balbutia :

— Pouvez-vous dire à Sam que j'ai appelé, Mae, et que…

— Vous le lui direz vous-même, ma chérie, le voici.

Sans laisser le temps à Johanna de trouver une excuse, la brave femme posa le récepteur et se mit à crier :

— Sam ! C'est cette jeune femme qui te met la tête à l'envers, au téléphone. J'aimerais vraiment savoir à quoi tu penses quand tu mets une chemise blanche pour t'occuper des chevaux ! Comment veux-tu que je nettoie ces taches brunes ? Tu ne pouvais pas essuyer tes pieds ? Je viens juste de laver par terre !

— Oui, m'dame. C'est une vieille chemise.

— Vieille ou non, il va bien falloir la laver. Un garçon de ton âge devrait savoir ça. Ne laisse pas ta jeune femme se morfondre au téléphone, je vais te faire un sandwich.

— Merci. Bonjour, Johanna.

Mae n'avait même pas mentionné son nom... « Cette jeune femme qui te met la tête à l'envers », c'était tout ce qu'elle avait dit... Johanna passa une main tremblante sur son front.

— Je suis désolée de vous déranger à cette heure-ci. Vous devez être occupé.

— Par les vacances, oui. Je suis heureux que vous appeliez, Johanna, j'ai beaucoup pensé à vous.

— Eh bien... C'est à propos de ce soir.

— Oui ?

— Il se trouve que je dois assister à une réunion un peu tardive, et j'ignore à quelle heure elle se terminera.

Il savait reconnaître un mensonge quand il en entendait un.

— Pourquoi ne pas venir ici ensuite ? Vous devez connaître le chemin, maintenant ?

— Oui, mais il sera tard, je ne voudrais pas gâcher votre soirée.

— Elle le sera sûrement si vous ne venez pas.

Elle n'avait pas une seule bonne raison à lui opposer.

— De toute façon, je n'ai jamais accepté de sortir ce soir. Pourquoi ne pas nous voir une autre fois ?

Sam s'arma de patience.

— Johanna, vous ne tenez pas à me voir camper sur le pas de votre porte, j'imagine ?

— Je pensais juste qu'il valait mieux…

— Si vous n'êtes pas là à 8 heures, je viens vous chercher. Il ne vous reste plus qu'à choisir.

— J'ai horreur des ultimatums.

— C'est bien dommage. A ce soir, ne travaillez pas trop dur.

Excédée, Johanna raccrocha. Elle n'irait pas, qu'elle soit pendue si elle y allait !

Evidemment, elle y alla.

Uniquement pour se prouver qu'elle ne manquait pas de courage, se dit-elle. D'ailleurs, on ne résolvait pas les problèmes en les fuyant, on les remettait seulement à plus tard. En outre, elle se sentait de taille à affronter tous les Sam Weaver de la terre…

Ce serait un dîner entre amis. Ils échangeraient quelques propos anodins sur les personnalités du show-business. Au moins, ce soir, elle disposait de sa propre voiture. Elle s'en irait quand elle en aurait envie, personne ne pourrait l'en empêcher.

Au moment où elle franchissait la barrière du ranch, elle se promit de profiter de cette soirée pour ce qu'elle était : quelques heures passées en compagnie d'un homme qui lui plaisait, rien de plus.

Lorsqu'elle eut garé la voiture devant la maison, elle refusa de se regarder dans le rétroviseur. Il n'était pas question de rectifier son maquillage ou d'ajuster sa tenue. Elle portait un strict tailleur gris et des chaussures plates, comme il convenait pour se rendre au bureau.

Depuis le porche, Sam observait Johanna avec intérêt.

Elle ressemblait à ce qu'elle était la première fois qu'il l'avait rencontrée : guindée, froide… et subtilement sexy. Et tout comme la première fois, elle exerçait sur lui une intense fascination.

Souriant, il émergea de l'ombre.

— Bonsoir.

Méfiante, elle lui rendit son sourire. Surtout, ne pas se laisser énerver par sa présence ! Rester calme ! Le geste de Sam fut si imprévisible qu'elle n'eut pas le temps de lui échapper.

Passant une main derrière sa nuque, il l'attira contre lui pour l'embrasser. Il ne semblait pas agir sous le coup de la passion, mais plutôt lui souhaiter la bienvenue sous son toit. Sans voix, elle leva vers lui un regard désorienté.

— J'aime la façon dont vous portez le tailleur, Johanna.

— Je n'ai pas eu le temps de me changer.

Il passa un bras autour de la taille de la jeune femme et l'entraîna dans la maison. Elle était nerveuse… Il pensait pourtant qu'elle avait dépassé ce stade. Il ignorait s'il fallait s'en féliciter ou le déplorer.

Johanna cherchait désespérément un sujet de conversation.

— Votre femme de ménage m'a dit qu'elle regardait *A vos marques*.

« Elle a aussi dit que je vous mettais la tête à l'envers », ajouta-t-elle pour elle-même. C'était ridicule, évidemment, des hommes comme Sam Weaver ne s'émouvaient pour aucune femme.

— Religieusement, dit-il. En fait Mae considère ma... performance de la semaine comme le sommet de ma carrière.

Il sentit que Johanna se détendait.

— Au risque de vous faire rougir, je dois avouer que nous avons reçu une montagne de lettres chantant vos louanges. Une vieille dame de soixante-dix ans affirme même que vous êtes le plus mignon jeune homme qu'elle ait jamais vu.

— Quand vous aurez fini de plaisanter...

— Je ne plaisante jamais quand il s'agit de mon travail.

— ... Nous pourrons dîner. J'ai pensé à un barbecue, puisque j'ignorais à quelle heure vous arriveriez de cette réunion.

— Quelle réunion ? Oh ! Elle s'est terminée plus tôt que je ne croyais.

Amusé par sa bévue, Sam décida de ne pas l'accabler.

— J'ai acheté des dorades. Servez-vous de vin pendant que j'allume le feu.

— Entendu.

La bouteille était déjà ouverte. Pendant qu'il sortait sur la terrasse, Johanna remplit les deux verres qu'il avait posés sur le comptoir de la cuisine.

Il avait certainement deviné son mensonge. Elle ne se rappelait pas avoir jamais été aussi déchiffrable, songea-t-elle en soupirant. Le fait qu'il l'avait épargnée accentuait son sentiment de honte. Le moins qu'elle pouvait faire, maintenant, c'était de se montrer bonne joueuse et d'agréable compagnie.

Prenant les deux verres, elle sortit. La piscine lui parut délicieusement fraîche. Quand elle vivait chez son père, elle nageait chaque jour. Aujourd'hui, elle ne trouvait jamais le temps de se rendre à son club de gymnastique. Elle rejoignit Sam qui se tenait près du barbecue de pierre, un plat à la main.

Il remarqua le regard d'envie qu'elle jetait sur l'eau.

— Vous ne voulez pas faire quelques brasses avant le dîner ?

— Non, merci.

— Vous pourrez toujours vous raviser après vous être restaurée. Asseyez-vous, ce ne sera pas long.

Au lieu de lui obéir, elle s'éloigna pour observer les alentours. Il semblait si heureux ici, tellement « chez lui ». Il aurait pu être n'importe qui, un homme ordinaire. Elle se souvint de ce qu'elle avait lu le matin même à propos de Sam.

— Vous avez une très bonne critique de *Pas de roses pour Sarah*, dans *TV magazine*.

— Je l'ai lue.

Fasciné, il observait comment le soleil couchant formait autour d'elle un halo doré. Soudain, ce tailleur gris évoquait les soirées calmes, après une journée de travail.

— Le journal *Variétés* est également enthousiaste.

Comment disent-ils, déjà ? Ah oui ! « La performance de Sam Weaver est saisissante. »

Sam posa les filets de poissons sur la grille. Une fumée odorante s'en échappa aussitôt.

— « Il séduit Sarah et le public avec le même panache », poursuivait Johanna. Panache ! C'est un mot qui doit vous faire plaisir, non ?

— Je ne savais pas que vous vous teniez au courant de tous les potins du show-business, Johanna.

Elle se mit à rire.

— Je suis aussi humaine. Rien ne pourra me faire bouger de mon siège, dimanche soir, quand le premier épisode de votre film passera.

— Et lundi ?

— Tout dépendra de votre saisissante performance du dimanche.

La grimace de Sam laissait entendre qu'il n'avait aucun doute à ce sujet.

— Gardez un œil sur les poissons, voulez-vous ? Je reviens tout de suite.

Une fois seule, Johanna s'étira. La réunion était un faux prétexte, en revanche, la journée avait été vraiment très longue. De nouveau, elle regarda la piscine avec envie. Si seulement Sam avait été n'importe qui d'autre, un ami dont elle aurait partagé le repas, avec qui elle aurait discuté de sa journée ! Ensemble, ils auraient pu glisser dans l'eau froide. Plus tard, après le repas, ils se seraient étendus l'un près de l'autre, pour bavarder tranquillement. Sur la table, les chandelles se seraient consumées peu à peu…

Quelque chose frôla les jambes de Johanna. Elle sursauta, arrachée brutalement à son rêve d'amitié platonique. Une main sur le cœur, elle vit un gros chat gris qui fixait sur elle ses prunelles mystérieuses. Elle tendit le bras pour lui caresser les oreilles.

— D'où viens-tu ?

— De l'écurie, fit la voix de Sam dans l'ombre. Je suppose que Silas a été attiré par l'odeur du poisson. Il vient voir s'il réussira à attendrir l'un de nous. Il peut se montrer charmant. Vous aimez les chats ?

— Oui, j'ai même pensé à en avoir un. Pourquoi Silas ?

— A cause du roi de la légende, vous vous souvenez. Le roi Silas accaparait l'or, celui-ci accapare les souris.

— Un peu tiré par les cheveux, non ?

— Je l'admets.

Sam but une gorgée de vin avant de reprendre.

— Dites-moi, quand votre émission sera-t-elle programmée le soir ?

— Nous commençons d'enregistrer dans deux semaines, et la série commence dans quatre.

— Vous avez dû engager du personnel ?

— Un peu. En fait, tout ce qui a changé, c'est que nous enregistrons deux jours par semaine au lieu d'un. Vous avez envie de revenir nous voir ?

— En fait, je vais être assez occupé, pendant quelque temps.

— Votre prochain film…

Johanna se détendit. C'était bien ainsi qu'elle avait imaginé la soirée. Parler métier, rien de plus.

— Quand commencez-vous le tournage ? demanda-t-elle.

— Théoriquement, n'importe quand à partir de maintenant. En réalité, dans une huitaine de jours. Nous allons d'abord travailler en studio, puis nous partirons pour l'Est. Si l'on s'en tient aux prévisions, nous passerons trois semaines dans le Maryland, à Baltimore pour être précis.

— Vous devez être pressé de commencer.

— Rien de tel que les vacances pour remettre la machine en marche. Comment trouvez-vous le poisson ?

Elle avait terminé son assiette sans même s'en rendre compte.

— Merveilleux. Je me suis acheté un gril, il y a quelques mois, mais tout ce que j'ai voulu faire cuire a brûlé.

Quelque chose dans l'expression de Sam alerta Johanna. Il se pencha pour lui prendre la main.

— Vous devez baisser la flamme, garder l'œil, et avoir beaucoup de patience.

— Je…

Il avait porté les doigts de la jeune femme à ses lèvres, et les embrassait un à un.

— J'essaierai encore, parvint-elle à articuler.

— Votre peau a toujours un parfum particulier… Comme si vous aviez marché sous la pluie. Même quand vous êtes loin de moi, je ne peux m'empêcher d'y penser.

— Nous devrions… aller nous promener. J'aimerais revoir votre étang.

— Entendu.

Patience…, se rappela Sam. Mais la flamme n'était pas aussi basse qu'elle l'avait été. Voyant qu'il rassemblait la vaisselle, Johanna songea qu'elle aurait dû lui proposer son aide, mais elle ressentait le besoin d'être seule un moment.

Le chat se précipita sur les miettes de poisson avec avidité, comme s'il n'avait cessé d'attendre cet instant depuis le début du repas. Sam était comme lui… Soudain glacée, Johanna mit ses bras autour d'elle.

Elle n'avait pas peur de lui… Plutôt peur d'elle-même, et c'était pire dans une certaine mesure. Elle était là parce qu'elle l'avait voulu, il était temps d'affronter cette réalité. Elle avait déjà admis qu'il ne l'avait pas manœuvrée pour la contraindre à venir. Elle s'était manœuvrée elle-même, ou plutôt elle avait manœuvré la part d'elle-même qui se refusait à bouger.

Mais il y avait aussi en elle une inconnue qui se découvrait peu à peu, qui savait exactement ce qu'elle voulait. Qui elle voulait. C'était elle qui avait commis la lourde erreur de tomber amoureuse de Sam.

Avant qu'elle ait eu le temps de mesurer l'énormité de cette constatation, Sam était de retour. Il portait un sac de plastique plein de pain rassis.

— Vous êtes prête ?

Elle était pâle, les yeux agrandis. Si Sam ne l'avait pas connue, il aurait pensé que quelqu'un lui avait assené un vigoureux coup de poing.

— Je vois que vous avez pensé à vos bêtes, dit-elle. On dirait qu'elles font de vous ce qu'elles veulent.

Dieu merci, sa voix était ferme ! Elle la maîtrisait encore.

— On le dirait.

Il frôla du bout des doigts le visage de la jeune femme. Elle ne recula pas, mais il sentit qu'elle serrait la mâchoire.

— Vous avez l'air un peu troublée, Johanna.

Terrifiée était le mot juste, songeait-elle. Elle était amoureuse de lui ! Seigneur, quand était-ce arrivé ? Comment ? Et surtout, pourquoi ?

— C'est sans doute le vin. Marchons.

Le vin n'y était pour rien, mais il la laissa dire. Prenant fermement la main de Johanna dans la sienne, il la guida vers le chemin.

— La prochaine fois que vous viendrez, il faudra songer à vous habiller de façon plus appropriée. Ces chaussures sont trop fragiles pour la marche. Il vous faudrait des bottes ou des baskets.

Fragiles... Johanna baissa les yeux sur ses chaussures basses importées d'Italie. Elle réussit à réprimer un soupir. Fragiles... Pas autant qu'elle !

— Je peux toujours vous porter, dit Sam.

— Ce sera inutile.

De nouveau, elle avait adopté cette voix basse et

froide. Tandis qu'ils s'engageaient dans le sentier, il ne put réprimer un sourire. Le soleil était presque couché, faisant place à une lumière douce et nacrée. De petites fleurs sauvages étaient écloses depuis leur dernier passage. Sam pensa que Johanna pourrait les nommer s'il le lui demandait, mais il préférait leur conserver l'anonymat.

L'odeur de l'eau parvint jusqu'à lui. Il entendit le clapotis des vaguelettes contre l'herbe haute. Depuis quelque temps, chaque fois qu'il était venu là, il avait pensé à elle. Les oiseaux s'étaient tus. Sans doute s'installaient-ils pour la nuit. Il aimait la quiétude du soir et le sentiment de solitude qui l'accompagnait. Il se demanda si Johanna ressentait les choses comme lui… Il avait tendance à croire que oui.

L'étang s'assombrissait comme le ciel. Les ombres des arbres s'étiraient à la surface de l'eau. A la vue des canards qui se hâtaient dans leur direction, Johanna sourit.

— Je parie que Silas et ses compagnons ne les ennuient pas.

— Trop fatigant de quitter l'écurie pour trotter jusqu'ici.

Sam tendit le sac à Johanna. La jeune femme rit encore quand les volatiles se précipitèrent avidement sur les miettes qu'elle leur distribuait.

— Je parie que plus personne ne les gâte ainsi, quand vous êtes parti.

— Mae s'en charge, bien qu'elle ne l'avoue pas.

— Oh ! Je n'avais pas encore vu le mâle de si près ! Et regardez comme les petits ont grandi !

Elle lança des morceaux de pain jusqu'à ce que le sac soit vide, puis elle le glissa machinalement dans sa poche.

— Que c'est agréable, murmura-t-elle. Juste de l'eau et de l'herbe.

« Et lui », songea-t-elle. Mais elle ne leva pas les yeux vers lui, jusqu'à ce qu'elle sentît la main de Sam se poser sur sa joue.

C'était exactement ce qu'il avait fait la première fois, et pourtant ce n'était pas pareil. Cette fois, elle savait précisément ce qu'elle allait ressentir quand il l'embrasserait. Elle savait qu'il allait toucher ses cheveux avant de l'attirer, elle savait qu'elle ne saurait plus où elle en était, que son cœur battrait la chamade…

Elle le savait et pourtant elle fut prise au dépourvu.

Il semblait à Sam qu'il attendait cet instant depuis un siècle, cependant il ne la connaissait que depuis quelques semaines. Et quand sa bouche se posa sur celle de Johanna, il sut qu'il touchait au port. Elle l'ignorait encore, il le sentait à son hésitation, bien que la passion ne fût pas loin. Mais il suffisait qu'il en fût convaincu pour deux.

Il comprit qu'elle allait lui appartenir sur les bords de l'étang, à l'endroit même où le désir était passé entre eux pour la première fois.

Les doigts de Johanna se crispèrent sur la chemise de Sam. Elle ne savait plus si elle le repoussait ou si elle l'attirait contre elle. D'ici à quelques minutes, elle ne serait plus capable de raisonner clairement. Si elle ne parvenait pas à lui échapper maintenant, elle était perdue.

Elle gémit, car Sam faisait glisser sa veste le long de ses bras. Puis il défit lentement les boutons de son chemisier. Quand elle sentit ses doigts sur sa peau, elle frissonna et parut se réveiller d'un long sommeil. Non ! Il ne fallait pas !

Mais les lèvres de Sam descendaient le long de sa gorge, lui faisant perdre toute notion du danger.

Sam fit appel à toute la maîtrise qu'il possédait sur lui-même pour ne pas s'emparer d'elle comme un sauvage. Elle avait besoin de temps, de tendresse, même si son propre désir le rendait presque fou. Elle tremblait, comme il l'avait imaginé au cours de ses rêveries érotiques. Sa jupe tomba par terre, il posa ses mains sur les hanches fines et les caressa longuement.

Le soleil était couché, mais il pouvait encore la contempler. Ses cheveux balayaient son visage, ses grands yeux bleus étaient empreints d'incertitude. Il l'embrassa de nouveau, lentement, frôlant de ses lèvres la joue lisse tandis qu'il se débarrassait de sa chemise.

Il vit qu'elle hésitait à le toucher. Prenant alors la main de la jeune femme, il la porta à ses lèvres, paume ouverte.

Puis il étendit Johanna sur l'herbe.

Le sol était froid et humide. C'était une sensation qu'elle n'oublierait jamais. Il était au-dessus d'elle, si bien qu'elle voyait seulement son visage, puis elle ne vit plus que ses yeux.

Au moment où il se penchait vers elle, elle entendit l'appel du hibou, ensuite il n'y eut plus que Sam. Elle se mit à trembler, non plus de peur ou de doute, mais de pur plaisir. Quand elle tendit les bras pour le serrer contre elle, le monde n'exista plus pour eux.

Elle était si douce, si spontanée dans l'amour ! Il se demandait combien de facettes elle lui découvrirait encore. Maintenant, elle s'offrait à lui, aussi totalement qu'il l'avait espéré. Avec une tendresse infinie, Sam entreprit d'explorer ce corps gracieux qui s'éveillait sous sa bouche. Il sentit les pointes de petits seins se dresser, la peau soyeuse frissonner sous ses caresses.

Enfin, elle poussa un gémissement rauque qui versa un feu brûlant dans ses veines. Comme il s'emparait d'elle, les doigts de Johanna se crispèrent dans l'herbe. Elle cria son nom, emportée dans un tourbillon de sensations délicieuses, au-delà de tout ce qu'elle avait pu rêver ou imaginer.

Ils reprirent leur souffle longtemps plus tard. Le visage enfoui dans les cheveux blonds de Johanna, Sam comprit qu'il était dorénavant son prisonnier.

8

Incapable d'articuler un son, Sam se demandait même s'il lui serait jamais possible de recouvrer l'usage de la parole. Il songea vaguement qu'il devait dégager Johanna de son poids, mais l'idée de s'écarter d'elle lui était intolérable.

Au-dessus de leurs têtes, les étoiles s'allumaient une à une. Les yeux levés vers le ciel sans le voir, Johanna sentait le cœur de Sam battre contre le sien à un rythme accéléré.

Elle ne se savait pas capable de donner et de recevoir un tel plaisir… Sous elle, l'herbe humide rafraîchissait son corps brûlant. L'eau, agitée par la brise, clapotait sur la rive.

Presque inconsciemment, elle leva la main pour caresser les cheveux de Sam. Il ferma les yeux.

Ce qui autrefois lui aurait paru anodin revêtait maintenant pour lui une importance capitale. Il comprit qu'il avait gravi le troisième échelon, sans même s'en apercevoir.

— Johanna… Tu es si ravissante.

Elle sourit, les yeux mi-clos.

— Je ne pensais pas que cela puisse arriver.

— J'imaginais bien que cela se passerait ici, mais dans mes fantasmes les plus fous, je n'approchais pas la réalité. Je n'ai jamais…

Pendant une fraction de seconde, il sentit qu'elle se raidissait.

— Je n'ai jamais rien senti de tel avec personne, termina-t-il.

Du regard, il la suppliait de le croire, mais elle n'avait pas encore dénoué tous les liens qui la gardaient prisonnière de son passé.

— Je t'ai désiré, moi aussi, mais je suis incapable de jurer de l'avenir.

— Je n'ai pas l'intention de te laisser t'enfuir.

Comme elle allait protester, il couvrit la bouche de la jeune femme de la sienne. Quand elle put penser de nouveau, elle tenta de se dégager. Elle avait besoin de temps, pour réfléchir et prendre du recul.

— Il est tard, dit-elle en s'asseyant, je dois partir.

Sam parvint à entrouvrir les yeux.

— Où ça ?

Johanna tendit la main vers sa jupe.

— Je dois rentrer chez moi.

Il l'attrapa par le poignet.

— Si tu t'imagines que je vais te laisser disparaître, tu as perdu l'esprit.

Elle se mit à rire.

— J'ignore de quoi tu parles. Et pour commencer, il n'est pas question que tu me permettes quoi que ce soit. Je n'ai pas l'intention de passer la nuit sur l'herbe, aussi tendre soit-elle.

— Tu as tout à fait raison. Enfile plutôt ma chemise, tu t'habilleras à la maison.

Si elle n'avait pas été si détendue, elle se serait étonnée qu'il cède si facilement. Docilement, elle passa la chemise de Sam. Elle avait son odeur. Inconsciemment, la jeune femme frotta sa joue contre le col, tandis que Sam ramassait les vêtements épars.

— Donne-moi la main, dit-il, je vais te guider jusqu'au ranch.

Johanna le suivit le long du sentier. Elle espérait pouvoir se montrer aussi naturelle que Sam. Ce qui s'était passé ce soir avait été très beau, mais il ne fallait pas en exagérer l'importance.

« Jamais rien de tel avec personne d'autre... »

Elle aurait été folle de le croire, même si Sam n'était pas homme à mentir. Sans doute pensait-il sincèrement la chérir... pour l'instant.

Elle savait trop bien que les sentiments intenses ne survivaient pas longtemps, et que les promesses proférées dans ces moments s'écroulaient. C'est pourquoi elle n'en faisait pas elle-même.

De son côté, Sam réfléchissait. Ils avaient encore un long chemin à parcourir, tous les deux. Elle n'était pas près de prendre ce qu'il était prêt à donner. Mais pourrait-il faire preuve de patience, maintenant qu'il se savait passionnément épris ?

Lorsqu'ils parvinrent sur la terrasse, Sam déposa

les vêtements de Johanna sur une table. Les sourcils froncés, elle le vit qui ôtait son pantalon.

— Qu'est-ce que tu fais ?

Il se tenait devant elle, indéniablement superbe à la lueur de la lune. Avec un sourire qu'elle comprit une seconde trop tard, il la souleva dans ses bras.

— Voici ce que nous allons faire...

Et il sauta avec elle dans la piscine. Bien que l'eau fût plus tiède que l'air de la nuit, ce fut tout de même un choc.

Elle poussa un cri perçant, juste avant d'être submergée. Quelques instants plus tard, elle émergeait, ses cheveux blonds formant comme un casque d'or autour de sa tête.

De la paume de la main, elle aspergea le visage souriant de Sam.

— C'est malin !

— Rien de tel qu'un bain de minuit pour vous remettre les idées en place, jolie Jo.

— Ne m'appelle pas comme ça ! Tu dois être devenu fou.

— Seulement de toi.

— Qu'aurais-tu fait si je n'avais pas su nager ?

— Je t'aurais sauvée. J'étais né pour être un héros.

— Un mufle, corrigea-t-elle.

En deux brasses, elle rejoignit le bord. Sans lui laisser le temps de se hisser sur le marbre poli, Sam la prit par la taille.

— Quand tu ne seras plus fâchée, tu admettras que cela te plaît. Tu veux faire la course ?

— Ce que je veux, c'est…

Les mots lui restèrent dans la gorge. Sam venait de faire glisser la chemise trempée le long de ses épaules pour caresser ses seins.

— Moi aussi, murmura-t-il.

— Sam, je ne peux pas…

— Qu'à cela ne tienne, je peux.

Et il l'attira et se fondit en elle.

Johanna s'éveilla, poussa un léger gémissement et essaya de rouler sur le côté. Il lui fallut quelques secondes pour comprendre que le bras de Sam la retenait prisonnière. Immobilisée, elle tourna la tête vers lui pour le regarder.

Il dormait comme un bienheureux. La prendrait-il pour une folle si elle lui avouait qu'il était le premier homme dont elle avait partagé le lit pendant une nuit entière ? Quelle importance, d'ailleurs ? Comment lui dirait-elle qu'avant lui, elle n'avait jamais été assez confiante pour s'abandonner au sommeil auprès d'un inconnu ?

Elle ne se souvenait pas très bien comment il avait réussi à l'attirer dans son lit. Elle se revoyait nue et dégoulinante d'eau, et ensuite… Ils n'avaient pas fait l'amour dans cette chambre. Ils s'étaient simplement effondrés dans le lit, comme deux enfants épuisés.

Maintenant, le jour s'était levé et elle devait se rappeler

qu'elle était une adulte. Ils s'étaient désirés, ils avaient joui l'un de l'autre. Point n'était besoin d'y ajouter des complications sentimentales. Elle ne regrettait rien mais il fallait être réaliste : cet emportement ne durerait pas, et quand viendrait la rupture, elle souffrirait.

Elle préférait prévenir que guérir… Pourtant, elle était amoureuse, si désespérément amoureuse…

Les lourdes paupières se soulevèrent, découvrant des prunelles d'un bleu intense. Seigneur ! Qu'il ne la voie pas le contempler avec dévotion !

— Bonjour.

C'était incroyable, pensa Sam. Même après cette nuit fabuleuse, elle avait conservé cet air de timidité qu'il trouvait si excitant. Parce qu'il ne voulait pas lui donner le temps de se créer une attitude, il roula sur elle.

— Sam…

— Je viens de me souvenir que nous n'avons pas encore fait l'amour dans un lit, dit-il. Il me vient une soudaine envie de respecter les traditions.

Elle n'eut pas le temps de se débattre ou de protester. Ce matin, il n'était plus aussi patient… à moins que ce ne fût elle. Nouant ses bras autour du cou de Sam, elle s'abandonna.

Le temps s'était arrêté. Tout s'était arrêté, rectifia Johanna en sortant de la douche. Prenant une serviette de toilette, elle s'essuya. Si elle sautait dans ses vêtements, laissait ses cheveux sécher tout seuls et prenait quelques libertés avec les limites de vitesse, elle serait peut-être à l'heure.

Elle chercha dans son sac un tube de rouge et son poudrier. Son maquillage serait rudimentaire, mais elle ne pouvait guère faire mieux.

Dans la chambre à coucher, elle sortit un ensemble propre du plastique que Sam avait pris dans la voiture. Encore heureux que sa secrétaire lui ait rapporté trois tailleurs du pressing ! Malheureusement, elle devrait remettre son chemisier de la veille. Tout en se maudissant de ne pas en avoir davantage pris soin, elle remonta la fermeture Eclair de sa jupe et se dirigea vers l'entrée, ses chaussures à la main.

Elle s'appuyait au mur pour les enfiler quand une voix retentit dans son dos :

— Il y a le feu ?

— Je suis en retard.

— Tu crains d'être punie ?

— Je suis toujours à l'heure.

— Parfait, en ce cas, tu peux te permettre une exception. Tu vas boire une tasse de café.

— Merci, mais je dois vraiment me dépêcher.

— Tu n'as rien mangé.

— Je ne prends jamais de petit déjeuner.

Il lui prit le bras.

— Aujourd'hui, si. Encore cinq minutes, Johanna. Respire lentement, bois ton café. Si tu discutes, je compte jusqu'à dix et…

Tout en grommelant, elle se laissa pousser dans la cuisine et accepta le bol qu'il lui tendait.

— Sam, tu es en vacances, pas moi ! Ma journée entière est planifiée. J'aurai de la chance si je termine à 6 heures.

— Raison de plus pour que tu ne partes pas l'estomac vide.

Il ne s'était pas senti aussi bien depuis fort longtemps, si plein d'énergie, si en forme.

— Assieds-toi pendant que je prépare les œufs.

Johanna buvait docilement le breuvage brûlant.

— C'est vraiment très gentil de ta part, mais je n'ai pas le temps. Nous faisons nos premières affiches publicitaires pour le concours d'été, aujourd'hui, et je suis la seule qui puisse maîtriser John Jay.

Il lui tendit un muffin qui venait de jaillir du grille-pain.

— Mange au moins cela.

Agacée, elle mordit dans le muffin.

— Là, dit-elle, tu es satisfait ?

Il observa le fin visage renfrogné, les cheveux humides qui lui collaient aux joues, et les yeux cernés par la longue nuit qui le fixaient avec fureur.

— Je t'aime, Johanna.

Elle n'aurait pas paru plus choquée s'il lui avait envoyé un direct au menton, pensa-t-il.

— Ne dis pas cela, dit-elle au bout d'un moment. Je n'ai pas besoin d'entendre ces mots, je ne veux pas les entendre.

Donc, elle désirait ardemment qu'on les lui dise.

— Entendu, mais cela ne change rien au fait.

Elle fouilla fébrilement dans son sac et finit par y trouver ses clés.

— Je... je dois partir. Au... au revoir.

Sam entoura les épaules de la jeune femme d'un bras.

— Je t'accompagne jusqu'à ta voiture. Je dois te dire quelque chose, Johanna.

Elle se raidit plus encore.

— Je t'en prie, ce n'est pas nécessaire. Nous nous étions mis d'accord... avant cette nuit... pour ne nous faire aucune promesse.

— J'ai promis cela ? Eh bien, nous devons en discuter, justement.

— Très bien.

Elle aurait accepté n'importe quoi, pourvu qu'il la laisse partir. En même temps, elle ne souhaitait qu'une seule chose : jeter ses clés dans un buisson et se précipiter dans les bras de Sam.

— Mais auparavant, je veux que tu saches qu'aucune femme n'a jamais dormi dans ce lit.

Les beaux yeux bleus s'embuèrent de doute. Il prit la jeune femme par les pans de sa veste et l'attira contre lui.

— Bon sang ! Je suis las que tous mes propos soient disséqués dans ta petite tête. Je n'ai pas prétendu qu'il n'y avait jamais eu d'autre femme, j'ai seulement dit que je n'en avais amené aucune ici. Parce que cet endroit est important, pour moi… Comme toi. Tu peux partir, maintenant, et ruminer là-dessus.

Johanna sortit un calmant de son tube. Elle n'avait pas menti en disant à Sam qu'elle était la seule à pouvoir maîtriser John Jay.

Seulement, ce jour-là, elle n'y parvenait pas. La séance de photos s'étirait déjà depuis trois heures, et si elle n'avait pas libéré le studio d'ici à quarante-cinq minutes, elle aurait le producteur du tournage suivant sur le dos.

Résignée, elle donna le signal de la pause et attira John Jay dans un coin avant que le photographe ne l'étrangle.

— John Jay, peux-tu m'accorder une minute ? Ces corvées sont vraiment éprouvantes, tu ne trouves pas ?

Le visage de John Jay s'éclaira.

— Tu n'as pas idée, Johanna… Tu sais combien je veux ce qu'il y a de mieux pour l'émission, mais cet individu n'a aucune notion de l'art.

Johanna réprima un soupir.

— Cet homme est considéré comme l'un des meilleurs de la profession, et nous le payons une fortune pour chaque minute écoulée. Si cela continue, nous devrons nous contenter de photographier les voitures…

Elle laissa à John Jay le temps d'intégrer la menace avant de poursuivre :

— Après tout, il y a trois vedettes, ici : les lots, c'est-à-dire les voitures, l'émission elle-même, et toi…

John Jay ajusta son col de cravate.

— Je n'en peux plus.

— Je le comprends parfaitement, pourtant je te demande de conserver toute ton énergie pendant quelques instants encore. Ce costume te va très bien, John Jay.

— N'est-ce pas ?

— Tout ce que je veux, c'est que tu te tiennes devant les voitures, avec ce sourire que les Américaines adorent.

John Jay pressa la main de la jeune femme, prêt à se sacrifier pour la bonne cause.

— Je le ferai pour toi, mon chou. Tu sais que tu as l'air un tantinet harassée ?

Le sourire de Johanna ne se démentit pas. Simplement, elle enfonça ses poings crispés au fond des poches de sa veste.

— Heureusement qu'on ne me prend pas en photo.

Il lui tapota paternellement l'épaule.

— Tu devrais te reposer, Johanna, et prendre ces calmants dont je t'ai parlé.

Voyant que le photographe revenait sur le plateau, le présentateur renifla pour signifier à sa maquilleuse qu'il l'attendait. La pauvre femme se précipita, sa houppette à la main.

— Johanna, reprit-il, il court certains ragots à ton propos. Il paraîtrait que tu vois souvent Sam Weaver…

— Vraiment ? C'est incroyable comme les gens disent n'importe quoi.

Satisfait de lui-même, John Jay retourna au labeur.

— Quelle ville potinière ! dit-il en soupirant.

Il fallut encore vingt minutes. Quand John Jay fut enfin parti, Johanna s'excusa auprès du photographe. Elle lui offrit, ainsi qu'à son assistant, de déjeuner à ses frais, et leur proposa des billets pour le prochain enregistrement.

Lorsqu'elle eut parcouru la distance qui séparait le studio de son bureau de Century City, elle avait perdu deux heures sur son emploi du temps et avalé la moitié de son tube de calmants. Selon son habitude, Bethany l'accueillit d'un sourire.

Johanna s'effondra dans un fauteuil.

— J'ai trouvé vingt-sept façons d'assassiner John Jay.

— Tu veux que je t'en tape la liste ?

— Pas encore. J'attends d'avoir atteint le chiffre trente.

Les yeux mi-clos, Johanna dégustait une tasse de café. Bethany lui jeta un regard inquiet.

— Tu as une mine terrible, Johanna.

— John Jay a eu la bonté de m'en informer.

— Tout va bien ?

— Très bien.

Excepté que Sam lui avait dit qu'il l'aimait, et qu'elle était si terrifiée qu'elle aurait voulu sauter dans sa voiture pour s'enfuir à l'autre bout de la terre. Elle sortit son tube de calmants.

Beth fronça les sourcils.

— C'est ton tube neuf de ce matin ?

— Il l'était avant que je passe une demi-journée avec John Jay.

— Tu as déjeuné ?

— Ne me le demande pas.

— Johanna, pourquoi ne pas rentrer chez toi pour prendre un bon bain et passer ton après-midi à regarder des feuilletons ?

Avec un petit sourire, Johanna prit place derrière son bureau.

— Je dois vérifier les prochaines questions et répondre au courrier.

Beth haussa les épaules.

— C'est toi la patronne.

Absolument vrai, pensa Johanna comme la porte se refermait sur son assistante. Elle était la patronne. Elle frotta ses tempes douloureuses... Avec un peu de chance, la migraine ne se mettrait pas de la partie.

Il ignorait pourquoi il était là, assis sur les marches de son perron comme un adolescent malade d'amour... Tout simplement parce qu'il était malade d'amour, s'avoua Sam au bout de quelques secondes de réflexion.

Cela ne lui était pas arrivé depuis qu'il était tombé amoureux d'Alice Reeder. A cette époque, les seize ans sophistiqués de sa dulcinée avaient dédaigné ses quatorze printemps. Cela ne l'avait pas empêché de lui vouer une adoration éperdue pendant neuf longs mois.

Depuis, il était parfois tombé amoureux, mais il n'avait plus jamais aimé personne comme il avait aimé Alice Reeder. Jusqu'à Johanna…

Sam émit un petit rire. Alice lui avait glissé entre les doigts, mais il ne laisserait pas Johanna lui échapper.

Qu'est-ce qui avait bien pu la rendre aussi ombrageuse ? Un autre homme ? Elle n'avait jamais fait la moindre allusion à une liaison malheureuse. Et, à moins qu'il ne soit complètement obtus, la femme avec qui il avait fait l'amour la nuit précédente était d'une innocence presque effrayante.

La Mercedes de Johanna s'engagea dans l'allée. L'estomac noué, Sam se leva lentement.

Johanna se gara derrière la voiture de Sam. Elle avait eu l'intention de se jeter dans son lit pour y trouver un sommeil réparateur. Mais il était là, envahissant son intimité. Le pire était qu'elle était heureuse de le voir.

— La journée a été longue, dit-il sans bouger.

— J'ai eu à régler une foule de problèmes.

Il attendit qu'elle soit devant lui pour lui caresser la joue.

— Tu as l'air fatiguée.

— C'est ce qu'on m'a répété toute la journée avec une régularité ennuyeuse.

— Tu m'invites à entrer ?

— Bien sûr.

Il ne l'avait pas embrassée. Cette fois-ci, pourtant, elle s'y était préparée. Sans doute était-ce pour cette raison qu'il n'en avait rien fait.

Suivie de Sam, Johanna pénétra dans la maison. Elle remarqua alors le gros panier qu'il avait à la main.

— Tu as apporté des sandwichs au cas où je serais en retard ?

— Pas exactement.

Johanna posa son porte-documents et ôta ses chaussures.

— Tu veux boire quelque chose ?

— Pourquoi ne pas t'asseoir pendant que je nous servirai ? Je suis en vacances, tu te souviens ?

— D'habitude je bois un café, mais…

— Très bien. J'y vais.

— Mais…

— Détends-toi, Johanna. J'en ai pour une minute.

Résignée, la jeune femme s'effondra sur le canapé et bâilla. Quelques secondes plus tard, elle s'endormait.

Elle s'éveilla de la même façon, instantanément. Assis dans un fauteuil, Sam buvait son café. Elle nota qu'il avait pris soin de la recouvrir d'un châle.

Elle s'éclaircit la gorge.

— Je suis désolée… J'ai dormi longtemps ?

— Une demi-heure, environ. Tu te sens mieux ?

— Gênée, surtout.

Il lui sourit avant de prendre la Thermos.

— Tu en veux ?

— Oui, merci.

— Tu n'as pas dû dormir beaucoup, la nuit dernière.

Elle s'absorba dans la contemplation de sa tasse.

— Non… Toi non plus.

— Je n'ai pas bougé de mon lit, aujourd'hui.

Comme il s'asseyait auprès d'elle, elle se leva d'un bond.

— J'ai une faim de loup ! Il n'y a pas grand-chose à manger, mais je dois trouver de quoi faire deux sandwichs.

— Je vais t'aider.

— C'est inutile.

Elle retira nerveusement sa veste qui tomba par terre. Les sourcils froncés, Sam remarqua le tube de calmants qui avait roulé hors de la poche.

— Pourquoi prends-tu ces drogues ?

— Pour survivre.

Ramassant le tube, elle le jeta sur la table.

— Tu vis sous une pression trop forte. Combien en consommes-tu par jour ?

— Je t'en prie, Sam ! Ils contiennent davantage de sucre que de remède.

Sam se leva et prit le visage de la jeune femme entre ses deux mains.

— J'ai le droit de me faire du souci à ton sujet, parce que je t'aime, Johanna, que tu le veuilles ou non.

— Tu vas trop vite.

— Tu n'as encore rien vu…

Il l'embrassa avec une sorte de colère. L'espace d'une seconde, elle songea à se débattre, mais c'était impossible. Autant vouloir s'opposer à un raz de marée… Bientôt, elle se laissait emporter.

Un siècle plus tard, lui sembla-t-il, Sam ouvrit les yeux. La nuit précédente, Johanna l'avait enchanté par sa timidité. Une nouvelle créature venait de s'offrir à lui, hardie, passionnée. Celle-là pouvait faire de lui son esclave. Il ne se souvenait plus très bien de ce qu'il avait fait, seulement qu'il avait été pris dans un tourbillon de sensations, jusqu'au délire.

— Je t'ai fait mal ? murmura-t-il.

— Non, et moi ?

Il déposa un baiser sur sa gorge.

— Je n'ai rien senti.

Roulant sur le côté, il remarqua quelques dentelles éparses.

— Je te dois de la lingerie.

Johanna posa un regard distrait sur les restes de son soutien-gorge. Elle se mit soudain à rire, libérée à cet instant de tous les liens qui la retenaient prisonnière.

— Je n'avais jamais attaqué un homme, auparavant !

— Tu peux t'exercer sur moi chaque fois que tu le désires.

Johanna se rembrunit.

— Je... je ne peux pas t'en parler maintenant, Sam. Mais je te jure que j'ai mes raisons pour vouloir que les choses ne deviennent pas sérieuses entre nous.

— Elles le sont déjà.

C'était la stricte vérité. Elle le savait avant même d'avoir plongé dans les profondeurs marines de ses yeux.

— Jusqu'à quel point ?

— Je pense que tu le sais.

Elle ne jouait pas franc-jeu, pensa-t-elle, mais c'était si difficile ! Elle ne pouvait pas tout lui révéler sur elle-même, parce qu'il ne comprendrait pas.

— J'ai besoin de temps.

— Je dispose justement de deux heures.

— Je t'en prie, Sam…

En soupirant, il enfila son jean et sa chemise.

— Très bien… J'allais oublier que je t'avais apporté un cadeau.

Elle le vit disparaître dans la cuisine et revenir avec le panier qu'il déposa sur ses genoux. Comprenant qu'il ne désirait pas la pousser dans ses derniers retranchements, elle leva vers lui un regard empreint de gratitude.

— Qu'est-ce que c'est ? Un pique-nique ?

Elle souleva la serviette, mais au lieu de poulet froid, elle vit un minuscule chaton endormi.

— Oh, Sam ! Il est adorable !

— Blanche a eu des petits le mois dernier… Blanche est une charmante siamoise qui fréquente les chats de gouttière. Si l'hérédité ne ment pas, celui-ci devrait être affectueux et fidèle. Je t'ai mis de la nourriture pour chats au fond du panier. Tu en as pour une semaine.

Le chaton bâilla, révélant de petites dents acérées et une langue rose. Agenouillé près du panier, Sam lui grattait la tête.

— Merci.

Pour la première fois, Johanna se jeta dans les bras de Sam et se serra contre lui.

9

Il n'aurait pas dû être aussi nerveux. C'était une production de qualité, avec un excellent script, une distribution exemplaire et un directeur de talent. Il savait, en outre, qu'il avait fait du bon travail, pourtant il aurait payé cher pour qu'il soit 9 heures, plus encore pour qu'il soit 11 heures et que son épreuve soit terminée.

Johanna quant à elle s'était absorbée dans le scénario que Max Heddison lui avait fait parvenir. Il ne restait à Sam pour se soutenir que sa bouteille de brandy. Même la petite chatte, baptisée Lucy par Johanna, était trop occupée à jouer pour lui prêter attention.

De l'autre côté de la pièce, Johanna suggéra :

— Tu devrais faire quelques pas dehors pour te changer les idées.

— Johanna, pourquoi ne pas nous promener ensemble ?

— Je dois terminer ma lecture, Sam. Le personnage de Michael est un rôle merveilleux pour toi.

Il le savait déjà. Pour l'instant, il ne pensait qu'à Luke, celui qui allait évoluer devant des millions d'yeux d'ici à une trentaine de minutes. Quant à Michael, il s'en préoccuperait plus tard.

— Ecoute, Johanna, ce n'est pas bon pour les yeux de les coller ainsi au papier.

Elle recula machinalement. Moins de dix secondes plus tard, son nez frôlait de nouveau le scénario.

— Il est fantastique, vraiment fantastique ! Tu vas l'accepter, j'espère ?

— Pour travailler avec Max Heddison, j'accepterais même de balayer les studios.

— Seigneur ! Cette scène du réveillon de Noël vous prend à la gorge !

Sam cessa de marcher de long en large pour observer Johanna. Elle lisait avec une sorte d'avidité, les yeux à un centimètre du feuillet.

— Tu vas devoir porter des lunettes… A moins que tu ne les aies déjà ?

— Tais-toi, Sam, tu m'empêches de me concentrer.

Il lui prit le script et le tint à une distance raisonnable de son visage.

— Lis-moi ce dialogue, veux-tu ?

— Tu le connais déjà.

— Tu ne peux pas, c'est ça ? Où sont tes lunettes, Johanna ?

— Je n'en ai pas besoin.

— Alors, lis-moi ce dialogue.

Elle se détourna.

— Mes yeux sont juste un peu fatigués.

Il déposa le script entre les mains de la jeune femme.

— Dois-je comprendre que ma douce Johanna est trop coquette pour porter des lunettes ?

— Je ne suis pas coquette, mais je n'en ressens pas le besoin.

Joignant le pouce et l'index, il forma deux cercles qu'il plaça devant les yeux de Johanna.

— Tu serais ravissante, ainsi. Délicieusement sexy, oserais-je dire. Il te faudrait des montures noires, elles te donneraient un petit air sérieux. J'adorerais te les voir porter quand je t'attirerais dans le lit.

— Je ne les mets jamais.

— Donc, tu en as. Où ?

Elle tendit la main en direction du script, mais il l'arrêta.

— Tu essaies juste de te distraire, lui reprocha-t-elle.

— C'est vrai, Johanna. Je n'en peux plus.

Elle s'adoucit, assez pour lui caresser le visage.

— Les critiques ne pouvaient pas être meilleures, Sam. L'Amérique tout entière attend que 9 heures sonnent.

— Et l'Amérique peut s'endormir à 9 h 15.

— Ça m'étonnerait. Assieds-toi, nous allons regarder quelque chose d'autre jusqu'à ce que le film commence.

Il s'assit dans le fauteuil de la jeune femme et la poussa jusqu'à ce qu'elle s'installe sur ses genoux.

— Je préférerais te mordiller l'oreille en attendant.

— Et nous manquerons la première scène.

Elle poussa un soupir satisfait avant de poser sa tête sur l'épaule de Sam. C'était un drôle de week-end, pensa-t-elle. Il l'avait passé avec elle. Après un temps d'adaptation, ils avaient adopté une simple routine qui n'était pas une routine du tout. Amour, sommeil, promenades, et même une expédition au marché pour acheter des légumes frais.

Pendant quarante-huit heures, elle avait oublié qu'elle était productrice et Sam acteur. Il était son amant… mieux encore, son compagnon. Si seulement la vie pouvait être aussi simple !

Le visage enfoui dans les cheveux de Johanna, Sam rêvait. Elle avait changé sa vie. Il n'aurait pas pu l'expliquer, ni dire comment cela s'était passé, mais il le savait depuis qu'il avait le script.

Max Heddison avait tenu sa promesse et envoyé son scénario. Sam s'était senti l'âme d'un étudiant en art dramatique à qui on aurait offert le premier rôle dans une superproduction.

Le personnage de Michael était complexe. Il cherchait désespérément à percer le mystère que lui offrait un père à la fois chéri et détesté. Il voyait déjà Max Heddison dans le rôle du père…

Sam avait lu et relu les feuillets, et il avait su qu'il voulait incarner Michael. Si Marv en tirait un million de dollars, tant mieux. Quant à lui, cela n'aurait rien changé s'il n'y avait eu que quelques cents à gagner. Mais plutôt que de décrocher le téléphone pour donner le feu vert à Marv, il avait porté le script à Johanna.

Il avait besoin qu'elle le lise, besoin de son opinion. Jusqu'alors, il s'était toujours décidé seul. Maintenant, quelque chose avait changé. En l'espace de plusieurs semaines, elle s'était introduite dans sa vie, ses pensées, ses objectifs. Il avait quelqu'un avec qui partager les grands événements de l'existence, comme le script, et les petits, comme la naissance d'une portée de chatons. Au début, elle était restée sur ses gardes, puis il l'avait sentie se détendre. Ce matin, elle paraissait presque habituée à s'éveiller auprès de lui.

La voix de Johanna le ramena au présent.

— Voici le générique.

Il jura pour lui-même, puis il se raidit comme il le faisait chaque fois qu'il allait se voir lui-même sur l'écran. Luke parut, vêtu d'un jean délavé, un panama cabossé sur la tête.

— Quel torse splendide, dit Johanna.

Elle sourit et déposa un baiser sur la joue de Sam.

— Ils passaient la moitié de leur temps à me vaporiser de l'eau dessus pour imiter la transpiration. Dis-moi, les femmes se pâment-elles vraiment devant une poitrine luisante ?

— Tu devrais le savoir.

Elle s'assit par terre pour ne plus se laisser détourner de l'intrigue. Au bout de cinq minutes, elle était totalement captivée.

Luke entrait dans la ville avec deux dollars en poche,

une mauvaise réputation et un œil de velours pour les femmes. Elle savait que c'était Sam qui mettait en œuvre tout son art pour incarner un personnage imaginaire, mais cela sonnait juste. Elle pouvait presque palper la sueur et l'ennui qui pesait sur cette petite bourgade de Georgie.

Pendant deux heures, Sam et Johanna n'échangèrent pas un mot. Elle se leva une fois et revint avec des boissons froides. Sur l'écran, elle voyait l'homme qu'elle aimait séduire une autre femme. Elle le voyait se battre, boire, saigner, mentir…

Puis elle cessa de voir Sam en lui. Cet homme était Luke. Elle sentait la main de Sam presser doucement son épaule, et Luke évoluait sur l'écran.

Il était irrésistible, inoubliable.

Quand la première partie se termina, Sam ne dit rien. Son instinct lui jurait que c'était du bon travail, le meilleur qu'il eût jamais fait. Mais il voulait l'entendre de la bouche de Johanna.

Les sourcils froncés, elle fixait encore l'écran.

— Comment peut-il lui faire ça ? demanda-t-elle. L'utiliser de cette façon ?

Sam attendit un moment.

— C'est un jouisseur, il ne sait pas être autre chose.

— Mais elle lui fait confiance ! Elle sait qu'il a menti et fraudé, pourtant elle le croit. Et lui…

— Oui ?

— C'est un vaurien… Mais, il y a quelque chose

d'attirant en lui. On a envie de croire qu'il peut changer, qu'elle peut le changer.

Johanna leva les yeux vers Sam.

— Pourquoi souris-tu ainsi ?

Il la hissa jusqu'à lui pour l'embrasser.

— Ça a marché, Johanna !

— Je ne t'ai même pas dit combien je te trouvais bon.

— C'est tout comme !

— Attends ! J'ai prétendu ne pas avoir prêté attention à tes films, mais ce n'était pas vrai. Et je peux te jurer que tu n'as jamais été meilleur que ce soir.

— Merci. Venant de toi, ce n'est pas rien.

— Je… Pendant toutes ces semaines, j'avais presque oublié qui tu étais.

Intrigué, il la serra doucement contre lui.

— Tu ne vas pas me dire que les acteurs t'intimident ? Tu as passé toute ta vie dans ce milieu.

— Justement… Ce n'est pas facile d'oublier que l'homme dont je suis amoureuse n'est pas un individu ordinaire.

— Amoureuse… Nous progressons, on dirait ? J'ignore où tu veux en venir mais, pour l'instant, je veux que tu me regardes dans les yeux, et que tu me dises si tu m'aimes.

— Je n'ai jamais dit…

— Personne ne sait mieux que moi que tu ne l'as jamais dit ! Je veux l'entendre maintenant, et cela n'a rien à voir avec ce que les critiques ont dit ou ce que je vaux au box-office. Est-ce que tu m'aimes ?

Elle n'eut pas la force de détourner les yeux. Comment lui mentir quand il la fixait avec une telle intensité ? Elle prit une profonde inspiration.

— Oui.

— Oui, quoi ?

— Oui, je t'aime.

Il la regarda pendant un long moment. Elle tremblait légèrement, si bien qu'il se pencha pour presser ses lèvres sur son front. Pourquoi diable était-ce si difficile pour elle de le dire ? Il était bien décidé à le découvrir d'ici peu.

— Mais cela ne change rien, reprit-elle à mi-voix.

— Nous allons en discuter...

Johanna hocha la tête docilement. Juste à cet instant, elle entendit la voix du présentateur des actualités télévisées.

— On nous apprend que Carl Patterson, le célèbre producteur de télévision, vient d'être victime d'un malaise cardiaque. Il a été transféré à l'hôpital où son état est jugé critique par les médecins.

— Johanna...

Sam posa une main sur le bras de la jeune femme. Elle n'avait ni crié ni pleuré. Simplement, elle s'était immobilisée, comme pétrifiée.

— Prends ton sac, je t'amène à l'hôpital.

— Quoi ?

— Je t'y amène en voiture. Viens !

Elle se laissa entraîner comme une somnambule.

Personne n'avait pris la peine de la prévenir, c'était ce qui frappait le plus Sam. Son père avait eu une crise cardiaque et on ne l'avait pas appelée.

L'année précédente, quand sa mère s'était cassé la cheville en glissant sur la glace, il avait reçu trois appels en l'espace d'une heure. L'un de son père, l'autre de sa sœur, le troisième de sa mère, lui disant de ne pas s'inquiéter.

Johanna était la seule enfant de Carl Patterson, pourtant elle avait appris la nouvelle par les actualités de 11 heures…

Pendant tout le trajet, elle ne prononça pas un seul mot, semblant à peine entendre les paroles de réconfort qu'il lui prodiguait. Elle était pâle, un peu choquée, pourtant elle paraissait avoir repris son habituelle maîtrise d'elle-même. Il la regarda marcher d'un pas ferme en direction des admissions.

— Carl Patterson a été admis à l'hôpital ce soir, dit-elle d'une voix qui ne tremblait pas.

L'infirmière lui accorda à peine un coup d'œil.

— Je suis désolée, mais nous n'avons pas le droit de donner des informations sur nos malades.

— C'est mon père, dit simplement Johanna.

La femme l'observa plus attentivement. Elle avait découragé un certain nombre de journalistes, mais cette jeune personne ne leur ressemblait pas. Johanna sortit sa carte d'identité de son sac.

— J'aimerais le voir, si c'est possible, et parler avec son médecin.

L'infirmière ressentit quelque chose qui ressemblait à de la sympathie. Ses yeux se posèrent sur Sam. Elle le reconnut et pensa qu'elle aurait quelque chose à raconter à son mari pendant le petit déjeuner. Non qu'elle fût impressionnée, d'ailleurs. Au cours de ces vingt-cinq années passées à l'hôpital de Beverly Hills, elle avait vu un certain nombre de vedettes, souvent souffrantes et misérables. Mais elle se souvenait avoir lu que Sam Weaver avait un flirt avec la fille de Carl Patterson.

— Je serai heureuse de prévenir le médecin de votre arrivée, mademoiselle Patterson. Il y a une salle d'attente au fond à gauche. Mlle Dumonde s'y trouve déjà.

Johanna se tourna vers Sam. Quand elle avait appris la nouvelle, la panique l'avait submergée. Ensuite, elle s'était astreinte à mettre un pied devant l'autre, sachant qu'elle devait faire ce qu'il y avait à faire, et... seule.

— Sam, je ne sais pas combien de temps je resterai ici. Pourquoi ne pas rentrer chez toi ? Je prendrai un taxi.

— Ne sois pas ridicule.

Elle aurait voulu se précipiter contre sa poitrine, se laisser guider comme un petit enfant. Au lieu de cela, elle se dirigea vers la salle d'attente.

— Sam !

Les yeux humides, Toni se leva d'un bond pour se jeter dans les bras de Sam.

— Sam, je suis si contente que tu sois là ! J'avais si peur ! Oh, Sam, c'est un véritable cauchemar ! Je ne sais pas ce que je ferai si Carl meurt.

Sam la fit asseoir sur une chaise, puis il lui alluma une cigarette prise dans un paquet posé sur la table.

— Calme-toi. Que dit le médecin ?

— Je ne sais pas. Il a utilisé des termes incompréhensibles. J'ignore ce que je serais devenue si Jack n'avait pas été là. Bonjour, Johanna.

Jack Vandear tapota le bras de Toni. Il avait dirigé deux des productions de Carl et rencontré Sam environ une demi-douzaine de fois.

— Bonjour, Sam. La nuit a été rude.

— C'est ce que nous avons appris. Voici la fille de Patterson.

Jack serra la main de Johanna.

— Dites-moi ce qui s'est passé.

Toni leva vers elle des yeux embués par les larmes.

— C'était horrible ! Positivement horrible !

Jack lui lança un regard mi-agacé mi-compatissant.

— Nous étions en train de dîner, expliqua-t-il. Carl avait l'air fatigué, mais j'ai pensé qu'il avait trop travaillé, comme d'habitude. Tout d'un coup, il s'est plaint d'étouffer. Il souffrait de la poitrine et d'un bras. Nous avons appelé le médecin, qui a diagnostiqué un infarctus du myocarde et aussitôt décidé de l'hospitaliser.

— Quelles sont ses chances d'en réchapper ?

— Ils ne nous ont rien dit.

Toni renifla. A sa manière, elle était amoureuse de Carl. Elle voulait l'épouser bien qu'elle sût que le divorce était au bout du chemin. Mais la séparation était une chose, la mort en était une autre.

— La presse est arrivée cinq minutes après nous. Je savais combien Carl détesterait voir cet… accident paraître dans les journaux.

Pour la première fois, Johanna observa attentivement la « fiancée » de son père. Quoi qu'on pût penser d'elle, Toni connaissait Carl. Cette crise cardiaque était une faiblesse dont il supporterait mal que le public fût informé.

— Je me charge des journalistes, dit-elle. Tâchez de leur en dire le moins possible. Est-ce que vous l'avez vu ?

Toni alluma une seconde cigarette.

— Pas depuis qu'ils l'ont emmené. Je déteste les hôpitaux ! Nous devions aller à Monaco, la semaine prochaine. Il semblait si… bien, si viril.

Elle sanglotait quand le médecin pénétra dans la salle d'attente.

— Mademoiselle Dumonde.

Toni se leva d'un bond. Les mains serrées contre le cœur, elle incarnait à merveille l'amante désespérée à deux doigts de l'hystérie.

— Il va bien ? Dites-moi qu'il va bien !

— Son état est stabilisé. Nous le soumettons à des tests qui détermineront la gravité de son état. C'est un homme solide, mademoiselle Dumonde, et surtout en bonne santé.

Il paraissait fatigué, songea Johanna. Comme il jetait un coup d'œil dans sa direction, elle se leva.

— Je suis Johanna Patterson. Je désirerais voir mon père.

— Quelques minutes seulement, en ce cas. Vous voulez venir, mademoiselle Dumonde ?

— Il ne voudrait pas que je le voie dans cet état.

Johanna éprouva une légère rancune en se disant qu'elle avait raison. Elle suivit le médecin dans le couloir.

— Nous l'avons mis sous sédatif, expliquait-il, et il est constamment surveillé. Les prochaines vingt-quatre heures seront décisives, mais votre père est relativement jeune, mademoiselle Patterson. Ce genre d'accident constitue en général un avertissement.

Il fallait qu'elle le dise au moins une fois à haute voix, même si elle n'en tirait aucun soulagement :

— Est-ce qu'il va mourir ?

— Non, si nous pouvons l'éviter.

Le médecin poussa une porte… Son père était là. Elle avait vécu dans sa maison, obéi à ses lois, et elle le connaissait à peine. Les appareils qui l'aidaient à respirer et surveillaient son rythme cardiaque bourdonnaient. Ses yeux étaient clos, son visage terreux sous le hâle. Il avait l'air vieux. Johanna s'aperçut à cet instant qu'elle n'avait jamais pensé à son âge, même quand elle était enfant. Il lui avait toujours paru beau, fort, invulnérable.

Elle posa timidement sa main sur celle de son

père, un geste qu'elle n'aurait jamais osé s'il avait été conscient.

— Il guérira, dit le médecin, à condition qu'il renonce aux cigares et à l'alcool et qu'il allège son emploi du temps. Sans compter le régime, bien sûr.

— Je ne peux imaginer qu'il se plie à une telle discipline.

— C'est une question de choix, évidemment, mais il n'est pas stupide.

— Quand s'éveillera-t-il ?

— Vous pourrez lui parler dans la matinée.

— Je vous serais très reconnaissante de m'appeler s'il y avait le moindre changement. Je vais laisser mon numéro à l'accueil.

— Je pourrai vous en dire davantage demain matin. En attendant, reposez-vous.

Une fois seule, Johanna retourna dans la salle d'attente. Aussitôt, Toni s'accrocha à elle.

— Comment va-t-il ? Dites-moi la vérité !

— Il se repose. Le médecin est très optimiste.

— Dieu soit loué !

— Vous pourrez le voir demain.

Toni fouillait dans son sac à la recherche de son poudrier.

— Je dois être horrible ! Il faudra que je m'arrange. Je ne voudrais pas qu'il me voie les yeux rouges et les cheveux en bataille.

De nouveau, parce que c'était vrai, Johanna retint un sarcasme.

— Je me charge de la presse, dit-elle. Rentrez chez vous, ils nous préviendraient si quelque chose se produisait d'ici à demain.

Lorsque Jack et Toni furent partis, Sam sortit du silence où il s'était cantonné depuis leur arrivée.

— Tu te sens bien ?

— Oui, ne t'inquiète pas.

Préférant juger par lui-même, il prit le menton de la jeune femme dans sa main. Il discernait dans ses yeux autre chose que le choc, mais pas non plus de la rancune. Plutôt un secret, décida-t-il, ou de la crainte.

— Parle-moi, Johanna.

— Je t'ai déjà tout dit.

— Sur l'état de ton père, oui. Pas sur le tien.

— Je suis un peu fatiguée. Je voudrais rentrer chez moi.

— Entendu, nous rentrons. Mais je reste avec toi.

— Sam, ce n'est pas la peine.

— Bien sûr que si. Rentrons.

10

Il était plus d'1 heure du matin lorsqu'ils arrivèrent chez Johanna. Elle alla droit au téléphone et se mit à feuilleter son carnet d'adresses.

— Je dois prévenir les collaborateurs de mon père et prendre toutes les dispositions nécessaires. Je ne devrais pas en avoir pour longtemps.

— J'attendrai, dit-il simplement.

Certaines choses devaient être dites avant qu'elle ait de nouveau érigé ses défenses. Bien qu'elle parût solide, peut-être même trop solide, il commençait à la comprendre. Pourtant, il la laissa seule pendant qu'elle téléphonait.

Johanna savait que son père ne tolérerait aucune ingérence dans ses affaires, cependant il voudrait certainement que son personnel soit au courant de la situation.

Elle commença par contacter son chef de la publicité avec qui elle mit au point le communiqué destiné à la presse. Puis elle calma l'assistant de son père et s'assura que les Productions Patterson continueraient de tourner.

— Je pourrai vous en dire davantage demain, Whitfield. Non, tout ce qui ne pourra être mené à bien par vous ou par un autre membre de l'équipe devra être annulé. C'est votre problème, non ?

Sam sourit du ton incisif qu'elle avait adopté.

— Où est Loman ? Très bien, rappelez-le. Je suis sûre que mon père vous donnera lui-même ses instructions d'ici à un jour ou deux. Parlez-en au médecin demain, mais je doute que Carl soit en mesure de discuter pendant les prochaines quarante-huit heures.

La voix de la jeune femme devint glaciale.

— Ce n'est vraiment pas la solution, Whitfield. Vous devez considérer que Carl est indisponible jusqu'à nouvel ordre. Non, je n'en prends pas la responsabilité ! Vous êtes payé pour cela, il me semble.

Elle raccrocha, l'air exaspérée, et prit la tasse de thé que Sam lui tendait.

— L'imbécile ! Son seul souci est que Carl voulait superviser le tournage de *Champs de feu*, et que cette crise cardiaque risque de mettre ce projet à l'eau.

— Tu as terminé ?

— Je ne vois pas ce que je pourrais faire de plus.

— Viens ici et assieds-toi.

Il attendit qu'elle le rejoigne sur le canapé pour remplir une seconde fois sa tasse. Sentant combien elle était tendue, il se mit à lui masser les épaules.

— Tu t'en es bien tirée, Johanna.

Les yeux dans le vague, elle avala une gorgée de liquide brûlant.

— J'ai été à bonne école.

— Parle-moi de ton père.

— Je t'ai répété les propos du médecin.

— Je ne fais pas allusion à cela. Parle-moi de lui, de toi et de lui.

— Il n'y a pas grand-chose à dire. Nous n'avons jamais été particulièrement proches.

— A cause de ta mère ?

Il la sentit se raidir sous ses doigts.

— Ma mère ! Pourquoi ma mère ?

— Je ne sais pas. Dis-le-moi… Johanna, sans se repaître de potins, tout le monde sait que tes parents se sont séparés quand tu avais, quoi… quatre ans ?

Malgré elle, la souffrance de l'enfant blessait encore la femme.

— Tout juste cinq. Mais c'est du passé, Sam.

Il ne le pensait pas. Son instinct lui disait que le présent en était affecté.

— Elle est retournée en Angleterre, poursuivit-il, et c'est ton père qui a eu ta garde.

— Il n'a pas vraiment eu le choix… Ma mère avait décidé de reprendre sa carrière là où elle l'avait laissée avant son mariage. Elle n'avait pas de place pour moi.

— Elle a dû te manquer.

— Je me suis débrouillée.

Il n'en était pas tout à fait sûr.

— Je suppose qu'un divorce n'est jamais facile à accepter pour une enfant, mais ce doit être pire quand l'un des deux parents s'en va à plusieurs milliers de kilomètres.

— C'était mieux pour tout le monde. Ils n'arrêtaient pas de se disputer, et aucun des deux…

Elle se tut avant d'avoir dit ce qu'elle avait en tête : « Aucun des deux ne me voulait… »

— Ne supportait la situation, termina-t-elle.

Sam imaginait la petite fille de cinq ans, confrontée à la désunion de ses parents.

— Tu étais bien jeune…, murmura-t-il.

— Nul besoin d'être vieille pour voir où souffle le vent. D'ailleurs, ma mère m'a tout expliqué. Elle m'a envoyé un télégramme de l'aéroport.

« Un télégramme, c'est pareil qu'une lettre », lui avait dit la petite servante. Si elle n'avait pas été nouvelle dans la maison, le télégramme aurait été remis à Carl. Mais elle était jeune et curieuse, elle avait même aidé Johanna à déchiffrer les mots :

« Ma petite chérie, je suis au désespoir de te quitter ainsi, malheureusement, je n'ai pas le choix. Crois-moi, j'ai tout essayé, pourtant, j'ai fini par admettre que le divorce était la seule solution. Je m'en veux de te laisser aux mains de ton père, mais pour l'instant il m'est impossible de te garder avec moi. Je t'aime. Maman. »

Elle se rappelait le texte mot pour mot, bien qu'à cette époque elle eût seulement compris que sa maman s'en allait parce qu'elle n'était pas heureuse.

Sam la regardait fixement, abasourdi qu'elle reste impassible.

— Elle t'a envoyé un télégramme ?

— Oui. Je n'ai compris que le principal : elle était désespérée au point de s'enfuir.

La garce ! Le mot resta dans la gorge de Sam. Il ne pouvait concevoir qu'une mère soit assez égoïste pour adresser ses adieux définitifs à son enfant au moyen d'un télégramme.

— Ça n'a pas dû être facile pour toi.

Comme il entourait Johanna de son bras, elle se leva. S'il la consolait, elle allait craquer. En vingt ans, elle ne s'était pas effondrée une seule fois à l'évocation de ce souvenir.

— Elle a fait ce qu'elle avait à faire. Pourtant, je ne pense pas qu'elle ait trouvé le bonheur. Elle est morte dix ans plus tard.

Sam réprima un juron. Il s'en voulait de ne pas s'être souvenu plus tôt du suicide de Glenna Howard. La malheureuse mère de Johanna n'avait jamais réussi la spectaculaire réapparition sur les écrans qu'elle escomptait. Elle avait abusé des drogues et de l'alcool, avant de succomber d'une overdose des deux.

— Je suis désolé, Johanna. La perdre deux fois... Ça a dû être l'enfer, pour toi.

— Je ne l'avais pas assez connue... Et de toute façon, tout cela s'est passé il y a bien longtemps.

Elle se servit une tasse de thé comme pour occuper

ses mains tremblantes. Il vint vers elle et l'attira contre lui malgré sa résistance.

— Je ne crois pas que ce genre de souffrances s'apaisent jamais. Ne t'écarte pas de moi, Johanna.

— Il est inutile de remuer tous ces souvenirs.

La prenant par les épaules, il la secoua légèrement.

— Je ne crois pas. Depuis que je te connais, je me suis demandé pourquoi tu restais sur le qui-vive. J'ai d'abord cru à une expérience malheureuse avec un autre homme, puis j'ai compris que le mal était plus profond.

Johanna leva vers lui des yeux désespérés. Elle en avait trop dit, plus qu'elle n'en avait jamais révélé à personne. A force de parler, ses souvenirs se précisaient.

— Je ne suis pas ma mère.

— Non. Et tu n'es pas ton père non plus.

— Je ne sais même pas s'il est mon père.

A peine eut-elle prononcé ces mots qu'elle devint pâle comme un linge. Ce doute était resté en elle, mais réduit au silence, enfermé en elle comme dans une forteresse. Terrorisée, elle fixait sur Sam des prunelles d'un bleu lumineux et vide.

— Johanna, de quoi parles-tu ?

La voix calme de Sam sembla la tirer d'un état second.

— Ce n'est rien, je suis fatiguée. La journée de demain sera difficile, Sam, il faut que je dorme.

— Non. Parle-moi de ton père, Johanna, parle-moi de Carl.

— Je t'en supplie, laisse-moi tranquille ! Tu ne vois pas que je suis à bout ? Je ne veux pas parler de ma mère. Je ne veux pas parler de lui. Il peut mourir ! Il peut mourir et peut-être aurai-je du chagrin, mais je ne sais pas qui il est. Je ne sais pas qui je suis.

Elle tenta de s'arracher des bras de Sam qui ne relâcha pas son étreinte. Après quelques vains mouvements, elle s'abandonna contre lui et se mit à pleurer toutes les larmes de son corps.

Il ne tenta pas de la consoler avec des mots. Il n'en connaissait aucun qui apaise cette douleur venue du plus profond de l'enfance. Il se contenta de lui caresser les cheveux doucement, tandis qu'elle continuait de sangloter. Il n'aurait pas cru qu'on pût retenir en soi tant de larmes…

Lorsqu'elle fut un peu calmée, il l'abandonna un instant pour lui servir un petit verre de brandy, puis revint s'asseoir auprès d'elle.

— Tiens, cela t'aidera. Bois lentement.

Docilement, Johanna avala une gorgée d'alcool.

— Il m'inspirait une terreur respectueuse, commença-t-elle sans regarder Sam. J'ignore si je l'aimais, mais il était l'être le plus important de ma vie. Quand ma mère est partie… j'étais terrorisée à l'idée qu'il allait partir, lui aussi, ou bien me renvoyer. A cette époque, je n'avais pas encore compris combien il tenait à ce que sa vie privée ne s'étale pas dans les journaux. Le public pouvait accepter ses liaisons, mais il aurait mal toléré que Carl Patterson se débarrasse de son unique enfant.

Comment expliquer à quel point elle s'était sentie perdue quand elle avait vu son père se comporter envers les femmes comme si sa mère n'avait jamais existé ?

— Quand il s'est remarié, ç'a été horrible. Il y a eu une grande réception. On m'a habillée, puis on m'a dit de sourire. Je détestais cela… tous ces ragots à propos de ma mère. Lui, il s'en moquait. Il a toujours eu ce don, mais moi, je ne cessais de penser que ma mère était remplacée par une femme que je ne connaissais même pas. Et je devais sourire.

Imbéciles dénués de sensibilité ! Sam serra Johanna plus fort contre lui.

— Et ensuite ?

— Après le mariage, je ne l'ai plus vu pendant trois mois. Il passait la plupart de son temps en Italie. Moi, j'avais ma gouvernante qui l'adorait évidemment. Il a toujours produit cet effet sur les femmes. J'allais à l'école… D'ailleurs, sa seconde épouse n'aimait pas les enfants. J'étais plus heureuse ici, je passais beaucoup de temps avec les Heddison. Ils ont été merveilleux pour moi.

— Je suis content de l'apprendre. Continue.

— C'était après son second divorce. Il avait une liaison avec… peu importe qui. J'étais en vacances et je suis montée dans sa chambre je ne sais plus pourquoi. Peut-être voulais-je résoudre le mystère qui enveloppait mon père… Je me sentais toujours gauche, maladroite, à côté de lui. Il me semblait qu'il me manquait quelque chose, quelque chose qui l'empêchait de m'aimer comme il l'aurait dû. Il avait ce splendide vieux bureau, chez lui, avec tous ces tiroirs et ces compartiments. Il était très loin, de nouveau, aussi n'avais-je pas à avoir peur qu'il me surprenne. J'ai trouvé des lettres de femmes que j'ai écartées, puis j'ai reconnu l'écriture de ma mère... C'était comme si je l'avais vue en personne. Parfois, son visage devenait flou dans mon souvenir. Mais là, il me semblait la voir. Seigneur, qu'elle était belle ! Si fragile, si tourmentée... J'entendais sa voix chantante. Je l'avais tant aimée !

Sam lui prit le verre des mains et le posa sur la table.

— Tu as lu la lettre ?

— Je regrette tellement de l'avoir fait ! J'étais assoiffée de tout ce qui la concernait, si bien que je n'ai pas bien compris la teneur de ce que je lisais... du moins au début. Elle était certainement furieuse quand elle avait écrit cette lettre. La colère, l'amertume, le désir de vengeance affleuraient sous les mots. J'avais toujours su que leur union n'avait pas été sans heurts, mais je n'avais pas soupçonné la haine qui avait grandi entre eux.

— Les gens disent souvent des choses qu'ils ne pensent pas dans ce genre de circonstances.

— Je ne le saurai jamais, mon père ne le saura jamais puisqu'elle est morte. Elle revenait sur chaque blessure, sur chaque promesse brisée, sur chaque infidélité, réelle ou imaginaire. Ensuite, elle sonnait la charge... En me laissant à sa garde, elle lui avait rendu la plus belle monnaie de sa pièce parce que... je n'étais pas de lui. Il ne pourrait jamais le prouver et elle n'avait pas l'intention de lui révéler le nom du géniteur. Il se pouvait aussi qu'il soit mon père… Elle lui souhaitait des siècles de tourment et de doute, mais c'est à moi qu'elle les a légués.

Sam regardait sans la voir la fenêtre obscurcie par la nuit. La rage qui le secouait intérieurement était si près d'exploser qu'il craignait de parler. Elle avait été une enfant innocente et meurtrie. Personne n'avait tendu la main vers elle.

— As-tu parlé de ceci à ton père ?

— Non. Je n'avais aucune raison de le faire. Il n'avait pas changé envers moi. Aussi longtemps que je ne le gênais pas, ma subsistance était assurée.

— Ils ne te méritaient pas. Ni l'un ni l'autre.

— Cela n'a plus d'importance, maintenant. Je ne suis plus une enfant.

Sam prit le visage de la jeune femme entre ses mains.

— Cela en a pour moi… Tu en as pour moi, Johanna.

— Tu dois comprendre maintenant pourquoi je ne veux pas que nous allions trop loin tous les deux.

— Non.

— Sam…

— Ce que je comprends, c'est que tu as supporté des choses qu'aucun enfant ne devrait affronter, et que tu en as gardé des cicatrices.

Johanna émit un rire bref avant de se lever.

— Des cicatrices ! Tu ne sais donc pas que ma mère était malade ? Oh ! On s'est arrangé pour que cela ne se sache pas, mais j'ai tout découvert. Elle a passé les dernières années de sa vie dans des cliniques psychiatriques. Maniacodépression, instabilité, alcoolisme… Et elle se droguait. Si je ne suis pas certaine de l'identité de mon père, elle est bien ma mère. Qui sait ce que j'ai hérité d'elle ?

Sam se leva lentement. Sa première réaction aurait été de la consoler, mais il comprenait d'instinct que ce n'était pas la bonne tactique.

— Je ne te savais pas encline au mélodrame, Johanna.

Ces mots eurent exactement l'effet escompté : la colère s'alluma dans les yeux de la jeune femme. Le rouge monta à ses joues.

— Comment oses-tu me parler ainsi ?

— Comment oses-tu te cacher derrière des excuses grotesques ?

— Il n'y a pas d'excuses, il y a des faits.

— Je me fiche de ce qu'étaient ta mère ou ton père. Je t'aime, Johanna. Il faudra un jour ou l'autre que tu te fasses à cette idée.

— Je ne cesse de te dire que cela ne nous mènera nulle part, et je viens de t'expliquer pourquoi. Et encore ! J'ai omis les obstacles qui sont de ton fait.

— Vraiment ? Lesquels ?

— Tu es acteur.

— La grande nouvelle !

Johanna lui répondit d'un ton patient.

— J'ai vécu toute ma vie parmi les acteurs, et je comprends très bien leur difficulté à préserver leur vie privée. Si je croyais dans le mariage, ce qui n'est pas le cas, celui d'un acteur me paraîtrait de toute façon voué à l'échec.

— Je vois. Si je comprends bien, je présente un trop grand risque.

Elle se raidit, décidée à rester forte.

— J'ai dit simplement que notre relation ne pourra évoluer dans le sens que tu désires, et que si tu préfères ne plus me voir, je le comprendrai.

— Tu comprendras ?

Il la fixa un moment comme s'il étudiait sa proposition. De son côté, Johanna tâchait de se préparer. Elle avait su que cette rupture lui ferait mal, mais elle n'avait pas prévu que ce serait à ce point. Comme il s'approchait d'elle, elle fit un effort pour le regarder dans les yeux.

— Tu es une idiote, Johanna.

Il avait parlé d'une voix si dure qu'elle sursauta.

— Est-ce que tu t'imagines que mes sentiments peuvent varier d'une seconde à l'autre ? Oui, n'est-ce pas ? Je le vois à ton visage. Eh bien, je n'ai pas l'intention de disparaître de ta vie. Et si tu comptes me pousser dehors, tu vas être déçue.

Les larmes brouillaient la vue de Johanna.

— Je ne veux pas que tu partes. Je pensais seulement…

— Eh bien, ne pense plus.

Il l'enleva dans ses bras. Elle ne protesta pas quand il commença de gravir les marches. Il avait raison. Elle ne voulait plus réfléchir. Elle en avait assez de discuter avec elle-même, assez d'avoir peur. Elle voulait juste éprouver… et aimer.

La chambre était plongée dans l'obscurité, mais il n'alluma pas la lumière. Les parfums du jardin pénétraient dans la maison par les fenêtres ouvertes. En silence, Sam posa Johanna sur le lit et s'assit auprès d'elle.

Il venait de découvrir qu'elle était forte. Dans le meilleur sens du mot. En dépit des coups, des déceptions, elle avait poursuivi son chemin. Bien d'autres se seraient effondrés, mais Johanna, sa Johanna avait réussi à creuser sa place.

Sous la force, il avait trouvé la passion. Il ne lui permettrait plus de la cacher sous la glace, pas plus qu'il ne permettrait à tout autre que lui-même d'en éprouver le feu.

Sous la passion, se dissimulait une timidité touchante, une douceur qui était en elle-même un miracle, si l'on considérait son enfance et toutes les désillusions qu'elle avait rencontrées.

Elle venait de lui révéler sa fragilité. Ce soir, il ferait l'amour avec la tendre, la vulnérable et fragile Johanna.

D'un geste très doux, il écarta la masse de cheveux blonds de son visage. Des larmes brillaient encore sur ses joues. Du bout des doigts, il les essuya, puis il déposa une kyrielle de baisers sur la peau salée. La nuit les entourait, pourtant il devinait ses yeux à demi fermés par la fatigue.

— Tu veux dormir ? demanda-t-il.

— Non. Et je ne veux pas que tu partes.

— Alors détends-toi et laisse-moi t'aimer.

Ce n'était pas plus difficile que cela...

Il la déshabilla lentement, comme s'il n'avait pas voulu troubler son sommeil. Lorsqu'elle fut nue et offerte, il la contempla longuement. Sa peau semblait blanche et nacrée dans la pénombre. D'un doigt, il dessina les contours de son visage, puis sa main glissa le long du cou gracile pour se poser sur un petit sein.

Johanna ferma les yeux. Il avait toujours fait preuve d'une grande douceur, même dans la passion. Mais cette fois, c'était un moment que sa mémoire chérirait à jamais, d'une harmonie ineffable. Le temps s'écoula comme une eau claire et limpide...

Le cœur de Johanna battait sous les lèvres de Sam. Elle le serrait contre elle, mais sans urgence ni hâte. Elle suivait son rythme, heureuse qu'il eût compris combien elle avait besoin de tendresse.

Du plus profond d'elle-même, elle aspirait à lui donner autant d'amour qu'il lui en témoignait. Avait-elle remarqué auparavant combien il était fort ? Comment les muscles de son dos roulaient sous sa peau ? Elle les avait déjà caressés, parfois griffés et mordus, mais toujours dans des moments où elle était proche du plaisir. Ce soir, il lui semblait flotter à la surface d'un lac immobile.

Lorsqu'il s'empara d'elle, elle exhala un long soupir. Ensemble, ils se perdirent dans un océan de douceur. Plus tard, bien plus tard, elle se nicha contre lui pour s'endormir. A l'horizon, le ciel commençait à pâlir.

11

Il aurait pu l'étrangler.

Quand Sam s'éveilla, il trouva le lit vide et la maison déserte. Dans la salle de bains, une serviette humide pendait sagement au sèche-linge, l'odeur de Johanna flottait encore dans la chambre. Les vêtements qui parsemaient le sol avaient été pliés. En bas, son porte-documents avait disparu et des fleurs fraîches étaient disposées dans un vase.

Avant de partir, elle avait pris soin de mettre en marche le répondeur téléphonique. Au plus fort de la crise, Johanna demeurait organisée.

Il était certain de vouloir l'étrangler.

Dans la cuisine, il vit qu'elle avait rincé les tasses utilisées la veille.

Contre la Thermos pleine de café, il aperçut le message.

« Je n'ai pas voulu te réveiller. Je devais aller très tôt à l'hôpital, avant de me rendre au studio. Le café est prêt. »

Les mots suivants avaient été raturés et elle s'était bornée à apposer sa signature : « Johanna. »

Sa mère aurait pu rédiger cette note, songea Sam avec amertume. Elle aurait seulement ajouté : « Laisse cet endroit dans l'état où tu l'as trouvé. »

Torse nu, il se tint un instant dans la cuisine, puis il chiffonna la feuille de papier et la jeta sur le comptoir. Personne ne pourrait accuser Johanna de ne pas avoir la tête solidement plantée sur les épaules. Il avait cru un instant qu'elle s'appuierait sur lui. Il avait seulement oublié à quel point elle pouvait être entêtée.

Il se baissa machinalement pour ramasser le chaton qui se frottait contre ses jambes. La petite bête n'avait pas faim. Johanna lui avait laissé une gamelle bien pleine. Elle avait simplement besoin d'affection.

Sam gratta un instant le crâne de Lucy avant de la reposer sur le sol. Johanna constaterait à ses dépens qu'il pouvait se montrer entêté, lui aussi.

Elle pensait à lui. Sam aurait été stupéfait s'il avait su combien ces quelques lignes lui avaient donné de tracas. Elle aurait voulu le remercier d'avoir été si bon et si compréhensif quand elle se trouvait au creux de la vague. Elle aurait voulu lui dire qu'elle l'aimait. Mais les mots semblaient vides et inadéquats dès qu'ils étaient sur le papier.

Elle avait même failli le réveiller pour lui demander de l'aider à affronter cette journée. Puis elle s'était ravisée : elle devait être forte, en prévision du jour où elle se retrouverait seule.

L'infirmière qui l'accueillit était jeune et aimable. Elle dit à Johanna que son père avait passé une bonne nuit, puis elle lui demanda de patienter quelques instants pendant qu'on prévenait le Dr Merritt de sa venue.

Johanna pénétra dans la salle d'attente. Une télévision murale diffusait les nouvelles de la matinée. Carl Patterson était à la une.

Sans émotion, Johanna écouta le communiqué qu'elle avait rédigé elle-même avec le chef de publicité. Le présentateur passa très vite sur la crise cardiaque dont était victime le célèbre producteur de télévision.

En revanche, il s'étendit sur sa carrière avec un luxe de détails que Carl aurait approuvé. Pour terminer, il précisa que la fiancée de Carl Patterson, l'actrice Toni Dumonde, demeurait injoignable.

Au moins, Toni ne manquait pas de bon sens, pensa Johanna. Si elle avait joué le numéro de la veuve éplorée, Carl n'aurait pas hésité à rompre le lien qui les unissait.

— Mademoiselle Patterson ?

Johanna se leva machinalement, le cœur soudain étreint par l'angoisse.

— J'espère ne pas être arrivée trop tôt, docteur Merritt.

— Pas du tout. Votre père est éveillé et son état stabilisé. Par précaution, nous le garderons sous surveillance pendant les prochaines vingt-quatre heures, mais si tout va bien, nous pourrons ensuite l'installer dans une chambre particulière.

— Votre pronostic ?

— Il est bon, à condition que votre père se montre coopératif. Quelle influence avez-vous sur lui ?

Johanna sourit, presque amusée.

— Je n'en ai aucune.

— Ainsi que je vous l'ai déjà dit, M. Patterson devra admettre ses limites, comme tout un chacun.

— Il faudra que vous le lui disiez vous-même.

— J'ai déjà un peu discuté avec lui. Pour le moment, il a surtout besoin d'être rassuré. Nous parlerons de l'avenir bien assez tôt. Il a demandé à voir Mlle Toni Dumonde, ainsi qu'un nommé Whitfield. La visite de sa fiancée peut lui faire du bien, mais…

— Je me charge de Whitfield.

Le médecin hocha la tête. Il avait déjà décidé que la fille de Carl Patterson était une jeune personne raisonnable.

— Votre père a de la chance. S'il fait attention, il n'y a aucune raison pour qu'il ne mène pas une vie longue et productive.

— Puis-je le voir ?

— Un quart d'heure seulement. Il a besoin de calme et de tranquillité.

Quelques minutes plus tard, Johanna pénétrait dans la salle de soins. Son père était toujours environné d'appareils, mais il paraissait moins pâle que la veille. Dès qu'elle fut près du lit, il ouvrit les yeux.

— Bonjour, dit-elle d'une voix neutre. Tu nous as causé une belle émotion.

— Johanna… Qu'ont-ils dit ?

« Il a peur », songea-t-elle avec compassion. Elle n'avait jamais pensé qu'il puisse être effrayé.

— Ils ont dit que tu as de la chance et que, si tu fais attention, de nombreuses productions Patterson verront encore le jour.

C'était exactement les mots qu'il fallait prononcer. Elle ne s'était pas encore aperçue à quel point elle le connaissait bien.

— Mon corps a bien choisi son moment pour me jouer ce tour, grommela-t-il.

— L'hôpital a appelé Toni. Elle ne tardera pas à venir te voir.

— Il paraît qu'ils veulent me garder encore un jour ?

— Davantage, si tu n'es pas raisonnable.

— J'ai du travail !

— Très bien. Je vais leur dire de te laisser sortir. Tu auras peut-être le temps de produire *Champs de feu* avant d'être terrassé par une seconde attaque.

L'expression renfrognée de Carl se teinta d'étonnement, puis d'amusement.

— Admettons que je puisse m'offrir quelques jours de congé. Mais je ne veux pas que ce maladroit de Whitfield s'en mêle.

— J'ai contacté Loman.

Aussitôt, Carl se raidit, redevenant l'homme froid et

désapprobateur qu'elle avait toujours connu. Johanna poursuivit :

— Je suis désolée si j'ai outrepassé mes droits, mais quand j'ai parlé à Whitfield, la nuit dernière, j'ai pensé que tu préférerais Loman.

— Bien, bien. Je préfère en effet Loman. Whitfield a des qualités, mais mieux vaut ne pas lui laisser la bride sur le cou. Et la presse ?

Johanna réprima un soupir. Carl avait oublié d'avoir peur pour redevenir l'homme d'affaires qu'il était.

— Ils ont accepté notre communiqué. Le plus discret possible, évidemment.

— Parfait. Je dois rencontrer Loman cet après-midi. Arrange-moi ça, Johanna.

— Non.

— Que veux-tu dire ?

— C'est hors de question. Tu dois attendre un jour ou deux.

— Je fais ce qui me plaît.

— Personne n'en est plus consciente que moi.

— Si tu as la moindre idée de profiter de mon état pour me voler le pouvoir, je...

Il se tut, presque effrayé par la fureur glacée qui brillait dans les yeux de sa fille.

— Je n'attends rien de toi, dit-elle. Autrefois, oui, mais j'ai appris à vivre sans cela. Maintenant, si tu veux bien m'excuser, j'ai ma propre émission à produire.

— Johanna...

Elle s'arrêta devant la porte, saisie par cette voix tremblante.

— Oui ?

— Je te demande de m'excuser.

C'était bien la première fois, que…

— Ce n'est rien. Le médecin m'a demandé de ne pas rester longtemps. Je t'ai déjà fatigué, probablement.

— J'ai failli mourir.

Il avait prononcé ces mots comme un vieil homme effrayé.

— Tu vas aller bien, maintenant.

— J'ai failli mourir, répéta-t-il. Et pendant quelques secondes, il m'a semblé voir passer ma vie sous mes yeux. Je… je me suis revu partant pour l'aéroport. J'étais dans la limousine, et toi, tu te trouvais sur les marches du perron, avec ce chien que Max t'avait donné. On aurait dit que tu voulais me rappeler.

Johanna ne se souvenait pas de cette anecdote précise. Il y en avait eu tant de semblables… !

— Si je l'avais fait, tu serais resté ?

Il soupira.

— Non. Le travail est toujours passé en premier. Ta mère…

— Je ne veux pas parler d'elle.

— Elle t'aurait mieux aimée, si elle m'avait moins haï.

Cela faisait mal. Même après toutes ces années, ces mots la blessaient.

— Et toi ?

— Le travail est toujours passé en premier, répéta-t-il. Tu reviendras ?

— Oui, je repasserai à l'hôpital après l'enregistrement.

Il dormait avant qu'elle eût refermé la porte derrière elle.

La demeure de Max Heddison était aussi belle et racée que l'homme lui-même. Sam traversa les trente pièces de cette maison, achetée par Max un quart de siècle auparavant. Sur la terrasse étaient disposées des chaises rembourrées, ainsi qu'une demi-douzaine de fauteuils en osier qui semblaient inviter les hôtes à se mettre à l'aise.

Max était en train de se baigner dans sa piscine. Au-delà des pelouses, en partie cachées par des haies bien taillées, Sam aperçut les courts de tennis.

Un serviteur en jaquette blanche invita Sam à prendre un siège. Assis au soleil, l'acteur observait son aîné, en train de nager méthodiquement d'un bord à l'autre de la piscine. A soixante-dix ans, Max en accusait cinquante.

Le serviteur déposa devant Sam une tasse de café qu'il sirota en attendant son hôte. Enfin, ce dernier se hissa hors de l'eau et enfila un peignoir de bain avant de venir vers lui.

— Content de vous voir, Sam. Vous avez pris votre petit déjeuner ?

— Oui, merci.

A peine Max fut-il assis que le serviteur réapparut, portant un panier de fruits et des toasts.

— Merci, Joe. Apportez un jus d'orange pour M. Weaver.

Il se tourna vers Sam.

— Nous pressons nos propres oranges, précisa-t-il. Ma femme est une écologiste convaincue, nous n'utilisons aucun conservateur. J'ai juste le temps de fumer une cigarette avant qu'elle revienne de son footing matinal. Bien... Je suppose que vous n'êtes pas venu pour parler d'hygiène de vie. Que pensez-vous du scénario ?

— Qui dois-je tuer pour obtenir le rôle ?

Max gloussa avant d'aspirer la fumée de sa cigarette avec un plaisir évident.

— Je vous le dirai bientôt. Vous savez, je n'apprécie pas beaucoup ces faiseurs de films d'aujourd'hui, plus intéressés par le profit que par la qualité. Mais j'ai idée que nous pourrions bien avoir les deux, avec ce script.

— J'ai le trac rien que d'y penser, dit simplement Sam.

— Je connais ce sentiment. J'ai commencé à faire des films bien avant votre naissance... J'en compte environ quatre-vingts, à cette heure, mais il y en a à peine cinq qui me font cet effet.

— Je vous remercie d'avoir pensé à moi.

— C'est inutile. Au bout de dix pages, votre nom a surgi dans ma tête. Il y était encore quand j'ai terminé le script. Evidemment, j'ai consulté ma femme.

Max fit la grimace en avalant une gorgée du café décaféiné conseillé par son épouse.

— Je lui demande son opinion depuis bientôt quarante ans, poursuivit-il.

Sam se rappela combien l'avis de Johanna lui avait été précieux.

— Et quand elle me l'a donné, elle m'a dit que si je ne faisais pas ce film, j'étais aussi fou qu'elle le croyait. Elle a ajouté que je devrais choisir le jeune Sam Weaver pour le rôle de Michael. Il se trouve que ma femme apprécie votre... plastique.

Sam sourit.

— J'aimerais la connaître.

— Nous arrangerons cela. Vous ai-je dit que Kincaid acceptait de diriger le tournage ?

— Non. Vous ne pouviez guère choisir mieux.

— C'est ce que je pense. Patterson le produira...

Voyant Sam tressaillir, Max se servit une seconde tasse de café avant de poursuivre.

— Vous y voyez un inconvénient ?

— Cela se pourrait.

Il voulait ce rôle, mais pas au prix d'une altération de ses relations avec Johanna.

— Si c'est Jo qui vous inquiète, vous avez tort. C'est une professionnelle, notre Jo, et elle respecte le travail de son père.

Sam serra les mâchoires, une sourde colère au fond des yeux. Max hocha imperceptiblement la tête.

— Vous êtes allés aussi loin que cela ? dit-il. Je

n'étais pas sûr que Johanna laisserait jamais un homme l'approcher de si près.

— J'ai été un peu aidé par les circonstances... Savez-vous que Carl Patterson a été victime d'une crise cardiaque cette nuit ?

Aussitôt, Max arbora une expression inquiète.

— Non. Il m'arrive de rester des jours sans écouter les actualités. C'est grave ?

— Relativement. Pour autant que je le sache, son état est stabilisé. Johanna est retournée à l'hôpital ce matin.

Max paraissait songeur.

— Carl mène une vie de fou. On dirait qu'il n'a jamais pris le temps de jouir du fruit de son travail. Vous savez, j'ai trois enfants, cinq petits-enfants et un arrière-petit-fils en préparation. A certains moments, je n'étais pas là pour eux et je le regrette. Vouloir fonder une famille et gérer sa carrière de front, c'est un peu comme de jongler avec des œufs. Il y a toujours de la casse.

— Certains sont plus adroits que d'autres.

— Exact. A condition d'accepter les compromis et de faire davantage d'efforts, cela peut marcher. Je déteste me mêler des affaires des autres, mais... où en êtes-vous avec Jo ?

— Nous allons nous marier, du moins... sitôt que j'aurai réussi à la convaincre.

— Je vous souhaite bonne chance du fond du cœur. Que vous a-t-elle raconté, exactement ?

— Assez pour que je sache que la partie sera difficile.

— Et vous l'aimez ?

— Assez pour ne pas renoncer à elle malgré cela.

Max se risqua à allumer une seconde cigarette.

— Je vais vous dire certaines choses qui pourront vous aider. Si elle le savait, Johanna m'en voudrait sans doute, mais tant pis.

— Je vous remercie.

Environné de fumée, Max fixa l'horizon un long moment.

— La mère de Johanna était une splendide créature. Sa fille lui ressemble physiquement, mais cela s'arrête là. Glenna était égocentrique, tourmentée par ses démons intérieurs. Elle avait épousé Carl après une liaison passionnée et orageuse. Ils formaient un couple superbe, chéri des photographes. Carl était brun, d'une beauté rude, athlétique. Glenna était d'une fragilité diaphane. Ils organisaient des réceptions extraordinaires. Pour être honnête, je les aimais beaucoup tous les deux.

Max soupira, écrasa son mégot et poursuivit :

— Quand Glenna a été enceinte, elle a passé des heures à décorer la chambre d'enfant. Puis sa silhouette a commencé de s'alourdir, et elle en a voulu au monde entier.

— Johanna m'a dit qu'elle était maniaco-dépressive…

— Peut-être. Je ne suis pas expert en psychiatrie. Je dirai que c'était une âme faible. Elle souffrait de ne pas avoir eu autant de succès qu'elle le désirait. Elle avait du talent, d'ailleurs, un réel talent. Mais sans doute n'avait-elle pas su saisir sa chance. Quoi qu'il en soit, il était plus simple d'accuser Carl, d'abord, puis l'enfant. Après la naissance, elle passait par des phases d'amour maternel passionné, suivies d'un désintérêt total. Le mariage sombrait. Carl accumulait les liaisons. Quand ils en sont venus au divorce, Glenna a utilisé l'enfant comme une arme. Loin de moi la pensée de justifier Carl, mais il ne s'est jamais servi de Johanna contre sa femme.

— Est-il seulement son père ?

Max releva un sourcil, étonné.

— Pourquoi vous posez-vous cette question ?

Sam hésita un instant.

— Quand Johanna était encore une fillette, elle a trouvé une lettre de sa mère adressée à Patterson. Elle mettait en doute sa paternité.

Max passa sa main sur son visage.

— Eh bien, si je me doutais... Pauvre petite Johanna ! Pour autant que je le sache, je dirai que cette lettre est une absurdité. Glenna n'aurait jamais attendu si longtemps pour assener cette révélation, elle n'a jamais été capable de garder un secret plus de deux heures. Deux minutes, si elle avait bu. Je suis navré de le dire, mais si Carl avait eu le moindre doute que Johanna n'était pas sa chair et son sang, il l'aurait renvoyée à sa mère sans le moindre remords.

— Belle mentalité !

— Sans doute, mais cela prouve qu'il est bien le père de Johanna.

John Jay adressa aux caméras un sourire éblouissant.

— Chers téléspectateurs, écoutez bien ! Vous qui nous regardez fidèlement, vous savez que *A vos marques* lance aujourd'hui son grand concours d'été. Pour gagner, tout ce que vous avez à faire, c'est de répondre aux questions que je vous poserai chaque jour dans le courant de l'émission. Il est temps aujourd'hui de vous apprendre ce que vous gagnerez...

Le présentateur fit une pause pendant que deux voitures étincelantes apparaissaient sur l'écran. Le public présent dans le studio applaudit avec une vigueur de commande.

— La quatrième semaine de juillet, reprit John Jay, l'un de vous gagnera non pas une mais deux luxueuses voitures. Il vous suffit de nous envoyer vos réponses par la poste. Maintenant, pour la question d'aujourd'hui...

Il y eut un silence dramatique pendant que John Jay ouvrait l'enveloppe.

— Question numéro trois...

Johanna n'écouta pas la suite. Elle se demandait si elle parviendrait à franchir les deux enregistrements suivants.

Ils avaient déjà pris du retard à cause d'un assistant enthousiaste qui avait crié les réponses pendant l'épreuve de vitesse. Il avait fallu interrompre l'enregistrement, calmer l'individu et aller chercher une nouvelle batterie de questions. D'habitude, elle acceptait ce genre d'événements avec une certaine philosophie, mais aujourd'hui, elle avait du mal à ne pas se laisser déborder par l'agacement.

A la fin de la séquence, elle soupira de soulagement. Elle avait un quart d'heure devant elle, avant le début de la suivante.

— Beth, j'ai un coup de téléphone à passer. En cas d'ennui, je suis dans le bureau.

Sans attendre la réponse, elle se rua hors du plateau. Au bout du couloir, une petite pièce avait été pourvue d'une table, de quelques chaises et d'un téléphone. Elle appela l'hôpital et dut attendre dix minutes pour s'entendre dire que Carl n'était plus dans un état critique.

Elle se frottait les yeux et envisageait de prendre une nouvelle tasse de café quand la porte s'ouvrit.

— Beth, si ce n'est pas une question de vie ou de mort, épargne-moi.

La voix de Sam la fit sursauter.

— C'est bien mon intention.

— Oh, Sam, je ne t'attendais pas !

Il referma la porte derrière lui.

— Tu ne m'attends pas souvent. Comment vas-tu ?

— Pas trop mal.

— Ton père ?

— Mieux. Ils pensent le transférer demain dans une chambre privée.

L'acteur s'assit sur le bord de la table et examina Johanna d'un œil critique.

— Tu sembles épuisée, Johanna. Laisse-moi te ramener chez toi.

— Nous n'avons pas terminé, et j'ai promis de passer par l'hôpital après l'enregistrement.

— Entendu, j'irai avec toi.

— Non, je t'en prie. Ce n'est pas nécessaire et je serai une triste compagnie, ce soir.

Elle avait joint les mains et les serrait très fort. Délibérément, il les prit entre les siennes et les sépara.

— Tu veux encore m'échapper, Johanna ?

— Non… Je ne sais pas. Sam, je ne saurais te dire combien je te suis reconnaissante pour m'avoir écoutée et réconfortée cette nuit. Je n'oublierai jamais que tu étais là quand j'ai eu besoin de toi.

— Cela ressemble à un adieu, murmura-t-il.

— Non, bien sûr. Mais tu dois comprendre, maintenant, pourquoi je ne veux pas m'engager envers toi.

— Je dois être stupide parce que je ne vois pas ce qui t'effraie tant, Johanna.

— Je dois m'en aller, il ne reste plus que quelques minutes.

— Attends, je vais essayer d'être bref. Après-demain, je m'envole pour l'Est afin de commencer le tournage de mon prochain film. J'en ai pour trois semaines, peut-être plus, et il m'est impossible de repousser.

— Je comprends. J'espère que tu me donneras de tes nouvelles.

— Johanna, je veux que tu viennes avec moi.

— Je... je ne peux pas ! J'ai mon travail, mon...

— Je ne te demande pas de choisir entre ton travail et moi, pas plus que tu n'exigerais de moi que je renonce à mon métier.

— Bien sûr que non !

Sam scruta un instant le visage de la jeune femme.

— Le script que Max m'a envoyé... Je veux accepter ce rôle.

— Tu as raison, il est fait pour toi.

— Attends... C'est ton père qui le produit, Johanna.

— Oh ! En ce cas, tu as le meilleur.

— Je veux savoir ce que tu en penses.

— Cela n'a aucune importance. Ecoute, Sam, tes choix professionnels t'appartiennent. Tu serais stupide de ne pas saisir l'occasion de travailler avec Max et les Productions Patterson.

— Toujours raisonnable.

— Je l'espère.

— Alors sois-le aussi maintenant, et accepte de venir dans l'Est avec moi. Ton équipe est bien rodée, tu le sais, elle peut parfaitement se passer de toi pendant deux semaines.

— Sans doute, mais non sans quelques problèmes. En outre, il y a mon père...

— Très bien. En ce cas, reste une semaine pour t'assurer que l'équipe tourne bien et que ton père est en bonne voie de guérison, et puis rejoins-moi.

— Pourquoi ?

— Je me demandais quand tu te déciderais à poser cette question.

Sam enfonça une main dans sa poche et en sortit une boîte. Dans sa vie, il avait souvent agi sous le coup d'une impulsion. Ce n'était pas le cas cette fois-ci. Il avait longuement réfléchi et conclu qu'il ne pouvait partir sans savoir.

— Ouvre-la.

Johanna fixa longuement le diamant étincelant. C'était une bague de fiançailles très classique et simple, le genre de bijoux dont rêvaient toutes les jeunes filles.

— Je veux t'épouser, dit Sam.

— C'est impossible. Je me demande comment une telle idée a pu te venir à l'esprit.

— C'est tout simple. Quand j'ai appris que le tournage commençait, j'ai su ce que je devais faire.

Elle lui rendit la boîte. Comme il ne la prenait pas, elle la déposa sur la table.

— Je suis désolée, Sam, je ne veux pas te blesser. C'est tout simplement que je ne peux pas.

— Il est temps que tu te débarrasses du poids qui pèse sur toi, Johanna. Toi et moi savons ce que nous avons reçu l'un de l'autre depuis que nous nous connaissons. Si tu crois me faire une faveur en me tournant le dos, tu te trompes lourdement.

La prenant par la nuque, il l'embrassa. Incapable de le repousser, elle noua les bras autour de son cou.

— Me crois-tu quand je te dis que je t'aime ? demanda-t-il.

— Oui. Sam, je ne veux pas que tu partes. Je sais qu'il le faut et combien tu me manqueras. Mais... je ne peux pas te donner ce que tu me demandes. Si je le pouvais, tu serais le seul à qui je le donnerais.

Il n'en avait pas espéré autant. Un autre aurait été découragé, mais il s'était cogné dans trop de murs au cours de sa vie pour se laisser rebuter par un de plus. Celui-ci, il avait l'intention de le démolir brique par brique.

Il déposa un baiser sur la tempe de la jeune femme.

— Je sais déjà ce dont j'ai besoin et ce que je veux. Pense à ce qui te concerne, Johanna, à ce dont tu as besoin et à ce que tu veux. Je crois que tu es assez intelligente pour trouver la réponse d'ici peu.

La reprenant dans ses bras, il l'embrassa à en perdre le souffle, puis il murmura :

— A bientôt.

Après son départ, elle eut tout juste la force de s'effondrer sur la chaise. L'émission avait commencé, mais elle resta assise, les yeux fixés sur la bague qu'il avait laissée sur la table.

12

Sam avait tendu ses filets, elle le savait fort bien. Et bien qu'elle n'eût pas l'intention de se laisser prendre au piège, elle devait bien avouer qu'il était plus fort qu'elle à ce jeu. Il était parti depuis deux semaines et elle n'avait pas reçu le moindre coup de téléphone.

Mais il y avait les fleurs.

Elles étaient livrées chaque soir. Des roses, un jour, des orchidées le lendemain. Elle ne pouvait rentrer dans une pièce de sa maison sans penser à lui.

Et dès la seconde semaine, elles avaient envahi son bureau : tantôt un petit bouquet de violettes, tantôt une énorme brassée champêtre. Même là, elle ne parvenait plus à lui échapper.

Décidément, il jouait… Mais il ne jouait pas franc-jeu.

Elle ne pouvait pas l'épouser, c'était complètement absurde ! Elle ne pensait pas qu'on pût s'aimer une vie entière, elle le lui avait dit et elle n'était pas près de changer d'avis.

Par sécurité, elle emportait la bague avec elle, mais elle ne l'avait pas sortie de sa boîte… sauf une ou deux fois, peut-être. Heureusement, la surcharge de travail détournait son esprit de lui. Mais il y avait les longues nuits sans sommeil, à attendre près du téléphone…

Il lui avait dit de l'appeler, mais il ne lui avait même pas laissé ses coordonnées. Une enquête discrète avait permis à Johanna de savoir dans quel hôtel il était descendu. Evidemment, elle n'avait pas l'intention de le contacter.

A la fin de la deuxième semaine, Johanna était furieuse contre Sam. Elle songea à lui renvoyer sa bague par la poste, mais au moment de jeter le paquet à la boîte, elle songea qu'elle préférait la lui lancer au visage quand il reviendrait.

Au matin de la troisième semaine, elle ne tenait plus en place et son équipe la couvait des yeux avec une évidente inquiétude. Pendant l'enregistrement du lundi, elle se montra acariâtre sous le prétexte qu'elle devait apporter les cassettes à son père.

En fin de journée, Beth les lui tendit avec un sourire exagéré.

— Tiens ! Essaie de ne pas les mordre pendant le trajet.

Johanna les fourra dans son sac.

— J'aurai besoin de toi, demain à 9 heures.

— Tout ce que tu veux, dit Beth un peu sèchement.

Johanna posa sur son amie des yeux méfiants.

— Tu as un problème ?

— Moi ? Pas du tout ! C'est mon dos.

— Qu'est-ce qu'il a ?

— Il est toujours un peu douloureux quand j'ai été flagellée.

Johanna ouvrit la bouche, la referma. Une seconde de silence passa.

— Je suis désolée de m'être montrée aussi désagréable, dit-elle enfin.

— A peine. Il me semble que si quelqu'un m'envoyait des fleurs chaque jour de la semaine, je serais plus souriante.

— Il pense que cela suffit pour m'enrouler autour de son doigt.

— Il y a pire… Non, oublie ce que je viens de dire, Johanna. Mais je ne vois rien de machiavélique dans le fait de couvrir une femme de roses. C'est un homme qui sait vivre.

Johanna ne put s'empêcher de sourire.

— Il est merveilleux.

— Il te manque ?

— Oui, ainsi qu'il s'y attendait.

— Tu sais, Johanna, la distance est la même de l'ouest à l'est que de l'est à l'ouest.

Johanna y avait déjà pensé. Sa main serra la boîte au fond de sa poche.

— Non, je ne peux pas, ce ne serait pas honnête envers lui.

— Pourquoi ?

— A cause… de cela !

D'un geste vif, Johanna avait sorti la boîte de sa poche et l'ouvrait sous les yeux émerveillés de Beth.

— Mazette ! Félicitations, meilleurs vœux de bonheur et *buon viaggio*. Où est la bouteille de champagne ?

— J'ai refusé.

— Alors pourquoi as-tu ce bijou sur toi ?

La question était si sensée que Johanna resta un instant à contempler la bague, les sourcils froncés.

— Il me l'a laissée entre les mains, et il est parti.

— Un démon romantique, si je comprends bien ?

— Euh… Pas exactement, mais enfin un peu… En fait, c'était plus un ultimatum qu'une proposition, mais j'ai dit non.

— Donc, tu as simplement décidé de tourner en rond avec ça dans ta poche pendant quelques jours ?

— Non… je voulais juste garder cette bague sous la main pour pouvoir la lui rendre.

Beth hocha lentement la tête.

— C'est la première fois que je t'entends proférer un mensonge.

Johanna referma la boîte avant de la fourrer de nouveau dans sa poche.

— J'ignore pourquoi je la garde. Cela n'a pas d'importance.

— Evidemment. J'ai toujours pensé qu'il n'y avait pas de quoi s'exciter à propos des demandes en mariage et des somptueux bijoux.

— Je ne crois pas dans le mariage.

— C'est comme de ne pas croire au Père Noël. Ne me dis pas que tu n'y crois pas non plus !

Johanna décida qu'elle était trop fatiguée pour discuter.

— Nous en parlerons plus tard. Je vais porter ces cassettes à mon père… Evidemment, Beth, tu gardes cela pour toi ?

— Le secret me suivra dans ma tombe.

Johanna se mit à rire.

— Je t'aime bien, tu sais. Je regretterai de te perdre.

— Je suis virée ?

— Tôt ou tard, c'est toi qui me quitteras. Tu ne te contenteras pas longtemps d'être assistante…

Johanna prit une profonde inspiration avant de poursuivre :

— Le Père Noël mis à part, tu crois au mariage, Beth ?

— Je suis une incorrigible romantique, ne l'oublie pas. Oui, j'y crois, aussi longtemps que les deux partenaires sont décidés à tout mettre en œuvre pour qu'il réussisse.

— Bonne nuit, Beth, à demain.

Pendant tout le trajet jusqu'à Beverly Hills, Johanna ne cessa de réfléchir. Ses pensées étaient confuses, mais elles tournaient toutes autour de Sam.

Les grilles de la propriété étaient closes. Johanna appuya sur le bouton de l'Interphone et attendit que la gouvernante de son père lui demande son nom. Quelques instants plus tard, elles s'ouvraient sans bruit.

La porte de la grande maison fut ouverte par une servante vêtue de gris avant qu'elle parvienne en haut du perron.

— Bonsoir, mademoiselle Patterson.

— Bonsoir. M. Patterson m'attend ?

— Il est dans le salon, en compagnie de Mlle Dumonde.

— Merci.

Carl Patterson semblait aller mieux. Vêtu d'un habit bleu nuit, il arpentait le parquet ciré avec impatience. Toni feuilletait un magazine tout en buvant un verre de vin, assise sur le canapé.

— Je t'attends depuis une heure, dit Carl sans préambule.

Johanna sortit les cassettes de son sac et les posa sur la table.

— Nous avons travaillé tard. Tu as l'air bien.

— Je n'ai aucune raison d'aller mal.

D'un mouvement gracieux, Toni se leva. Son pyjama du soir soulignait ses courbes voluptueuses. Se dirigeant vers la porte, elle lança par-dessus son épaule :

— Carl est de mauvaise humeur, ce soir. Peut-être parviendrez-vous mieux que moi à le distraire.

Johanna eut l'air étonnée.

— J'arrive au mauvais moment ?

Carl se dirigea vers le bar et se remplit un verre de soda.

— Pas du tout. Tu veux quelque chose ?

— Non, merci, je ne reste pas longtemps.

— Je pensais que tu visionnerais les cassettes en ma compagnie…

— Tu n'as pas besoin de moi pour cela. Je vais te laisser…

Il s'éclaircit la gorge.

— Johanna. Tu as fait du bon travail.

Elle consulta sa montre.

— Merci.

— Si tu as un rendez-vous, vas-y.

— Excuse-moi, je vérifiais simplement la date. Comme c'est la première fois de ma vie que tu m'adresses un compliment, je veux marquer ce jour d'une pierre blanche.

— Inutile d'être sarcastique.

Johanna traversa la pièce et s'assit sur le bord d'une chaise. Elle ne s'était jamais sentie à l'aise dans cette maison.

— Peut-être pas. Avant de partir, j'aimerais te demander quelque chose.

— Par rapport à l'émission ?

— Non, c'est personnel… Pourquoi veux-tu te marier avec Toni Dumonde ?

Jamais personne ne s'était hasardé à questionner Carl sur ses raisons d'agir, aussi loin qu'il remontât dans ses souvenirs.

— Je dirais que cela me regarde. Si tu es gênée par la différence d'âge…

— Non. Je suis simplement curieuse.

— Je me marie parce que je le veux.

Johanna observa son père pendant quelques longues secondes. Peut-être était-ce aussi simple que cela, pour Carl : « Je veux, je fais. J'ai envie, je prends. »

— Tu as l'intention de rester marié avec elle ?

— Aussi longtemps que cela nous conviendra à tous deux.

La jeune femme sourit. Cela, au moins, était une vérité sans fard.

— Pourquoi as-tu épousé ma mère ?

Si la première question avait étonné Carl, la seconde le laissa sans voix. Il vit soudain en Johanna une ressemblance qu'il avait toujours ignorée, mais ce visage était plus franc. Il exprimait plus de courage que l'autre.

— Pourquoi me le demandes-tu aujourd'hui ? Tu ne m'as jamais parlé d'elle auparavant.

— J'aurais peut-être dû. J'ai moi-même une importante décision à prendre et j'ai besoin de comprendre. Tu l'aimais ?

— Bien sûr. Elle était belle, fascinante. A cette époque, tous les hommes qui rencontraient Glenna tombaient amoureux d'elle.

— Mais c'est toi qui l'as épousée, toi qui as divorcé d'avec elle.

Carl se sentit soudain mal à l'aise.

— Ce mariage était une erreur. Au bout d'un an, nous le savions tous les deux. Nous étions toujours autant attirés l'un par l'autre. Elle était belle, très délicate. Tu lui ressembles…

Voyant l'expression de sa fille, Carl posa son verre. Il n'était pas un père très aimant, mais il ne manquait pas d'intelligence.

— Si c'est la santé de ta mère qui t'inquiète, rassure-toi. Glenna avait toujours été fantasque et la boisson n'a rien fait pour arranger les choses. Mais je n'ai jamais rien constaté de ce genre chez toi. Crois-moi, je t'ai bien observée.

— C'est vrai ? murmura Johanna.

— Tu n'as jamais été dans les extrêmes. Apparemment, tu as suffisamment hérité de moi pour annuler le reste.

Elle leva les yeux vers lui.

— Tu crois ? Je me demandais, justement, si j'avais hérité quoi que ce soit de toi.

Le regard de Carl était si indifférent qu'elle ne put croire qu'il jouait la comédie.

— Tu es productrice, non ? Et une bonne, de surcroît ! Les Patterson ont toujours été de fortes personnalités. Tu es ambitieuse, aussi. Je dirais que tu tiens plutôt de ma grand-mère. C'était une femme sensée qui ne serait pas restée assise, à regarder le monde tourner. Tu as hérité de ses cheveux, aussi.

Un peu troublée, Johanna leva la main jusqu'à ses cheveux.

— Ta grand-mère ?

— Ta mère ne t'a pas transmis cette blondeur. Interroge sa coiffeuse, c'était l'un de ses secrets les mieux protégés.

Elle était brune. Dieu sait que tu n'as pas reçu d'elle cette chevelure pâle.

Ainsi, il était son père, après tout. Immobile, Johanna attendait un afflux de sentiments, mais rien ne vint. Elle soupira. Rien n'avait réellement changé… Puis elle sourit. Si… Quelque chose venait peut-être de se modifier.

Elle se leva et consulta sa montre.

— J'aimerais que tu me parles de ta grand-mère un de ces jours, mais je dois vraiment m'en aller. Je serai absente pendant quelques jours.

— Tu pars ? Quand ?

— Ce soir.

Johanna attrapa le dernier avion. Avant l'embarquement, elle eut juste le temps d'appeler Bethany pour l'avertir de son départ et lui demander de nourrir son chat. Beth avait été réveillée d'un profond sommeil, mais elle s'en remettrait.

Perdue dans ses pensées, Johanna regarda Los Angeles disparaître dans la nuit avec tout ce qui avait constitué sa vie antérieure. Elle franchissait le plus grand pas de toute son existence, sans savoir si elle atterrirait sur un terrain solide.

Elle s'endormit quelque part au-dessus du Nevada, pour s'éveiller au-dessus du Nouveau-Mexique, en proie à la panique. Quelle folie était-elle en train d'accomplir à des milliers de kilomètres de chez elle sans même une brosse à dents ? Elle n'avait même pas vérifié les questionnaires ! Et qui se chargerait de John Jay ?

Quelqu'un d'autre, se dit-elle. Pour une fois, ce serait quelqu'un d'autre.

Elle arriva à Baltimore un peu après l'aube. L'aéroport était presque désert et l'air frais. Elle se félicita d'avoir sa veste, celle qu'elle avait enfilée le matin même, lorsqu'elle était encore pourvue de raison.

Sous un ciel gris et prometteur de pluie, elle monta dans un taxi et donna au chauffeur l'adresse de Sam.

Arrivée devant l'hôtel, elle paya la course en évitant de penser. La bruine s'était mise à tomber quand elle pénétra dans le hall. Appartement 621... Au moins, elle connaissait le numéro, ce qui lui évitait le désagrément d'avoir à se renseigner à l'accueil.

Serrant la bandoulière de son sac, elle s'engouffra dans l'ascenseur, et parvint même devant la porte de Sam d'un pas relativement ferme.

Elle y était maintenant.

Que ferait-elle s'il ne voulait plus d'elle ? Et s'il n'était pas seul ? Après tout, elle l'avait repoussé, elle avait refusé de l'écouter... Il était libre de... faire ce qu'il voulait, avec qui il voulait.

Certaine de ne pas pouvoir supporter cette épreuve, elle fit demi-tour.

C'était absurde ! Elle n'avait pas parcouru des milliers de kilomètres pour reculer au dernier moment. Les épaules droites et le menton dressé, elle frappa à la porte. L'estomac noué, elle chercha machinalement son tube de calmants dans sa poche. Ses doigts rencontrèrent la petite boîte de velours. Elle y puisa le courage de frapper une seconde fois.

Sam s'éveilla en jurant. Ils avaient travaillé jusqu'à 2 heures du matin, et maintenant un abruti cognait à la porte.

Groggy et assoiffé de vengeance, il s'enveloppa d'un drap pour aller ouvrir.

— Bon sang !

La bouche sèche, il fixait l'apparition. Il devait rêver ! Johanna se trouvait à des années-lumière de Baltimore, bien enfouie sous ses couvertures !

— Je suis désolée de t'avoir réveillé. J'aurais dû… attendre.

« Je n'aurais jamais dû venir », pensait-elle avec désespoir.

Soudain, elle ne pensa plus du tout, car il l'entraînait dans la chambre et claquait la porte derrière elle. Puis elle fut contre lui, captive d'une bouche chaude qui pressait la sienne.

— Pas un mot ! ordonna-t-il. Pas encore.

Il lui retirait sa veste, se battait avec les boutons de son chemisier. Avec un rire étranglé, elle tira sur le drap qui entourait Sam tandis qu'il faisait glisser sa jupe le long des hanches de la jeune femme…

Il la souleva dans ses bras pour l'emporter vers le lit. Elle avait eu raison de venir, se dit-elle. Quoi qu'il arrive ensuite, elle avait eu raison de prendre ce moment de bonheur. Et de le lui donner aussi.

Totalement accordés l'un à l'autre, ils accédèrent ensemble au sommet du plaisir. Au loin, le tonnerre avait commencé de gronder, bientôt suivi d'une tempête qui fit trembler toute la ville. C'est à peine si Johanna et Sam s'en aperçurent. Ils étaient seuls au monde, isolés par l'amour.

Enfin, une lueur grise pénétra dans la chambre. Pour Johanna, c'était le plus beau matin de sa vie.

— Tu passais par là ? murmura Sam.

— J'avais une affaire urgente à régler sur la côte Est.

— Je vois. Tu es sans doute en quête de concurrents ?

— Pas exactement. Tu penses être appelé de bonne heure ce matin ?

— Si la pluie persiste, ce que j'espère, je ne serai pas appelé du tout. Il ne reste plus qu'une scène à tourner et nous aurons terminé.

Johanna eut une moue taquine.

— Tu as dû être débordé pendant ces trois semaines.

— Un peu.

— Sans doute étais-tu trop occupé pour me téléphoner ?

— Non.

Elle se dressa sur un coude.

— Non ?

— Je n'ai pas appelé, c'est tout.

— Je vois.

Elle esquissait un mouvement pour s'asseoir, quand elle se retrouva sur le dos, Sam au-dessus d'elle.

— J'espère que tu n'as pas l'intention de sortir de cette chambre ?

— J'ai du travail.

— J'apprécie la coïncidence ! Tes affaires t'appellent à Baltimore, tu descends dans le même hôtel que moi, et apparemment dans la même chambre… Pourquoi es-tu venue, Johanna ?

— Je n'ai pas envie d'en discuter. J'aimerais reprendre mes vêtements.

— Bien sûr. Laisse-moi te les apporter.

Stupéfaite, elle le vit ramasser sa jupe, sa veste et son chemisier. Puis il ouvrit la fenêtre et jeta le tout dans la rue.

— Qu'est-ce… qu'est-ce que tu as fait ?

— On dirait que j'ai jeté tes vêtements par la fenêtre.

— Tu es complètement fou ! Je n'ai plus que mes chaussures et mes sous-vêtements ! Que suis-je censée faire, maintenant ?

— M'emprunter une chemise et un jean, je suppose. Je ne saurais discuter avec toi quand tu m'offres un… aussi joli spectacle.

— Je ne ris pas, Sam ! C'était l'un de mes plus beaux tailleurs, et… Mon Dieu ! Dans la poche de ma veste, il y avait…

Complètement nue, Johanna se rua vers la porte. Sam l'arrêta juste à temps.

— Je ne tiens pas à te retrouver en prison pour outrage aux bonnes mœurs, Johanna.

— Sam ! Tu as jeté ma bague par la fenêtre !

— Quelle bague ?

— Celle que tu m'as donnée. Oh ! Pour l'amour de Dieu ! Quelqu'un va la prendre !

— Quoi ? Ta jupe ?

— Je me moque de ma jupe, je veux ma bague !

Sam exhiba la boîte rose de derrière son dos.

— La voici. Elle a dû tomber de ta poche quand... nous nous sommes dit bonjour.

— Tu l'avais depuis le début et tu m'as laissée croire qu'elle était tombée dans la rue ?

— J'étais heureux de constater qu'elle avait de l'importance à tes yeux. Tu veux que je te la passe au doigt ?

— Fais-en ce que tu veux !

— J'attends des suggestions.

Il lui sourit avec un tel naturel qu'elle sentit sa colère faiblir.

— Je... j'ai besoin de m'asseoir une minute.

Sa fureur s'était évaporée. Il était temps de lui donner les raisons de son « passage » à Baltimore.

— Je suis venue te voir.

— Non ! Vraiment ?

— Ne te moque pas de moi.

Il s'assit auprès d'elle et passa un bras autour de ses épaules.

— Très bien. En ce cas, je t'avouerai que si tu n'étais pas venue ou si tu ne m'avais pas appelé pendant les prochaines vingt-quatre heures, je serais reparti pour Los Angeles, film ou pas film.

— Tu ne m'as pas appelée.

— Non, parce que nous savions tous les deux que c'était à toi de faire le premier pas. Et j'espère que tu as souffert autant que moi. Alors ? Que se passe-t-il ?

— Je voulais te dire que j'ai parlé à mon père, hier soir. Il est bien mon père.

Sam effleura de ses lèvres les cheveux de Johanna.

— Tu te sens mieux ?

— Ce n'est pas une histoire qui se termine en rose, mais c'est bien ainsi. Mon père et moi ne serons jamais proches l'un de l'autre, mais dorénavant je peux l'accepter. Je ne lui ressemble pas, pas plus qu'à ma mère. Il m'a fallu tout ce temps pour l'admettre et c'est très bien comme ça.

— J'aurais pu te le dire, si tu m'avais écouté.

— J'ai quelque chose à te demander, Sam… Pourquoi veux-tu m'épouser ?

— C'est tout ? Je m'attendais à pire. Je veux t'épouser parce que je t'aime et que j'ai besoin de toi.

— Et demain ?

— Je ne peux rien te promettre. Je voudrais qu'il existe des garanties, mais il n'y en a pas. Je peux simplement te dire que lorsque je pense à demain, quand je me vois dans dix ans, tu es toujours à mes côtés.

Il ne pouvait choisir des mots plus justes, pensa-t-elle

en lui caressant le visage. Il n'y avait pas de garanties, mais il y avait une chance, une bonne.

— Il y a autre chose…

— Je t'écoute.

— Crois-tu au Père Noël ?

Il n'hésita pas une seconde.

— Bien sûr. N'est-ce pas le cas de tout le monde ?

Elle sourit.

— Je t'aime, Sam.

— C'est ce que j'espérais entendre.

— On dirait que tu as gagné.

Elle lui abandonna sa main pour qu'il pût lui passer la bague au doigt. Elle semblait faite pour elle.

— Nous avons gagné tous les deux, murmura Sam à son oreille.

La maison du désert

1

Elle valait vraiment le coup d'œil. Et pas seulement parce qu'une femme ne pouvait passer inaperçue dans ce domaine exclusivement masculin. Sa prestance, voilà ce qui, avant tout, accrochait le regard, malgré le jean délavé, la chemise trop ample et le casque disgracieux. Sa prestance et une certaine assurance... Deux qualités qui justement attiraient Brett presque autant que la dentelle ou les bas de soie noire. Dommage... Il n'avait pas de temps à perdre en vaines spéculations. Il arrivait avec une semaine de retard et une montagne de travail l'attendait.

Il fréquentait depuis suffisamment longtemps les chantiers pour percevoir au premier coup d'œil, et au-delà du désordre apparent, les efforts des hommes, la puissance créatrice des concepteurs et les possibilités de l'avenir. Mais aujourd'hui, il n'avait d'yeux que pour la visiteuse.

Elle était grande et mince plutôt que fine. En tant qu'architecte, il ne pouvait qu'apprécier les lignes superbes de sa silhouette. En tant qu'homme, il trouvait délicieuses les courbes harmonieuses que soulignaient ses vêtements, malgré leur ampleur. Une épaisse natte aux reflets cuivrés dépassait du casque de protection.

Il remonta ses lunettes de soleil sur son nez. Il aimait aussi beaucoup sa manière de bouger, avec économie et non sans grâce. Elle n'avait pas le teint pâle des rousses mais la peau dorée des gens qui travaillaient toute l'année sous le chaud soleil de l'Arizona. De loin, il ne voyait pas ses yeux. Sa voix, en revanche, lui parvenait clairement et lui paraissait plus adaptée aux conversations romantiques au clair de lune qu'à ce décor de poussière et de sueur.

Il glissa les pouces dans les poches de son jean, et sourit. Quel dommage qu'il ne soit pas arrivé une semaine plus tôt…

Inconsciente de l'examen attentif dont elle était l'objet, elle s'épongea le front du revers de la manche.

A peine 8 heures, et le soleil tapait déjà sans pitié. Avec cette chaleur, le travail serait encore ralenti. Chaque journée qui passait était une lutte sans merci pour respecter les délais ridiculement courts accordés par l'entrepreneur. Jusqu'à présent, elle n'avait à se plaindre d'aucun retard. Heureusement, car la construction du centre de loisirs était de loin la mission la plus importante de sa carrière et elle avait fermement l'intention de la mener à bien. Tout de même… Par moments, il lui venait des envies d'étrangler Tim Thornway pour avoir accepté des délais aussi courts, et surtout, pour avoir placé sur ses épaules la responsabilité de cette course contre la montre.

Ella se redressa, comme si elle en sentait littéralement le poids. Sa décision était prise : à la fin de ce chantier, elle donnait sa démission. Même si, grâce au vieux Thomas Thornway, elle avait pu gravir rapidement les échelons du poste d'assistante à celui d'ingénieur. De toute façon, elle ne risquait pas d'oublier sa confiance aveugle. Car depuis son décès, à son lot de soucis quotidiens s'ajoutait celui, de taille, de la mauvaise gestion de Tim, son fils et successeur. Mais pourquoi s'en soucier ? Après tout, son contrat de travail ne stipulait pas qu'elle devait se sacrifier au détriment de sa carrière. En rêvant à un grand verre de limonade fraîche, elle continua de superviser la mise en place des poutrelles métalliques.

Charlie Gray, l'assistant zélé de Brett, le tira par la manche.

— Voulez-vous que je prévienne Mlle Wilson que vous êtes là ?

— Vous voyez bien qu'elle est occupée.

Une cigarette aux lèvres, il cherchait ses allumettes dans les poches de sa chemise humide de transpiration.

— M. Thornway a hâte que vous fassiez connaissance…

Brett sourit.

— Ça viendra, ne vous tracassez pas.

— Vous n'étiez déjà pas à la réunion d'hier…

— Eh oui, que voulez-vous…

Il n'en perdrait pas le sommeil ! Il avait conçu ce centre de loisirs, et puis des problèmes familiaux l'avaient contraint de déléguer à Nathan, son associé, la supervision des premiers travaux. En regardant Ella, Brett en venait à le regretter…

Charlie sur les talons, il se dirigea vers la caravane garée à quelques mètres de là. A l'intérieur, il faisait un peu moins chaud que dehors. Il ouvrit la glacière et en sortit une cannette de bière fraîche.

— Je voudrais revoir les plans du bâtiment principal.

En bon petit soldat, Charlie les lui posa sur une table et s'éclaircit la voix.

— A la réunion d'hier, commença-t-il, Mlle Wilson a signalé les transformations qu'elle jugeait souhaitables. De son point de vue…

Brett se laissa tomber sur la banquette inconfortable et chercha un cendrier des yeux, avant de dérouler les plans. Décidément, l'ensemble s'annonçait superbe avec la verrière en forme de dôme au sommet et les étages de bureaux disposés en cercle autour d'un vaste espace central. On avait toute la place qu'on voulait, ici, dans le désert. Les murs de verre teinté permettraient d'ailleurs de contempler à loisir les dunes. Au rez-de-chaussée, dans le hall en demi-cercle, un bar à deux étages et un salon de thé… Des ascenseurs tout de verre et des escaliers en spirale donneraient accès aux trois restaurants et aux salons particuliers du dernier étage.

Brett avala une gorgée de bière. Il voyait dans son projet le mariage tout à fait heureux de l'ancien et du moderne, avec une pointe d'humour et une touche de fantaisie toutes personnelles. En entendant s'ouvrir la porte de la caravane, il leva les yeux.

Elle était encore plus belle de près que de loin. Et à cet instant, elle paraissait très en colère.

— Qu'est-ce que vous faites ici ? demanda-t-elle en lui arrachant la cannette des mains. Vous croyez que Thornway vous paie pour vous tourner les pouces ? Et boire de l'alcool par-dessus le marché ? Vous ne savez donc pas que c'est interdit ?

Elle reposa la cannette sur un comptoir avant de céder à la tentation et de se rafraîchir elle-même.

— Mademoiselle Wilson…

Apercevant Charlie, Ella lui adressa un sourire.

— Oh, monsieur Gray… Un instant, je vous prie.

Se retournant vers Brett, elle fronça les sourcils.

— Ecoutez, mon vieux, si vous voulez recevoir votre salaire à la fin de la semaine, allez tout de suite trouver votre contremaître. Il va vous donner du travail.

Comme il lui souriait avec insolence, elle serra les poings. Elle n'avait aucune sympathie pour ces hommes qui croyaient s'en tirer avec un sourire. Curieusement, elle se demanda de quelle couleur étaient ses yeux, derrière les lunettes noires.

— Mademoiselle Wilson…, répéta Charlie, affolé.

— Qu'y a-t-il ? dit-elle avec impatience, trop fatiguée pour contenir sa mauvaise humeur. Avez-vous au moins réussi à tirer votre précieux architecte de sa piscine ? Quand nous honorera-t-il de sa présence ?

— Justement, je…

— Vous permettez ?

Lui coupant de nouveau la parole, elle se tourna vers Brett.

— Vous n'êtes pas encore parti ? Vous parlez pourtant l'anglais, non ? Alors remuez-vous un peu !

Ce qu'il fit, mais pas de la manière escomptée. Plutôt comme un chat qui s'étire longuement avant de sauter sur un fauteuil. Elle remarquait qu'il avait des jambes d'une longueur interminable, quand, sous ses yeux ébahis, il récupéra la bière.

— Vous êtes plutôt grande, mademoiselle…

Une fois encore, elle serra les poings. De quel droit lui parlait-il ainsi ? Rapide comme l'éclair, elle lui arracha la cannette et renversa sur ses chaussures ce qui restait de bière. Heureusement que Brett avait presque tout bu… Horrifié, Charlie avança d'un pas.

— Monsieur…

— Fichez-moi la paix, coupa Brett, et allez faire un tour.

— Mais…

— Dehors ! Compris ?

Charlie ne se le fit pas dire deux fois. Le doute s'insinua en Ella. L'assistant avait appelé le cow-boy… monsieur ? Plissant les yeux, elle redressa les épaules.

— Nous n'avons pas été présentés, fit observer Brett en enlevant ses lunettes de soleil.

Il avait les yeux bruns — d'un brun pailleté, pas le moins du monde assombri par la colère ou la gêne. Non, il la considérait plutôt avec curiosité.

— Brett Johnson, architecte, déclara-t-il en lui tendant la main.

Elle aurait pu bredouiller des excuses. Ou rire du malentendu et lui offrir une autre bière. Elle ne fit rien de tout cela.

— C'est gentil d'être passé, déclara-t-elle.

« Et coriace avec ça », songea Brett.

Il en avait maté de plus redoutables.

— Si j'avais su qu'on me réserverait un accueil aussi chaleureux, je serais arrivé plus tôt.

— Désolée, le comité d'accueil est reparti avec l'orchestre et les majorettes.

Comme il lui barrait le chemin de la porte, elle releva le menton et le regarda dans les yeux.

— Des questions ?

— Quelques-unes, oui. Par exemple… qui est mon rival ? Ou encore : depuis quand les casques de chantier sont-ils devenus sexy ? Ça vous arrive souvent d'arroser les chaussures de vos hommes ?

— Ça dépend…

Sans rien ajouter, elle essaya de passer. Elle se retrouva coincée contre la glacière. Il avait suffi à l'architecte de tourner légèrement les épaules.

— On est un peu à l'étroit, ici, mademoiselle Wilson, vous ne trouvez pas ?

Ella avait beau être ingénieur, elle n'en était pas moins

femme. Et si elle n'y mettait pas immédiatement bon ordre, cet individu allait finir par la troubler…

— Vous portez un dentier ? demanda-t-elle calmement pour désamorcer ce sourire exaspérant.

Il haussa un sourcil.

— Jusqu'à nouvel ordre, non.

— Alors, à votre place, je me pousserais.

Il aurait aimé l'embrasser, autant pour saluer son courage que par désir. Mais s'il était souvent impulsif, il était aussi excellent tacticien.

— Oui, madame.

Satisfaite d'avoir marqué un point — du moins le crut-elle —, elle jeta un coup d'œil sur les plans et s'assit.

— Je suppose que Gray vous a résumé notre réunion d'hier ?

— Oui. Vous désirez apporter quelques changements, je crois ?

— Depuis le début, l'idée de base me pose problème, je ne m'en suis pas cachée, monsieur Johnson.

— Vos lettres me sont bien parvenues, en effet. Vous auriez préféré une architecture plus… classique, n'est-ce pas ? comme celle qu'on rencontre un peu partout dans le désert ?

— Je ne me souviens pas d'avoir utilisé le mot… classique. Mais il faut croire que vos confrères ont de bonnes raisons d'avoir tous adopté les mêmes principes de base, pour cette région.

— J'en ai d'excellentes à vouloir innover un peu.

C'est ce concept révolutionnaire qui a plu à votre client. Un centre de loisirs réellement luxueux, destiné à une clientèle fortunée… M. Barlow veut que ce centre tranche totalement avec ceux qu'on voit surgir de terre comme des champignons tout autour de Phoenix. C'est ça que je lui offre.

— Avec quelques modifications…

— Il n'y en aura aucune, mademoiselle Wilson.

Elle eut un mouvement agacé.

— Ecoutez, nous avons été choisis pour travailler ensemble sur ce projet… Je sais que ça ressemble à une mauvaise plaisanterie du hasard…

— Ou du destin, rectifia-t-il.

— Je vais être franche avec vous, monsieur Johnson. Du point de vue engineering, votre conception ne tient pas debout.

Il tira une bouffée de sa cigarette et souffla lentement la fumée. Elle avait des yeux d'une couleur étrange, comme s'ils n'arrivaient pas à se décider entre le vert ou le gris…

— C'est votre problème, dit-il tranquillement. Si vous ne vous sentez pas d'attaque, Thornway peut encore faire appel à quelqu'un d'autre.

Avec quel plaisir elle lui aurait fait avaler ses plans !

— Vous ne vous débarrasserez pas aussi facilement de moi, monsieur Johnson. Et rassurez-vous, je me sens tout à fait d'attaque.

— Alors, tout va pour le mieux, n'est-ce pas ? ironisa-t-il en croisant ses pieds bottés. Maintenant, si vous me mettiez au courant de l'avancement des travaux ?

Ce n'était pas à elle de le faire. Elle faillit le lui rappeler, mais elle était liée par un contrat qui ne laissait aucune place à l'erreur. Elle paierait sa dette à Thornway même si, pour cela, elle devait courber l'échine devant cet individu prétentieux.

— Vous avez sans doute constaté que les travaux d'excavation sont terminés en temps et heure. Nous avons réussi à les réduire à leur strict minimum pour préserver le paysage.

— C'est ce qui était convenu.

Ella jeta un coup d'œil sur les plans, puis releva la tête.

— C'est vrai, admit-elle à contrecœur. En tout cas, l'ossature des grands bâtiments sera achevée à la fin de la semaine. S'il n'y a pas le moindre changement…

— Il n'y en aura pas.

— S'il n'y a pas le moindre changement, s'entêta-t-elle, nous serons dans les temps, pour ce qui est du premier contrat. La construction des villas individuelles ne commencera que lorsque celle du bâtiment principal et du centre de remise en forme sera bien avancée. Pour les terrains de golf et de tennis, ce n'est pas mon rayon. Vous verrez avec Kendall. De même pour le paysage.

— Parfait. Savez-vous si les carrelages ont été commandés ?

— Je suis ingénieur. Pour le matériel et les fournitures, adressez-vous à Marie Lopez.

— D'accord. Une dernière question…

Ella ouvrit la glacière bourrée de jus de fruits, d'eau gazeuse et de bières. Prenant son temps pour choisir, elle se décida enfin pour une bouteille de jus de pamplemousse, sans rien proposer à Brett.

— Oui ? dit-elle enfin.

— C'est parce que je suis un homme, un architecte ou tout simplement parce que je viens de Floride… ?

— Pouvez-vous préciser le sens de la question ?

— Est-ce parce que je suis un homme, un architecte ou que je viens de Floride, que vous ne pouvez pas me supporter ?

Plus que la question, c'était son sourire narquois qui faillit, une fois de plus, avoir raison de la patience d'Ella. Mais elle s'adossa au comptoir et le regarda sans ciller.

— Que vous soyez un homme est sans importance, à mes yeux. Les architectes sont souvent arrogants et capricieux. Ils jettent sur papier leur délire mégalomane et s'attendent que les ingénieurs et les ouvriers en fassent un chef-d'œuvre pour la postérité. Mais ça n'est pas tellement gênant, surtout quand ils s'intéressent à l'environnement et en tiennent compte. Que vous veniez de Floride, en revanche, me pose un problème. Vous ne comprenez rien au désert, aux montagnes, à la terre.

Parce qu'elle commençait à l'intéresser vivement, il ne tenta pas de se justifier. Il avait pourtant fait trois fois le voyage jusqu'au site pendant l'élaboration du projet. Les premiers croquis avaient même été dessinés sur place. Certes, il avait eu une vision, le terme n'était pas trop fort. Mais en tant qu'architecte, il pouvait se féliciter : elle tenait debout.

— Si vous êtes une farouche protectrice de la nature, mademoiselle, il faut changer de métier. Car chaque fois que vous enfoncez une pelle dans la terre, c'est une agression.

— Non. Chaque fois qu'on enfonce une pelle dans la terre, il faut le faire en pensant à ce qu'on va lui donner en retour.

— Ingénieur et philosophe ! dit-il en riant. Attendez ! Avant de m'injurier davantage, sachez que je suis d'accord avec vous, mais jusqu'à un certain point seulement. Personne ici ne parle de néon ou de plastique ! Que vous soyez ou non d'accord avec mes conceptions, c'est votre affaire. On dîne ensemble ?

— Pardon ?

— On dîne ensemble ? répéta-t-il en rangeant les plans dans le cylindre de carton.

C'était l'invitation la plus directe qu'elle ait jamais reçue.

— Non, merci.

— Vous êtes mariée ?

— Non.

— Fiancée ?

La patience n'était pas la qualité dominante d'Ella.

— Et vous, flic ?

— Vous avez la gâchette sensible… Ça me plaît.

— Et vous un sacré culot, Johnson. Et ça ne me plaît pas.

S'approchant de la porte de la caravane, elle posa la main sur la poignée.

— Si vous avez d'autres questions à propos de la construction, vous savez où me trouver.

Brett n'eut qu'à tendre le bras pour lui poser la main sur l'épaule. Il sentit qu'elle se raidissait, prête à bondir toutes griffes dehors.

— Ce sera pour une autre fois. N'oubliez pas que vous me devez une bière.

Haussant les épaules, Ella affronta la chaleur torride du dehors. Elle baissa le casque sur son front en approchant de la structure métallique du bâtiment. Aux yeux de certaines femmes, les cheveux châtains de Brett, éclaircis par le soleil, n'auraient pas manqué de charme. Tout comme ce visage tanné et ces larges épaules. Ella Wilson n'avait pas le temps de s'attarder sur ces détails. Avec un demi-sourire, elle regarda la poutrelle se balancer dans le vide, attachée au filin de la grue. Voir un bâtiment surgir de terre la fascinait. Et elle était toujours profondément attristée par le spectacle de la nature inutilement blessée par ce qu'on appelait communément le progrès. Ces sentiments apparemment contradictoires étaient sans doute à l'origine du choix de sa carrière. Au moins pouvait-elle s'assurer, à son niveau, que la nature était respectée.

Mais ce projet, avec son dôme, ses courbes, ses spirales… Un fantasme, un rêve tout au plus. Rien de sérieux. Elle avait passé de longues soirées penchée sur les plans, armée de sa calculatrice, à essayer de concevoir un système de fondations approprié. Les architectes ne s'embarrassaient pas de ces détails. Eux ne songeaient qu'à l'esthétique ! Pourtant, envers et contre tout, elle construirait ce bâtiment. Et elle le construirait bien. Sa poitrine se gonflait de fierté chaque fois qu'elle vérifiait angles et degrés. Inadéquate ou non, la structure serait solide comme le roc.

Un picotement dans la nuque l'avertit de la présence de l'architecte. Inconsciemment, elle redressa les épaules.

— Un problème ? demanda-t-elle avec dédain.

— Je ne le saurai que lorsque j'aurai jeté un coup d'œil. Vous permettez ?

— Faites comme chez vous…

Les mains sur les hanches, il la toisa de la tête aux pieds en secouant légèrement la tête.

— Personne ne vous a encore jamais remise à votre place ?

— Non.

— Tant mieux. Je serai le premier.

— Vous pouvez toujours essayer, mais il serait tout de même plus productif de concentrer vos efforts sur le projet.

Il sourit, créant un désordre sympathique parmi les angles et les courbes de son visage.

— Je suis capable de me concentrer sur plus d'une chose à la fois. Pas vous ?

Au lieu de répondre, elle sortit un bandana de sa poche et s'épongea le cou.

— Votre associé avait l'air d'être raisonnable, lui.

— Il l'est.

Il lui prit le bandana des mains et lui en tamponna le front et les tempes.

— Il vous considère d'ailleurs comme une perfectionniste.

— Et vous ? demanda-t-elle en réprimant son envie de lui arracher le foulard des mains.

— Je vous laisse juge.

Un coup d'œil vers le bâtiment encore traversé par les vents, et il poursuivit :

— Nous sommes appelés à nous revoir quotidiennement pendant un certain temps…

— Ça ne me pose pas de problème particulier. Et à vous ?

Cette fois, elle récupéra son foulard et le fourra dans sa poche.

— Ella…

Il disait son nom comme s'il goûtait une liqueur… Furieuse contre elle-même, elle sursauta quand il lui effleura la joue du plat du pouce. Brett ne cacha pas sa satisfaction.

— A plus tard, dit-il avec un sourire.

« Prétentieux ! », songea-t-elle en essayant d'ignorer le frisson qui la parcourait soudain.

2

Ella avait horreur de ces inévitables convocations qui l'éloignaient du chantier. Elle était responsable des hommes travaillant sur le dôme et le centre de remise en forme, et Dieu sait que les querelles, encore attisées par la canicule, ne manquaient pas d'éclater entre eux. Elle n'avait vraiment pas besoin de s'entendre répéter que les délais devaient à tout prix être respectés. Cette pensée l'obsédait jour et nuit. Elle avait l'impression que ce chantier, et tout ce qui s'y passait, lui appartenait à elle, bien plus qu'à Tim Thornway. Elle en avait fait une affaire personnelle — sa façon de remercier Thomas Thornway, et son cadeau d'adieu.

Bien sûr, les exigences de l'architecte n'allaient pas lui faciliter la tâche. Mais malgré lui, malgré ses éviers de marbre et ses carreaux de céramique introuvables, elle réussirait ce tour de force en temps voulu. A condition qu'on n'exige pas sans cesse sa présence à des réunions où elle était la seule à arriver à l'heure. Avec impatience, elle fit trois fois le tour de la pièce. Si elle n'avait pas eu quelque chose de bien précis à dire à Tim, elle serait repartie depuis longtemps.

Autrefois, ce bureau avait été celui de Thomas. Elle en avait aimé les couleurs discrètes et la simplicité. Depuis que Tim s'y était installé, il y avait apporté quelques changements qu'elle jugeait regrettables. Oh, elle ne détestait pas les plantes vertes ni les coussins de couleurs vives… Elle les trouvait tout simplement déplacés dans le bureau d'un entrepreneur. Il y avait aussi les tableaux. Thomas avait un goût prononcé pour les peintures indiennes et les paysages, tandis que Tim affectionnait l'art abstrait. Quant à la nouvelle moquette saumon de plusieurs centimètres d'épaisseur…

Mais quelle importance, après tout ? Tim était différent, c'était son droit le plus strict, et son privilège. Ce n'était pas parce qu'elle avait aimé et admiré le père, que le fils devait absolument être un bon à rien… Malgré tout, le courage et l'humanité de Thomas faisaient cruellement défaut à Tim qui de plus — chose impardonnable aux yeux d'Ella — s'intéressait uniquement aux bénéfices. Si Thomas Thornway était encore en vie, elle n'aurait sûrement pas songé à donner sa démission. Tandis qu'aujourd'hui, elle partait sans le moindre regret. Bientôt, elle volerait de ses propres ailes, et l'idée la terrifiait tout autant qu'elle l'attirait. L'inconnu avait toujours exercé cette fascination sur elle.

Comme Brett Johnson, par exemple.

Elle s'approcha de la fenêtre. C'était ridicule… Cet homme n'était ni terrifiant ni attirant. Elle en avait déjà vu à l'œuvre, de ces charmeurs qui se croyaient irrésistibles. De très près même… Et on ne l'y reprendrait pas.

Surprise, elle rougit pourtant imperceptiblement quand il entra en compagnie de Tim.

— Désolé de vous avoir fait attendre, s'excusa ce dernier. Le déjeuner a duré un peu plus longtemps que prévu.

Ella se contenta de froncer les sourcils, l'air réprobateur. Elle-même avait sacrifié son repas pour être à l'heure…

— Pourquoi voulez-vous me voir ?

Tim s'installa derrière son bureau et leur fit signe à tous les deux de s'asseoir.

— Il faut bien que je me tienne au courant, de temps en temps.

— Vous avez vu les rapports.

Il sourit, de ce sourire engageant qui avait le don d'horripiler Ella.

— Oui, mais je dîne avec Barlow, ce soir. Je voudrais bien pouvoir lui parler d'autre chose que de chiffres.

— Faites-lui part de mes objections concernant la disposition interne du dôme.

— Je croyais que ce problème était définitivement réglé ?

Ella haussa les épaules.

— Vous me posez une question, j'y réponds. Dites-lui aussi que d'ici la fin de la semaine, les électriciens devraient avoir terminé l'installation du dôme. Ce qui est un tour de force, si l'on considère la grandeur du bâtiment et sa complexité. Ça va lui coûter une fortune en climatisation.

— Il a les moyens, fit remarquer Brett.

— S'il veut venir jeter un coup d'œil, il sera le bienvenu.

— Je ne pense pas que...

— Je suis d'accord avec Mlle Wilson, intervint de nouveau Brett. Plus tôt il nous donnera son avis, mieux ce sera pour tout le monde.

— Le projet a été approuvé dans son ensemble. Nous avons le feu vert, non ?

— Sur les plans, on ne se rend pas toujours bien compte, insista Brett. Et il arrive souvent qu'on ait de grosses surprises à l'arrivée.

— D'accord, je lui en parlerai, acquiesça Tim. Ella, dans votre rapport, vous proposez de rallonger la pause déjeuner des ouvriers...

— Oui. Le chantier est maintenant ouvert depuis quelques semaines... Je peux vous assurer qu'à moins d'un adoucissement de la température, les hommes vont avoir besoin d'une heure complète de repos au milieu de la journée.

Tim croisa les mains sur son bureau.

— Trente minutes supplémentaires ? Ça représente beaucoup d'argent et de temps...

— J'en conviens, mais c'est indispensable. Les tablettes de sel ne suffisent pas. Et nous ne sommes qu'en mars...

— Ella, pardonnez ma brutalité mais ces hommes sont payés pour transpirer !

— Comment voulez-vous qu'ils travaillent correctement s'ils sont abrutis de fatigue ?

— Vous dramatisez. Je n'ai rien lu de tel dans les rapports des contremaîtres.

— Pas encore, mais ça viendra.

Elle serra les poings pour ne pas s'emporter, et repartit à l'attaque.

— Tim… ils vont très vite avoir besoin de cette demi-heure supplémentaire. Travailler en plein soleil est épuisant. En se déshydratant, on s'affaiblit, on perd ses réflexes, les risques d'erreur sont accrus, le danger aussi.

— Je verse un salaire important aux contremaîtres pour qu'ils veillent au grain.

Ella allait laisser exploser sa rage quand Brett intervint.

— De toute façon, les ouvriers ont tendance à rallonger d'eux-mêmes les pauses, par nécessité. Officialiser la chose ne changera probablement pas grand-chose et vos hommes seront contents.

— Bon, j'y réfléchirai.

Avec un sourire, Brett se leva.

— Je vais profiter de la voiture de Mlle Wilson pour me rendre au chantier. Merci pour le déjeuner, Tim.

Dans l'ascenseur, Ella ne résista pas à l'envie de dire à Brett sa façon de penser.

— Je n'ai pas besoin d'un chevalier servant pour me défendre.

— Il vous en faut un, en revanche, pour apprendre à manipuler une cervelle de moineau.

Voyant l'amusement qui faisait briller les yeux de Brett, elle eut un sourire réticent.

— Vous voulez parler de Tim, je suppose ?

— Je vous laisse deviner…

L'ascenseur s'était arrêté à l'étage du parking. Perplexe, Ella se tourna vers l'architecte : son regard pétillait d'humour et d'intelligence. Avec un haussement d'épaules, elle quitta la cabine et, sa natte se balançant dans son dos, elle marcha jusqu'à une Land Rover blanche à la peinture passablement écaillée.

— Je peux vous déposer à votre hôtel, si vous préférez, dit-elle en s'installant au volant.

— Merci, non. Figurez-vous que je m'intéresse de très près à ce chantier. Il va falloir vous y faire.

Elle tourna la clé de contact et la radio et la climatisation démarrèrent en même temps que le moteur. Sur un petit bloc de feuillets aimanté au tableau de bord, elle avait griffonné des notes. Brett déchiffra l'écriture féminine : Ella devait penser à acheter du lait et du pain, à vérifier la date de livraison de cinquante tonnes de béton, et à appeler sa mère. Alors qu'elle manœuvrait pour sortir du parking, il observa ses mains — elle avait de longs doigts aux ongles courts et carrés. L'absence de vernis et de bijoux le surprit à peine. Et pourtant, il imaginait ces mains aussi bien en train de servir le thé que de changer une bougie dans le moteur.

— Alors, comment… manipuleriez-vous Tim, puisque, de toute évidence, c'est à lui que vous attribuez cette cervelle de moineau ?

Brett, en train d'imaginer la caresse de ces mains sur sa peau, mit quelques secondes avant de redescendre sur terre.

— Tim ? J'ai l'impression que vous n'êtes pas toujours d'accord avec lui.

— Remarquablement bien observé, mon cher Watson.

— Ce ton sarcastique vous va mal. Personnellement, je m'en moque, mais avec Tim, il vaut mieux être plus diplomate si vous voulez obtenir gain de cause.

Et sans lui demander sa permission, il sortit une cigarette. Il avait raison, bien sûr. D'un geste brusque qui trahissait son irritation, elle enfonça l'allume-cigares.

— Il comprend rarement mon humour à froid.

— Neuf fois sur dix, il passe peut-être à côté. Mais méfiez-vous, la dixième pourrait vous attirer de graves ennuis. Vous allez me dire que ça vous est égal. Inutile, je le sais.

Elle sourit malgré elle. Il éteignit la radio sans qu'elle proteste.

— Vous connaissez ces chevaux de parade auxquels on met des œillères pour qu'ils ne soient pas effrayés par la foule ? dit-elle. Thornway leur ressemble.

— Oui. Il est obsédé par les bénéfices. Et si vous

voulez obtenir des conditions de travail plus décentes pour les hommes et des matériaux de meilleure qualité, il va falloir vous exercer à plus de subtilité et de diplomatie.

— C'est au-dessus de mes forces.

— Mais non, voyons. Vous êtes beaucoup plus intelligente que lui, c'est tout de même un atout considérable.

— Il me met hors de moi. Et quand je suis en colère, je dis tout ce qui me passe par la tête.

Ça, Brett le savait déjà.

— Il y a une solution simple... Utilisez sa faiblesse : l'appât du gain. Par exemple, vous voulez qu'il accorde une pause d'une heure aux ouvriers? Ne lui dites pas qu'ils en ont besoin, dites-lui que ça améliorera leur rendement.

— En tout cas, je vous remercie de m'avoir soutenue.

— On dîne ensemble?

— Non.

— Pourquoi?

— Parce que vous êtes un charmeur. Et que je n'ai aucune confiance dans les char...

La Land Rover fit une embardée. Ella réussit à redresser et à s'arrêter sur le bas-côté.

— Un pneu crevé, dit-elle, exaspérée. Moi qui suis déjà en retard!

Elle claqua la portière. Un des pneus arrière était

presque à plat. Quand Brett la rejoignit, elle était déjà en train de sortir la roue de secours.

— Elle n'a pas l'air en meilleur état, dit-il.

— Les pneus ont tous besoin d'être changés. Celui-ci devrait tenir le coup en attendant.

La voyant s'emparer du cric, Brett faillit lui proposer de changer la roue à sa place. Mais il voulait la regarder travailler. Les pouces glissés dans sa ceinture, il recula de quelques pas.

— Vous avez sûrement les moyens de vous offrir une voiture en meilleur état, fit-il remarquer après un moment.

— Celle-ci est très bien. Pourquoi en changerais-je ?

— En tout cas, vous êtes complètement inconsciente de rouler avec des pneus lisses.

Il fit le tour du véhicule.

— Les autres ne sont pas mieux.

— Je viens de vous le dire ! Je n'ai pas eu le temps de m'en occuper.

— Quand quelqu'un est aussi imprudent sur le plan personnel, ça ne laisse rien augurer de bon sur le plan professionnel.

Ella finit de serrer les boulons en silence. Il avait raison, mais pour rien au monde elle ne l'aurait reconnu devant lui. Le pneu remis en place, elle se releva. Brett s'était rapproché. Elle devint nerveuse. Elle n'aimait pas cette proximité, parce qu'elle n'y était pas insensible, tout simplement. Il lui prit la manivelle des mains et appuya la jeune femme contre le pare-chocs.

— Il ne faut pas trop tarder, dit-elle pour masquer sa gêne. Je reçois un inspecteur cet après-midi.

— Pas avant 2 h 30.

Il lui prit la main et la retourna pour regarder l'heure à son poignet.

— Ça vous laisse un peu de temps devant vous.

— Thornway ne me paie pas pour ne rien faire.

— Et consciencieuse avec ça…

Le cœur d'Ella battait comme si elle venait de courir un cent mètres. Une sensation qui était loin de lui plaire.

— Si vous avez quelque chose à dire, dépêchez-vous. J'ai du travail.

— Je ne vois rien de particulier à vous signaler, pour le moment. Et vous ?

— Moi non plus.

Elle voulut passer devant lui pour reprendre le volant, mais il lui saisit l'autre poignet et l'attira fermement contre lui. Au prix d'un effort quasi surhumain, Ella retint un petit cri d'effroi.

— Que me voulez-vous exactement ? demanda-t-elle.

— Je ne sais pas encore. Je peux vous embrasser ?

Elle sentit le souffle de Brett Johnson sur ses lèvres, et fronça les sourcils. Aussitôt, il recula d'un pas.

— La prochaine fois, je ne vous demanderai pas la permission.

Ella l'entendit à peine. Elle tentait de calmer les battements désordonnés de son cœur. Pourvu qu'elle ne se trahisse pas… Quand elle se sentit assez sûre de ses gestes, elle ramassa le cric pour le ranger à l'arrière.

— Trouvez-vous quelqu'un d'autre pour agrémenter votre séjour dans l'Ouest, marmonna-t-elle.

Sans répondre, il fit rouler le pneu crevé jusqu'au coffre et l'y hissa.

Bien entendu, l'inspecteur délégué par le ministère était arrivé en avance. Il attendait Ella depuis une vingtaine de minutes. En une heure, il vérifia les points clés de l'installation électrique et l'isolation des câbles. Puis il repartit satisfait.

Tout au long de la visite, Ella ne pensa qu'aux lèvres de Brett à un centimètre à peine des siennes.

Depuis quand les ingénieurs étaient-ils romantiques ? se demandait-elle, perchée sur une plate-forme à vingt mètres au-dessus du sol. Avec un soupir, elle déroula un plan. La climatisation : voilà un casse-tête qui devrait lui occuper sainement l'esprit pendant plusieurs jours. Sans parler des ascenseurs de verre. Bientôt, ils seraient installés et en état de marche.

Impossible de se concentrer tant que le visage de ce maudit Brett reviendrait sans cesse danser devant ses yeux ! Pourquoi se sentait-elle si vulnérable ? Baissant la tête, elle comprit.

A l'étage inférieur, Brett Johnson s'entretenait avec Charlie Gray, lui montrant l'endroit où bâtiment et montagne se rejoindraient pour fermer la structure. De longs panneaux de verre courbés vers le sommet s'élèveraient vers le ciel pour former le plafond. Ella n'avait pas caché son opinion : cette fantaisie manquait totalement de réalisme mais, comme on le lui avait déjà plusieurs fois rappelé, on ne lui demandait pas d'approuver mais de construire.

Empruntant l'escalier métallique provisoire, elle redescendit au rez-de-chaussée. Elle devait encore faire un tour d'inspection au centre de remise en forme, ainsi que sur les fondations des villas individuelles.

Tim aurait dû être à ses côtés, mais il s'était entièrement déchargé sur elle de ses responsabilités. C'était d'ailleurs beaucoup mieux ainsi. Ses manières de dandy et ses costumes hors de prix exaspéraient les hommes. Alors qu'elle jetait un coup d'œil sur sa montre, elle entendit un cri, au-dessus de sa tête. Elle eut juste le temps de voir un gros rivet métallique tomber vers elle, avant d'être brutalement tirée vers l'arrière. La pièce atterrit à quelques centimètres de ses chaussures. Avec ou sans casque, elle aurait été grièvement blessée sans cette aide providentielle. Encore sous le coup de la frayeur, elle se retourna. Brett !

— Ça va ? demanda-t-il.

Elle essaya faiblement de se dégager.

— Oui…

— Quel est l'imbécile qui a lâché ça ? cria-t-il sans desserrer son étreinte.

Deux hommes dévalaient en courant les marches,

l'air catastrophé. A peine arrivés, ils commencèrent à bredouiller des excuses.

— Mademoiselle Wilson, vous n'avez rien? Je me suis pris les pieds dans un filin au moment de fixer ce rivet, et il m'a échappé des mains...

— Je n'ai pas été touchée, dit-elle, cherchant toujours à se dégager des bras de l'architecte.

— Remontez là-haut et assurez-vous que tous les étages et toutes les plates-formes sont dégagés, explosa Brett. Encore une imprudence de ce genre et j'en connais qui vont se retrouver au chômage ! Allez, déguerpissez !

Les ouvriers s'éclipsèrent sans demander leur reste.

— Ecoutez, je n'ai rien ! dit Ella. Inutile de semer la terreur !

— Vous, taisez-vous ! Vous n'avez peut-être rien, mais vous êtes pâle comme un linge.

D'une main rude, il l'obligea à s'asseoir. Il aurait aimé être plus doux, mais une rage irrépressible l'habitait. A cause d'une négligence impardonnable, elle avait frôlé l'accident fatal.

— N'en faites pas tout un plat, protesta-t-elle en se relevant aussitôt. J'allais me pousser quand vous êtes intervenu.

— Très bien ! La prochaine fois, je vous laisserai vous débrouiller toute seule !

— C'est ça ! Je n'ai pas besoin d'un ange gardien.

Les hommes s'étaient remis au travail, mais tous observaient discrètement l'ingénieur et l'architecte en train de se chamailler. Brett s'en rendit compte et sa colère retomba aussitôt.

— A votre place, je demanderais aux contremaîtres d'inculquer quelques règles élémentaires de prudence à ces hommes.

— Merci du conseil. Maintenant, laissez-moi tranquille, j'ai du travail.

3

« Elle aurait tort de s'inquiéter, j'ai d'autres chats à fouetter ! » se disait Brett en se savonnant énergiquement sous la douche.

Maintenant que la femme de son associé attendait son premier enfant, il se retrouvait chargé non seulement du centre de loisirs, mais aussi de la gestion du cabinet… Ce qui faisait pas mal d'heures et de tracasseries supplémentaires. Les responsabilités ne lui faisaient pas peur. Au contraire. Il n'avait pas oublié la misère dans laquelle il était né, à la frontière de la Georgie et de la Floride. Il avait fait un sacré bout de chemin depuis cette époque… Aujourd'hui, il travaillait la moitié du temps en plein air, pas par nécessité mais parce qu'il aimait ça.

Il ferma les robinets de la douche et passa les deux mains dans ses cheveux mouillés. Des mains calleuses, durcies dès l'enfance par les travaux de terrassement. Aujourd'hui, elles maniaient la règle à calcul, le crayon et la gomme sur une table à dessin. Jamais Brett ne renierait les épreuves qu'il avait dû traverser pour sortir de sa condition.

Il noua une serviette autour de sa taille, et retourna dans la chambre. Cette suite était presque aussi spacieuse que la maison dans laquelle il avait grandi. Adolescent, il s'était payé des études d'architecte avec un salaire de manœuvre gagné à la sueur de son front sur les chantiers, autour de Miami. Ces années difficiles lui avaient laissé un respect immuable envers les hommes qui suaient sang et eau pour une bouchée de pain.

Dans ce sens, il comprenait l'agressivité d'Ella. Combien d'architectes et d'ingénieurs se souciaient des ouvriers chargés de concrétiser leurs rêves ? Tandis qu'Ella Wilson, elle, était prête à tous les sacrifices pour améliorer leurs conditions de travail. Il sourit en se souvenant de la bière qu'elle avait versée sur ses chaussures. Tant d'audace et d'impétuosité... Deux qualités qui lui plaisaient chez une femme. Il préférait tellement la franchise aux jeux compliqués de la séduction...

Un coup d'œil sur sa montre et il calcula l'heure de Miami. Il était beaucoup trop tard pour appeler là-bas. Il se lèverait donc à 5 heures le lendemain.

Il allait décrocher l'Interphone pour demander qu'on lui monte son dîner quand on frappa à la porte.

« Une visite pour le moins inattendue », songea-t-il en reconnaissant Ella. Debout sur le seuil, un sac d'épicerie calé sur la hanche, elle attendait qu'il l'invite à entrer. Elle avait libéré ses cheveux qui tombaient en cascade bouclée sur ses épaules. Et elle portait son éternel jean, mais avec un chemisier rouge vif et des tennis. Plus étonnant encore : elle souriait.

— Bonsoir, dit-elle sans rien laisser paraître de sa nervosité.

— Bonsoir. Vous passiez par là ?

— Pas tout à fait. Je peux entrer ?

— Bien sûr.

Les couleurs du salon étaient celles du désert — mauve, ambre et crème. Ella se tourna vers Brett.

— Je suis venue vous présenter mes excuses.

Il haussa un sourcil.

— A quel sujet ?

En venant ici, elle s'était promis de garder son calme quelle que soit la réaction de Brett Johnson. Heureusement, car il avait manifestement l'intention de se moquer d'elle.

— Pour mon ingratitude et ma mauvaise humeur de cet après-midi.

Il enfonça les mains dans les poches de son peignoir.

— De cet après-midi seulement ?

Ella faillit s'énerver. Mais elle boirait le calice jusqu'à la lie, même si elle en étouffait de rage.

— Oui. Je reconnais que j'ai eu tort de m'emporter.

Sans y être invitée, elle s'approcha du comptoir qui séparait le salon d'une kitchenette, et posa son paquet.

— Je vous ai apporté de la bière.

— Pas pour me la verser sur les chaussures, j'espère ?

— Je ne sais pas, à vous de voir.

O miracle, elle réussit à sourire. Brusquement, ses

yeux pétillants animèrent son visage comme par magie. Brett faillit en oublier de respirer.

— Je ne savais pas si vous aviez dîné, alors j'ai aussi apporté un sandwich et des frites.

Affreusement mal à l'aise, elle sortit du sac un long paquet enveloppé de papier aluminium. Brett eut un hochement de tête approbateur. Puis ce fut le tour d'une barquette de frites.

— Je voulais également vous remercier d'avoir réagi aussi vite. Tout à l'heure, j'ai dit que j'aurais eu le temps de m'écarter... Maintenant, je n'en suis plus si sûre. Je m'en veux beaucoup d'avoir été aussi désagréable.

Tout en parlant, elle pliait et dépliait nerveusement le sac désormais vide. Ce geste montrait mieux que des mots ce que lui coûtaient ses excuses.

— Vous auriez pu m'écrire un petit mot, au lieu de vous donner tant de peine. Mais ces faux-fuyants ne doivent pas être votre style.

Il résista à l'envie de lui caresser les cheveux. Ç'aurait été une erreur, à ce stade. Il ne fallait surtout pas l'effrayer.

— Je vous sers une bière ?

Elle n'hésita pas longtemps, soulagée qu'il cesse de la tourmenter.

— Avec plaisir.

— On partage le sandwich, bien sûr.

— Volontiers.

Voilà. A demi-mot, ils venaient tacitement de conclure une trêve. Ils dînèrent sur la terrasse, au milieu des bacs de magnolias et de cytises. Lentement, le soleil disparaissait à l'horizon et la fraîcheur s'installait sur la ville.

Ella étendit ses jambes devant elle et croisa les pieds sur le muret du balcon.

— Avec ce métier, vous devez voyager beaucoup ?

— Pas mal. Et vous ?

— Non. Seulement en Arizona. J'aime pourtant beaucoup les hôtels, dîner dans la chambre, prendre un bain…

— Vraiment ? Ne vous gênez pas…

A présent, elle était assez détendue pour se moquer de ses insinuations. Mordant à belles dents dans le sandwich, elle savoura le mélange de viande grillée et de sauce épicée.

— Vous vivez depuis longtemps en Floride ?

— Depuis toujours. Si je n'ai pas de soleil toute l'année, je dépéris.

— Moi aussi, répondit-elle en prenant une frite. Ici, quand il pleut, c'est vraiment un événement. Tout de même… j'aimerais bien voir l'océan, de temps en temps.

— Quel océan ?

— N'importe lequel.

Brett remarqua qu'à la lumière du soir, ses yeux prenaient des reflets argentés.

— A votre place, je ne m'en priverais pas. Il ne faut qu'une ou deux heures d'avion jusqu'à la côte Ouest.

— Je sais. Mais j'attends toujours une occasion de faire le voyage.

— Les vacances ?

— Il y a plusieurs années que je n'en ai pas pris. On parle à tout bout de champ de la libération de la femme, mais il y a quand même beaucoup d'obstacles à franchir quand on se retrouve ingénieur.

— Pourquoi ingénieur, au fait ?

— Pourquoi pas ? Il en faut bien pour tempérer les fantaisies des architectes.

Il prit une gorgée de bière et lui sourit.

— C'est la mission dont vous vous sentez investie ?

— Avec vous, ce n'est pas facile. Prenez la cascade du centre de remise en forme, par exemple.

— Je me doutais bien que vous remettriez ça sur le tapis.

— Chassez le naturel, il revient au galop. Cette cascade, disais-je, la trouvez-vous bien fonctionnelle ?

— Vous avez quelque chose contre les cascades ?

— Nous sommes dans le désert, Johnson.

— Et les oasis, alors... Vous n'en avez jamais entendu parler ?

Elle soupira. La soirée était trop belle pour s'énerver.

— D'accord, vous aurez votre cascade.

— Merci.

— Mais si vous l'adossiez contre le mur ouest, comme je l'ai suggéré...

— Impossible. Pour celui-là, j'ai prévu de très larges

baies vitrées, à cause des couchers de soleil. D'ailleurs, c'est à l'ouest que la vue est la plus belle.

— Pensez logistique, acheminement de l'eau !

— Non, pensez-y pour moi, et laissez-moi l'esthétique. Ainsi, on continuera à bien s'entendre.

Ella secoua la tête en signe d'impuissance.

— Brett, la moitié des difficultés pourraient disparaître avec quelques ajustements mineurs...

Les yeux de Brett pétillèrent de malice.

— Si le travail vous fait peur, changez de métier !

Elle plissa les paupières, luttant contre la colère.

— Le travail ne me fait pas peur. Ce sont les gens bornés comme vous qui m'empoisonnent l'existence.

Il parvint à dominer son propre mouvement de colère.

— Si je me soumettais à tous les changements que vous proposez, je ferais mal le travail qui m'a été demandé.

— Appelez ça de l'intégrité professionnelle, si vous voulez, moi j'appelle ça avoir une tête de mule.

— Vous avez tort. Une fois de plus.

— Vous auriez manqué à votre devoir d'architecte en déplaçant cette cascade ridicule de l'est à l'ouest ?

— Oui.

— Je n'ai jamais rien entendu de plus stupide ! s'exclama-t-elle, élevant sensiblement le ton.

Puis, n'y tenant plus, elle se leva et se mit à arpenter la terrasse.

— Ah ! j'ai hâte d'être à mon compte ! Au moins, c'est moi qui choisirai mes collaborateurs !

— Vous aurez du mal à en trouver un qui supporte votre caractère et votre manie de couper les cheveux en quatre…

Elle se tourna vers lui.

— Je ne coupe pas les cheveux en quatre ! Il faut être architecte pour m'accuser d'une chose pareille !

— On dirait que vous avez une très mauvaise opinion des gens de ma profession… Si vous tenez à la vôtre, il va falloir changer d'avis à ce sujet. Si vous avez d'autres récriminations, allez-y, ne vous gênez pas.

— Avec plaisir. Je suis indignée que vous n'ayez pas daigné assister aux réunions préliminaires… J'étais contre l'idée d'engager quelqu'un de la côte Est, mais Tim n'a rien voulu savoir. Là-dessus, vous débarquez, l'air fanfaron, et dès qu'on vous parle de modifier un iota de votre précieux projet, vous ne voulez rien entendre ! Aux autres de se débrouiller !

Sortant de l'ombre, il fit un pas vers elle. Elle vit alors qu'il était furieux. Comble de malchance, il était dix fois plus séduisant quand ses yeux flamboyaient de colère.

— Primo, des raisons personnelles m'ont empêché de participer aux réunions préparatoires, raisons que rien ne m'oblige à vous exposer. Secundo, je ne suis pour rien dans la décision de votre patron de signer un contrat avec mon cabinet !

Il avança encore d'un pas, et elle faillit reculer. Pour se donner une contenance, elle enfonça les mains dans ses poches. A présent, il était si proche qu'en respirant un peu fort, elle était certaine d'effleurer sa poitrine. Courageusement, elle continua à le regarder dans les yeux.

— Tertio, je n'ai pas l'air fanfaron.

Luttant contre une subite envie de rire irrépressible, Ella prit l'air le plus innocent qu'elle put.

— Vous voulez dire que vous ne le faites pas exprès ?

Elle se moquait de lui, purement et simplement ! Si elle espérait qu'il allait répondre à la provocation, elle pouvait toujours attendre.

— Ella, je suggère que vous vous en teniez à vos compétences, et moi aux miennes.

— D'accord, soupira-t-elle. Puisqu'il n'y a pas de dialogue possible, il ne me reste plus qu'à vous dire bonsoir et à demain.

Comme elle se tournait vers la porte, poussé par Dieu sait quel démon, Brett lui saisit le poignet et l'attira contre lui.

Pour commencer, ils se mesurèrent du regard comme deux combattants avant la lutte. De la rue, leur parvint un rire de femme, et le bruit de ses talons sur le macadam. Tout à coup, au risque de faire exploser la tension qui régnait entre eux, Brett s'empara des lèvres d'Ella.

Elle ne le repoussa pas. Elle était prête. Le désir qu'elle avait de cet homme avait été plus fort que la colère. A vrai dire, ce désir existait depuis le premier instant. Mais jamais elle n'y avait cédé aussi radicalement. En une seconde, elle apprit que le choix n'existe pas toujours. Que le libre arbitre n'est pas souverain. Un élan irrésistible l'avait poussée vers Brett.

Elle s'aperçut qu'elle lui avait passé les bras autour du cou. Quand elle entrouvrit les lèvres, ce fut autant une supplication qu'une invitation. Elle accueillit la violence de Brett comme une terre desséchée reçoit l'ondée salvatrice. Elle eut un gémissement plaintif auquel il répondit par un long frisson. Instinctivement, elle se serra contre son corps, émerveillée de sentir le pouvoir qu'il lui octroyait ainsi sur lui-même. Ils se séparèrent quelques brèves secondes, pour s'embrasser encore, à en perdre la raison. Puis ils restèrent enlacés, redoutant l'un et l'autre de rompre la magie de l'instant.

— Qu'allons-nous faire ? demanda doucement Brett.

Ella eut à peine la force de secouer la tête. Il était trop tôt pour réfléchir, trop tard pour ne pas le faire.

— Il faut que je parte, souffla-t-elle en s'accrochant désespérément à ses épaules.

— Pas encore. Nous devons parler, Ella. Ne voyez-vous pas que c'est indispensable ?

Il chercha ses cigarettes dans sa poche. Elle regarda l'allumette s'embraser dans la nuit. Certaines flammes se consumaient aussi vite qu'elles avaient jailli...

— C'est très simple, dit-elle, ça n'aurait jamais dû arriver.

— Trouvez autre chose.

Agacée, elle passa une main dans ses cheveux emmêlés par les caresses de Brett.

— Je pense que nous sommes suffisamment raisonnables l'un et l'autre pour oublier ce regrettable incident. Nous travaillons ensemble, mieux vaut nous en souvenir.

Il aurait dû se douter qu'elle saisirait la première échappatoire venue.

— Nous sommes d'accord au moins sur un point. Ce baiser n'a strictement aucun rapport avec le chantier. Mais ça ne m'empêchera pas de vous regarder différemment, maintenant, pendant les heures de travail. Et croyez-moi, on n'en restera pas là.

Un frisson la parcourut. Elle redressa les épaules.

— Ecoutez, Brett, je dois penser à mon avenir. Nous savons tous les deux qu'il n'y a rien de plus compliqué que ces liaisons cachées entre associés. Je ne vais pas risquer ma carrière pour un moment d'égarement passager.

D'une pichenette, il se débarrassa de sa cigarette. Le point rouge décrivit un arc de cercle par-dessus la balustrade.

— Une petite précision, Ella. Je continuerai à avoir envie de vous embrasser, à tout moment, sans me soucier du reste. Et vous avez beau jouer les vierges effarouchées, vous en avez encore autant envie que moi.

La fureur la laissa sans voix. Elle fit un pas en avant et pointa l'index sur la poitrine de Brett.

— Méfiez-vous, Brett. Je déteste l'arrogance.

Elle était merveilleuse. Positivement horripilante, mais

merveilleuse. Comment réussit-il à ne pas la prendre dans ses bras ?

— Aussi directe qu'une flèche en plein cœur, murmura-t-il en lui glissant une mèche de cheveux derrière l'oreille. En tout cas, je suis content que ça vous ait plu.

Ecumante de rage, elle le repoussa, traversa la suite au pas de charge et claqua la porte derrière elle.

4

Désormais, Ella s'en tiendrait aux discussions professionnelles avec Brett. Et cela, jusqu'à la pose de la dernière pierre. Rien ni personne ne la ferait changer d'avis.

Elle qui s'était crue à l'abri des égarements de sa mère ! Elle n'était pas loin de lui ressembler… Un coucher de soleil, une certaine atmosphère et le tour était joué ! Elle prit le dossier que lui tendait le contremaître, le parcourut distraitement des yeux et y apposa sa signature. Elle avait hérité de la faiblesse de la romantique Jessie ? Eh bien, au contraire de sa mère, elle saurait se dominer et changer ce handicap en force.

Elle passa la matinée en allées et venues entre le dôme et le centre de remise en forme. Personne, en la regardant discuter avec les différents responsables et répondre à leurs questions, n'aurait pu deviner que son esprit était ailleurs.

Sans cesse, elle cherchait Brett des yeux. « Mieux vaut ne pas se laisser surprendre… », se disait-elle, sans conviction. A midi, sa nervosité retomba. A cette heure, il ne viendrait plus. Feignant de confondre déception et soulagement, elle déjeuna dans la caravane d'un paquet de chips et de jus d'orange. Puis elle eut une longue conversation téléphonique avec l'ingénieur mécanicien. Il travaillait un peu lentement à son goût, mais elle ne pouvait que se féliciter de sa conscience professionnelle. De cet entretien, il résulta que le toit ouvrant au-dessus de la piscine posait toujours quelques problèmes.

En croquant des chips, elle pianota une équation sur sa calculatrice de poche. Tout serait si simple sans la cascade que ce maniaque voulait absolument voir ruisseler le long du mur jusque dans la piscine... Ce type qui, avec sa folie des grandeurs, refusait le moindre changement. Ah oui ? Eh bien, il les aurait ses folies ! Toutes : cascades, dômes, toits ouvrants, spirales... Elle en ferait un point d'honneur ! Et cet exploit donnerait un départ fulgurant à sa nouvelle carrière... Un peu apaisée, elle reprit ses calculs et ses vérifications. Quand la porte s'ouvrit, elle était tellement absorbée qu'elle ne s'en rendit pas compte.

— Bonjour...

Cette voix... Son cœur bondit dans sa poitrine. Elle leva les yeux.

— Je croyais que vous ne veniez pas aujourd'hui.

Sans cesser de sourire, il s'écarta pour laisser entrer Tim Thornway et Willie Barlow. Ella se leva précipitamment.

— Vous vous souvenez de Mlle Wilson, dit Tim. Notre ingénieur.

Le petit homme aux yeux vifs tendit la main à Ella.

— Un Barlow n'oublie jamais un joli visage...

Ella resta de marbre, même en voyant Brett dissimuler un sourire.

— Enchantée de vous revoir, monsieur Barlow.

— M. Barlow est venu jeter un coup d'œil sur notre installation, expliqua Tim.

— Je ne connais rien en architecture, mais ces courbes et ces arches me plaisent beaucoup !

Ella ignora le sourire narquois de Brett.

— Vous avez choisi une journée bien chaude pour venir jusqu'ici… Voulez-vous un rafraîchissement ? Jus de fruits ou thé glacé ?

— Prenez donc une bière, intervint Brett en ouvrant lui-même la glacière. Il n'y a rien de tel qu'une Lager bien fraîche pour nettoyer la poussière qu'on respire sur un chantier.

Barlow l'avala d'un trait. Puis il jeta un coup d'œil admiratif sur les plans et le bloc-notes aux feuillets couverts de l'écriture gracieuse d'Ella.

— Les seuls chiffres qui me parlent sont ceux de mes comptes en banque, plaisanta-t-il en s'adressant à Ella. Le vieux Thornway disait toujours que vous aviez la tête sur les épaules. Je n'en doute pas. Et de jolies épaules, avec ça, ajouta-t-il avec un clin d'œil.

Cette fois, elle sourit.

— Merci.

— Maintenant, si nous faisions le tour du chantier, Tim ?

Tim reposa sa bière à peine touchée et se tourna vers la jeune femme.

— Ce soir, j'organise un dîner en l'honneur de M. Barlow. Je vous attends à 7 heures. M. Johnson passera vous prendre.

C'était un ordre. Ella allait le contester, quand Brett intervint.

— Passez devant, je vous en prie... Nous vous rejoignons tout de suite.

— Vous devriez desserrer votre cravate, Tim, déclara Barlow en ressortant de la caravane. Par cette chaleur, vous risquez d'étouffer...

Brett referma la porte sur eux et s'y adossa.

— C'est vrai que vous avez de jolies épaules.

Pourquoi la caravane paraissait-elle soudain plus étroite à Ella ? Pour cacher son trouble, elle se mit à ranger la table.

— A propos, ce n'est pas la peine de venir me chercher ce soir.

Brett ne savait plus s'il était froissé ou amusé par son attitude.

— C'est pourtant bien ce que j'ai l'intention de faire.

« Après tout, se dit-elle, ce n'est qu'un repas d'affaires... » Prenant une profonde inspiration, elle fit face à Brett.

— Je vais vous donner mon adresse.

Il se redressa, s'écartant de la porte. Instinctivement, Ella recula, songeant même un instant à se faufiler entre le mur et lui. Mais il lui saisit le poignet. Affolée, elle prit les devants.

— Considérons ce qui s'est passé hier soir comme

un moment d'égarement regrettable, dit-elle avec courage.

Le regard de Brett s'assombrit. La colère en était cependant absente. Enfin, il paraissait décidé à être raisonnable. Encouragée, elle poursuivit.

— Oublions tout ça, vous voulez ?

— D'accord.

Soulagée, elle risqua un sourire.

— Parfait. Maintenant, si…

Le reste de sa phrase se perdit sur les lèvres de Brett. Oh… N'avait-il donc pas de parole ? Elle se raidit dans ses bras, tétanisée par la fureur. Où était la douceur, la sensualité de leur premier baiser au clair de lune ? Celui-ci, presque vengeur, n'était que violence. Elle se débattit, en vain.

— Assez ! parvint-elle à articuler entre deux assauts de Brett.

L'air lui manquait, elle avait l'impression de se noyer — mais dans un océan de plaisir. Brett était à la fois l'instrument de sa perte et une source vive, le soleil, la vie même… Quand ils se séparèrent, elle s'appuya, chancelante, contre la table. A présent, elle comprenait son erreur : une immense colère brûlait dans les yeux de Brett, en même temps qu'une détermination farouche et un désir brûlant.

— A ce soir, dit-il avec un calme trompeur. Soyez prête à 7 heures.

*
* *

A une dizaine de reprises au moins, Ella faillit appeler Brett à son hôtel et se décommander. Mais agir ainsi, ç'aurait été reconnaître non seulement qu'il l'attirait mais aussi qu'elle était lâche. Car elle avait peur, oui. Et elle devait absolument le dissimuler.

La mort dans l'âme, elle passa en revue sa garde-robe en essayant de se raisonner. Il ne s'agissait que d'un dîner d'affaires… Oui, mais il était important, pour rassurer Barlow, de lui donner l'impression que l'architecte et l'ingénieur s'entendaient à merveille. Qu'elle le veuille ou non, ils allaient travailler ensemble pendant plusieurs mois. Il fallait qu'elle trouve la force de lui tenir tête. Quant à ce soir, si elle s'y prenait habilement, ils échangeraient à peine quelques mots.

En entendant frapper, elle eut un mouvement d'impatience et jeta un coup d'œil sur sa montre. 7 heures ! Et elle n'était toujours pas habillée ! Serrant la ceinture de son peignoir, elle se résigna à aller ouvrir. Brett observa sa tenue en hochant la tête.

— Jolie robe, ma foi.

— Je suis un peu en retard… Partez sans moi, je vous rejoindrai là-bas.

— Non, je vais attendre.

Sans y être invité, il entra dans l'appartement. Ella avait beau avoir l'esprit précis et ordonné d'un ingénieur, elle vivait dans un désordre indescriptible. Une multitude de coussins colorés étaient jetés pêle-mêle sur le canapé défraîchi au pied duquel s'entassaient des magazines. La pièce était de taille réduite comparée à la chambre de la suite de Brett. En revanche, elle était loin d'être impersonnelle. Des tableaux de styles tout à fait hétéroclites ornaient les murs et un mobile de cristal accrochait les derniers rayons du soleil devant la fenêtre.

— Je n'en ai pas pour longtemps, dit-elle. Si vous avez soif, servez-vous. La cuisine est par ici.

Le minimum de ses devoirs d'hôtesse accompli, elle se retira vivement dans sa chambre. La porte refermée, elle se passa nerveusement une main dans les cheveux. Comment lutter contre tant de charme et de séduction réunis ? Très vite, une idée prit forme dans son esprit. Avec vivacité, elle s'empara du sévère tailleur-pantalon qu'elle avait projeté de mettre et le rangea dans le placard. Si elle devait jouer avec le feu, elle le ferait avec raffinement et élégance.

Brett remplit deux verres d'un vin blanc découvert dans le réfrigérateur. Il en avala une gorgée qu'il fit rouler sur sa langue, en connaisseur. Ella avait encore beaucoup à apprendre en matière de vin. Il voulait bien se charger de son éducation. Revenant dans le salon, il tendit l'oreille. Elle faisait un bruit de souris qui fouine, comme si elle cherchait partout quelque chose d'introuvable.

Secouant la tête d'un air amusé, il s'approcha d'un meuble sur lequel étaient exposées des photos. Certaines étaient des portraits d'Ella, seule ou avec d'autres personnes. Cette femme pouvait être sa sœur aînée... Elles avaient les mêmes yeux noisette, mais Ella était plus grande. Il reconnut le père de Tim Thornway sur l'une d'entre elles. Tout à coup, les bruits cessèrent dans la chambre.

— J'ai rempli deux verres de vin, cria-t-il. Vous voulez le vôtre ?

— Non... Oui, bon sang !

— Va pour le oui.

Sans attendre davantage, il poussa la porte. Une agréable surprise l'attendait.

Il avait toujours eu un faible pour les robes noires. Celle-ci avait un décolleté profond souligné du même galon argenté qu'à l'ourlet, juste au-dessus du genou. Le scintillement attirait le regard qui s'aventurait ensuite le long des jambes gainées de soie noire. Ella essayait en vain de tirer la fermeture Eclair. Il la trouvait déjà très séduisante en jean, baskets et coiffée d'un casque. Mais dans cette tenue... elle lui fit l'effet d'une bombe.

— La fermeture doit être coincée, gémit-elle.

— Attendez...

Il évita de marcher sur une paire de sandales noires à talons hauts et lui tendit les deux verres de vin. Surtout, dominer son désir...

— C'est bloqué, déclara-t-il.

— Je sais, figurez-vous ! s'impatienta-t-elle. Vous pouvez faire quelque chose ?

Brett leva les yeux et leurs regards se croisèrent dans le grand miroir. Il remarqua son rouge à lèvres carmin brillant tandis que son parfum envoûtant lui montait à la tête.

— Alors ? Qu'est-ce que vous attendez ? demanda-t-elle, énervée.

Malicieusement, il caressa du bout du doigt la peau mate que découvrait le vêtement récalcitrant, et remarqua avec satisfaction qu'elle frissonnait légèrement.

— Chaque fois, vous réagissez au quart de tour, Ella.

— Nous sommes en retard…

— Justement. Quelques minutes de plus ou de moins…

Négligemment, il glissa les mains autour de sa taille. Se rebellant aussitôt, elle appuya les deux verres pleins contre sa poitrine. Il les lui retira doucement et les posa sur une table. Ella ne chercha même pas à fuir et Brett cueillit deux ou trois baisers sur ses lèvres fardées. Elle tourna légèrement la tête, les paupières baissées.

— Il ne faut pas, Brett. Je ne suis pas prête…

Il aurait été moins étonné par un oui ou un non catégorique. Perplexe, il laissa retomber ses bras le long de son corps.

— Prête pour quoi ?

— Je ne sais pas. Tout ce qui arrive… Vous, et ce que je ressens en votre présence.

Elle lui donnait l'avantage, ils le savaient tous deux. Il n'aurait pas la lâcheté d'en profiter.

— Combien de temps voulez-vous pour réfléchir ?

— Vous vous doutez bien que je ne peux pas répondre à cette question.

— J'attendrai. Quelque chose me dit que l'avenir nous réserve à tous les deux pas mal de surprises...

Sans la quitter des yeux, il porta sa main à ses lèvres.

A leur arrivée à la propriété des Thornway, la fête battait déjà son plein. On avait disposé une multitude de plats mexicains sur une grande table rustique, et le vin coulait à flots. La villa de pierres roses et blanches était construite au milieu de pelouses soigneusement entretenues avec des bouquets de palmiers ici et là. Au fond du terrain en pente douce, une piscine. La plupart des invités étaient sur la terrasse et la pelouse en contrebas. La fine fleur de la bourgeoisie de Phoenix était là.

— Voici un chablis, dit Brett en tendant à Ella un verre pris sur le plateau d'un serveur. Celui-ci vient de Californie. Jolie couleur, arôme très fin, il a du corps.

— Tous les vins se ressemblent, dit-elle avec un haussement d'épaule.

— Vous avez beaucoup à apprendre.

— Ella, vous voilà enfin !

Marci Thornway, épouse de Tim depuis deux ans, s'avançait vers eux, dans le scintillement de ses bijoux. Après avoir échangé une brève poignée de main avec Ella, elle tourna un regard saphir vers Brett.

— Je comprends mieux maintenant pourquoi vous êtes si en retard…

Gênée, Ella fit les présentations.

— Brett Johnson… Marci Thornway…

— Vous êtes architecte, je crois ? enchaîna Marci en glissant un bras possessif sous celui de Brett. Tim m'a parlé de vous. Il a simplement omis de me dire à quel point vous étiez bel homme.

Un rire léger secoua ses frêles épaules.

— Enfin, de la part d'un mari, c'est bien pardonnable ! Vous venez de Floride, m'a-t-on dit ?

Agacée par les minauderies de Marci, Ella leur tourna le dos et faillit se heurter à Barlow.

— Monsieur Barlow ! s'exclama-t-elle. Excusez-moi, je…

— Appelez-moi Willie, je vous en prie. Et pour vous faire pardonner, venez donc me tenir compagnie au clair de lune. J'ai aperçu des tables, là-bas.

Trop contente d'échapper à Brett et à leur encombrante hôtesse, Ella ne se le fit pas dire deux fois. Elle découvrit en Willie Barlow le plus agréable des compagnons. Et si, de temps à autre, son esprit et ses yeux vagabondaient jusqu'à Brett, ce n'était nullement par ennui, mais juste pour voir si Marci Thornway continuait à l'accaparer.

— … égoïste, disait Barlow en avalant la dernière gorgée de son verre. Vous devez avoir envie de rejoindre les gens de votre génération…

Coupable de s'être laissé distraire, elle lui adressa un sourire charmant.

— Pas du tout, je suis très bien avec vous. Pour tout vous dire, je n'aime pas beaucoup les soirées mondaines.

— Il serait pourtant plus normal que vous soyez en compagnie d'un homme de votre âge.

— Je déteste qu'on s'occupe de moi comme d'une indigente, dit-elle en regardant Brett allumer avec empressement la cigarette de Marci.

Barlow suivit la direction de son regard et hocha la tête.

— Marci ne lâche pas votre architecte d'une semelle, ce soir, dit-il, guettant sa réaction.

— C'est votre architecte, rectifia Ella, pas le mien ! Marci et lui sont tous les deux originaires du Sud-Est, ils doivent avoir beaucoup de choses à se raconter.

— Si nous faisions un tour dans le jardin ? J'aimerais me dégourdir les jambes.

Agacé de voir Ella pendue au bras de Barlow et discuter avec lui depuis une heure, Brett trouva un prétexte pour s'éloigner de Marci. Il s'approcha d'eux.

— Vous n'êtes pas bien en chair, mais c'est du premier choix, disait Barlow.

Riant aux éclats, Ella lui mit une fleur à la boutonnière. En entendant toussoter, ils se retournèrent tous les deux.

— Johnson ! s'exclama Barlow en lui administrant une tape sur l'épaule. Vous prenez du bon temps, j'espère ? Mais croyez-moi, la soirée serait encore meilleure si vous la passiez avec une femme comme Ella. Quel dommage… les jeunes gens d'aujourd'hui n'ont plus aucun romantisme. Excusez-moi, je vais chercher une bière…

Il s'éloigna dans le jardin.

— Je crois que je vais me mêler un peu à la foule, déclara Ella, mal à l'aise.

— Juste au moment où j'arrive ?

Elle n'avait qu'une hâte : mettre le plus de distance possible entre elle et lui.

— Je me suis laissé accaparer par Willie.

— J'ai remarqué, dit-il d'un ton acerbe. Il n'est peut-être plus dans sa première jeunesse, mais avec des revenus comme les siens, l'âge ne compte plus, j'imagine.

Ella le dévisagea longuement avant de répondre.

— Je ne comprends pas un traître mot de ce que vous dites.

Il tira avec impatience sur sa cigarette. Avec des talons hauts, Ella était presque aussi grande que lui.

— C'est pourtant clair. Barlow est très riche, veuf, et il apprécie les jolies femmes.

S'il n'y avait pas eu autant de dédain dans les yeux de Brett, Ella aurait éclaté de rire. Mais il parlait sérieusement.

— Excusez-moi…

Comme elle faisait mine de lui fausser compagnie, il lui empoigna le bras et l'attira brutalement contre lui.

— Non, je ne vous excuse pas, Ella. Mais ça ne m'empêche pas d'avoir très envie de vous.

— Vous perdez votre temps, Johnson, siffla-t-elle en le repoussant avec violence. Je me moque de ce que vous pensez de moi, mais je trouve Willie trop sympathique pour vous laisser le calomnier ainsi.

— Sympathique, ce vieillard lubrique et vulgaire ? Et n'essayez pas de le défendre, j'ai parfaitement entendu la manière dont il vous parlait !

Ella hésita une minute, visiblement perplexe, puis éclata de rire. Un rire sans joie et teinté d'amertume.

— « Vous n'êtes pas bien en chair, mais c'est du premier choix… », c'est ça ? C'est une réplique de film, pauvre idiot ! Figurez-vous que nous sommes tous les deux des fans inconditionnels de Katharine Hepburn. Mais je vais vous dire autre chose… Si j'ai envie de prendre du bon temps avec quelqu'un, ce n'est pas vous qui m'en empêcherez. Vous comprenez ?

Pour se faire plaisir, elle le poussa une fois encore sans ménagement.

— Je préfère les manières raffinées de ce monsieur à vos tactiques d'homme des cavernes !

— Allons, Ella, calmez-vous.

— C'est vous qui allez vous calmer !

Les yeux d'Ella flamboyaient dans l'obscurité.

— Fichez-moi la paix, Johnson ! Ou vous pourriez le regretter !

Et elle le planta là. Le souffle coupé, Brett la suivit

des yeux. Revenu de sa stupeur, il jeta sa cigarette et l'écrasa du talon.

— Tu l'as cherché, mon vieux, maugréa-t-il en se massant la nuque. Mais quel tempérament !

5

Il songea à lui envoyer des fleurs. Mais Ella n'était certainement pas de celles qui fondent à la vue d'une rose. Il songea à lui faire des excuses franches et directes, comme à un ami. Mais Ella ne le considérait sûrement pas comme un ami. Il finit par se résoudre à la seule solution possible dans ces circonstances : se faire oublier quelque temps.

Pendant les semaines suivantes, ils se revirent chaque jour sur le chantier. Et le fossé qui les séparait se creusait toujours un peu plus. Ella était souvent obligée de le consulter, mais elle s'arrangeait toujours pour le faire lorsqu'ils n'étaient pas seuls. Brett acceptait la situation un peu comme une pénitence. Durant cette période, il fit deux voyages éclairs : l'un à son bureau de Miami, le second à San Diego où l'on construisait, selon ses plans, un centre hospitalier. A chacun de ses retours, il retrouva Ella toujours aussi glaciale.

Son casque en place, les yeux protégés par ses éternelles lunettes de soleil, Brett regardait la grue descendre lentement la structure de verre constituant le faîte du dôme.

— Superbe, dit Barlow.

— Willie ! s'exclama Brett. J'ignorais que vous étiez là.

Un doigt sur les lèvres, Barlow répondit :

— Je suis venu incognito. Pour rien au monde je n'aurais voulu manquer l'installation du dôme. J'espère que l'air climatisé sera bientôt en état de fonctionner, il fait une chaleur infernale.

— C'est prévu pour aujourd'hui.

— Parfait, parfait.

Il souriait, aux anges. On était en train de construire pour lui un véritable château, une forteresse imprenable... Il fixa le point où la montagne entrait littéralement dans le grand hall. Ce Johnson était un génie... Le long des murs porteurs, de grandes baies en arc de cercle permettaient d'admirer le désert. Des hommes installaient la tuyauterie de la cascade artificielle. Barlow étant avare de compliments, Brett les accueillit avec d'autant plus de plaisir.

— Mes félicitations, Brett. J'avoue qu'en voyant les plans et la maquette, j'ai émis certaines réserves. Mon fils, lui, a tout de suite été partie prenante. Je me suis fié à son jugement, j'ai bien fait. C'est une véritable œuvre d'art.

— Merci.

— J'ai hâte de voir le reste. Mais en attendant, vous avez bien une bière fraîche à m'offrir ?

— On devrait pouvoir trouver ça...

Brett le conduisit jusqu'à une glacière dont il sortit

deux cannettes. Barlow but à longues gorgées gourmandes et soupira d'aise.

— Je vais bientôt avoir soixante ans, et je n'ai encore rien trouvé de plus délicieux sur cette terre qu'une bonne bière glacée.

Au même moment, il aperçut Ella qui se dirigeait vers le centre de remise en forme.

— Enfin, presque, ajouta-t-il pensivement.

Brett ne dit rien. Lui aussi, il avait vu la jeune femme. Elle portait une tunique large sur un pantalon sans forme qui aurait ressemblé à un sac sur n'importe qui d'autre.

— M'est avis que vous ne pensez pas toujours qu'au verre et à l'acier, remarqua Barlow avec un petit sourire entendu. Vous n'auriez pas un petit béguin pour notre ingénieur ?

— Possible..., répondit Brett en prenant une cigarette.

Il en offrit une à Barlow qui refusa.

— Je ne fume plus. Ordre du médecin. Mais revenons à Ella. J'adore cette petite. Ce n'est pas difficile, belle comme elle est. Mais elle est aussi très intelligente et très courageuse. J'ai cru remarquer que vous aviez eu un différend, tous les deux, à la soirée ?

— Vous n'allez pas me croire... J'étais jaloux de vous.

— Jaloux ?

Barlow rugit littéralement de rire. Quand il eut retrouvé

un peu de calme, il s'essuya le front avec un mouchoir à carreaux et tendit la main à Brett.

— Vous venez de me rajeunir de vingt ans, merci! Vous avez l'air d'oublier que je ne suis plus tout jeune. Riche, c'est vrai, mais est-ce bien le genre de notre amie? Elle n'a pas dû apprécier vos soupçons.

— Pas vraiment, non.

— J'ai bien observé la manière dont elle se comportait avec vous. Si vous voulez mon avis, vous êtes sur des sables mouvants.

— La comparaison est très juste. Vous avez des suggestions?

— Trouvez vite une corde pour vous sortir de là.

— Je pencherais plutôt pour des fleurs...

Armé d'un énorme bouquet, Brett frappa le soir même à la porte d'Ella. Deux semaines s'étaient écoulées depuis leur altercation. Si elle n'était pas revenue à de meilleurs sentiments, il emploierait les grands moyens. Car elle lui manquait, tout simplement. Il aimait leurs discussions orageuses à propos du dôme et des cascades. Il aimait l'entendre rire quand elle n'était plus sur la défensive. Il aimait sentir ses bras se refermer autour de son cou...

Il jeta un coup d'œil sur les lis tigrés choisis chez le meilleur fleuriste de Phoenix. Si elle les lui jetait au visage, cela romprait au moins la monotonie de leurs hochements de tête polis et de leurs sourires figés.

Ce ne fut pas Ella qui répondit, mais une inconnue. Sa

ressemblance avec la maîtresse des lieux était tellement frappante que Brett lui sourit comme s'ils se connaissaient déjà de longue date.

— Bonsoir. Je suis Brett Johnson, un associé d'Ella.

— Et moi Jessie Peters. Entrez donc. Ella est sous la douche. Vous boirez bien quelque chose ?

— Avec plaisir.

— Je viens de faire du jus de citron. Installez-vous, je vais la prévenir. Elle vous attendait ? ajouta-t-elle en disparaissant dans la cuisine.

— Non.

Jetant un coup d'œil autour de lui, Brett remarqua que l'appartement avait été rangé et épousseté de fond en comble. Au passage, son regard s'arrêta sur une des photos exposées. C'était sur l'une d'elles qu'il avait vu Jessie pour la première fois.

— J'adore les surprises ! dit celle-ci en revenant avec deux verres dans lesquels tintaient des glaçons. Vous êtes ingénieur ?

— Non, architecte.

Jessie se figea, puis sourit.

— Ah, le fameux architecte ! s'exclama-t-elle en s'asseyant en face de lui.

Tout en jouant distraitement avec le diamant ornant son annulaire gauche, elle lui fit subir un examen attentif.

— Vous venez de l'Est ?

— Oui, de Floride.

— Le pays de Walt Disney ! Excusez ce cliché mais...

Une porte claqua et Ella parut. Elle portait un pantalon de survêtement blanc et un sweat-shirt trop grand. A ses pieds, des espadrilles à la couleur passée. Jessie se leva avec un sourire malicieux.

— Tu as de la visite, ma chérie. Avec un cadeau, ajouta-t-elle en désignant les fleurs.

— Je ne suis pas aveugle, dit Ella en enfonçant les mains dans ses poches.

— Je vais les mettre dans l'eau.

Sans attendre, Jessie s'éclipsa dans la cuisine avec les lis tigrés.

— Que voulez-vous ? demanda Ella.

Brett toussota.

— Vous voir.

— Voilà qui est fait. Maintenant, excusez-moi mais j'ai à faire.

— Et vous présenter mes excuses.

Elle hésita. Cette scène lui en rappelait une autre, mais aujourd'hui, les rôles étaient inversés. Brett ne l'avait pas chassée, elle avait une dette envers lui.

— D'accord, oublions tout ça.

— Vous ne voulez pas d'explication ? demanda-t-il en approchant d'un pas.

Automatiquement, Ella recula.

— Ce n'est pas la peine. Je...

— Regardez comme c'est joli ! claironna Jessie en entrant dans la pièce.

Elle posa le vase au centre de la table basse, et recula d'un pas pour admirer l'effet.

— N'oublie pas de changer l'eau deux fois par jour, ma chérie. Et de soulever le vase pour faire la poussière…

— Maman…

Brett écarquilla les yeux en se tournant brusquement vers Jessie.

— Maman ? C'est une plaisanterie, je suppose.

Jessie rayonnait.

— C'est le plus beau compliment qu'on m'ait fait de la journée… Bon, je me sauve. Passez une bonne soirée, tous les deux.

— Mais… on devait dîner ensemble ? s'étonna Ella.

Jessie caressa la joue de sa fille, et serra la main de Brett.

— Désolée, j'ai un million de choses à faire. Ravie d'avoir fait votre connaissance, Brett.

— A bientôt, j'espère, madame.

— Jessie. Il n'est pas question qu'un homme aussi séduisant que vous m'appelle madame !

Comme un tourbillon, elle disparut dans le couloir et referma la porte.

— Je ne rêve pas, c'est vraiment votre mère ?

— Jusqu'à nouvel ordre, oui. Ecoutez, Brett, c'est gentil d'être venu, mais…

— Maintenant, disparaissez… c'est ça ?

— Je ne voudrais pas être impolie en vous mettant

à la porte, mais je crois qu'il vaut mieux éviter de nous rencontrer en dehors des heures de travail. A quoi bon insister ? Nous ne sommes vraiment pas faits pour nous entendre.

— Avant d'en décider, si on faisait connaissance ?

Sans y être invité, il s'assit dans le premier fauteuil venu. Ella n'eut pas le cœur de protester.

— Essayons d'être logiques, enchaîna-t-il. Les ingénieurs sont des personnes logiques, non ?

Elle hocha la tête.

— Nous sommes appelés à nous côtoyer tous les jours pendant plusieurs mois encore. S'il y a la moindre tension entre nous, le travail s'en ressentira.

Ella sourit.

— C'est vrai. Mais je ne coucherai pas avec vous simplement pour détendre l'atmosphère.

— Moi qui vous prenais pour un modèle de dévouement…

Il haussa un sourcil interrogateur.

— Une pizza et le cinéma, est-ce trop compromettant pour vous ?

— Vous me promettez d'être sage ?

— Ça dépend…

Ella secoua la tête.

— Alors, c'est non. Je ne me contenterai pas de réponses évasives. Avant de faire plus ample connaissance, comme vous dites, mettons les choses au point.

— Dois-je sortir mon bloc-notes ? demanda-t-il, pince-sans-rire.

— Ce ne sera pas la peine. Il n'y a rien de compliqué. Je veux bien qu'on se voie, mais comme des amis, des associés. Pas question de quoi que ce soit de romantique.

— De romantique ? Pouvez-vous être plus précise ?

— Vous m'avez parfaitement comprise, Johnson.

Brett soupira.

— D'accord. J'accepte la règle du jeu. Il va falloir que je remporte mes fleurs…

— Non, puisque vous me les avez offertes avant que nous passions notre accord.

Elle se leva, satisfaite de la transaction.

— C'est moi qui offre la pizza. Vous, le cinéma.

Les jours suivants, Ella n'eut qu'à se féliciter d'avoir été ferme. L'orage grondait parfois entre eux sur le chantier, mais leurs sorties au restaurant ou au spectacle se déroulaient toujours dans la bonne humeur.

Peu à peu, elle apprit à mieux connaître Brett. Il lui parlait de la ferme où il avait grandi, de ses difficultés pour entreprendre des études et les mener à leur terme. En revanche, il ne disait rien des problèmes financiers de sa famille, ni de ses efforts intenses pour y faire face. Elle devinait pourtant l'essentiel de ce qu'il taisait pudiquement. Elle changea d'avis à son sujet. Elle se reconnaissait dans cette ambition mêlée de courage et de ténacité. Elle-même lui confia toute son admiration pour le père de Tim, ainsi que sa gratitude. Qui d'autre lui aurait donné cette chance inouïe d'apprendre un métier d'homme ? Pourtant, elle ne parlait jamais de son enfance ou de sa famille. Bien sûr, Brett ne cherchait pas à percer ce mystère. Leur relation était encore bien trop fragile.

Si cette trêve satisfaisait pleinement Ella, elle était pour Brett une source continuelle de frustration. Il avait sans cesse envie de la caresser, de l'embrasser, de la prendre dans ses bras. Il n'en faisait rien, de peur de rompre les liens ténus qui se tissaient entre eux. Il lui arrivait de vouloir tout abandonner, interrompre définitivement leurs sorties platoniques. Mais comment s'y résoudre, quand ses sentiments pour elle étaient déjà si forts ?

Les mains sur les hanches, Ella observait l'équipe d'ingénieurs et de mécaniciens au travail sur le toit ouvrant. Le support en béton était terminé. Le toit de verre lui-même serait installé avant la fin de la semaine.

— Chérie !

Sa concentration troublée, Ella se retourna.

— Maman ! Que fais-tu là ?

— Tu me parles si souvent de ce chantier que je n'ai pas résisté à la tentation de venir.

Elle glissa un bras sous celui de sa fille.

— C'est fantastique, ici, absolument fabuleux ! Cet énorme bâtiment à l'entrée, on dirait un château du XXIVe siècle.

— C'est à peu près ça.

— Je n'ai jamais rien vu d'aussi majestueux. C'est toujours comme ça qu'on devrait construire dans le désert.

Avec le même enthousiasme, elle jeta un coup d'œil sur la piscine au fond de laquelle les carreleurs étaient en train de poser une somptueuse mosaïque.

— Tiens, on dirait ton architecte, dit-elle.

Aussitôt, elle lissa sa robe. Brett n'était pas seul.

— Et qui est ce monsieur qui accompagne ton chevalier servant ?

— Brett n'est ni mon chevalier servant ni mon architecte, rétorqua Ella avec une pointe d'irritation. Le monsieur en question est Barlow. Notre client.

— Vraiment ?

Tout sourires, elle tendit la main à Brett avec une œillade en direction de Willie.

— Bonjour ! J'étais en train de dire toute mon admiration à Ella. C'est un chef-d'œuvre !

— Merci. Voici Willie Barlow... Willie, la mère d'Ella, Jessie Peters...

— Sa mère ?

Il la regarda avec stupeur.

— J'ignorais qu'Ella n'avait que seize ans !

Jessie rayonnait.

— Je ne vais pas vous déranger plus longtemps, expliqua-t-elle. J'espérais visiter le chantier avec Ella mais elle a du travail. Tant pis, ce sera pour une autre fois.

— Vous me permettrez peut-être de la remplacer, avança Willie.

— Oh, je ne voudrais pas…

— Mais je vous en prie…

Ella les suivit des yeux en secouant la tête d'un air désapprobateur. Puis elle replongea dans ses préoccupations professionnelles.

— Nous avons eu des problèmes avec le toit.

— Vous les avez résolus.

— Au prix de beaucoup de temps et d'argent.

Une dispute allait éclater, Brett le sentait. Pourquoi était-elle soudain si agressive ?

— Personne n'aurait rien remarqué si vous aviez accepté de modifier légèrement l'angle d'inclinaison du toit.

— Moi, si.

— C'est de l'obstination pure et simple, Brett. Comme de vouloir absolument des feuilles de verre intégrales plutôt que des panneaux.

Sans un mot, il la prit par le bras et l'entraîna vers l'escalier qui descendait dans la piscine. Les carreleurs souriaient. Prenant le visage d'Ella entre ses mains, Brett le tourna vers le ciel.

— Que voyez-vous ?

— Le ciel. Et si vous ne me lâchez pas, vous, ce sont des étoiles que vous allez voir !

— C'est ça, le ciel. Que le toit soit ouvert ou fermé. Ce ne sont pas des panneaux de verre, ni une fenêtre, ni un toit, mais le ciel. Mon travail, c'est d'imaginer, Ella. Le vôtre, c'est de réaliser mes rêves.

Elle eut un rire narquois et sans joie. Pour la faire

taire, il n'y avait qu'une solution. Brett n'hésita pas. Sans réfléchir, il posa les lèvres sur les siennes. Autour d'eux, tout le monde s'arrêta de travailler, mais ni l'un ni l'autre ne le remarquèrent. Peu leur importait ! Ella était bouleversée. Depuis combien de temps attendait-elle qu'il rompe leur pacte ridicule ? Enfin, il comprenait les signaux silencieux qu'elle lui lançait depuis le jour où il était venu lui présenter ses excuses ! Enfin, il passait outre ses protestations !

Si Brett n'avait pas senti le désir d'Ella comme une brûlure, s'il n'avait pas entendu son doux gémissement, il serait peut-être rapidement revenu à la raison. Mais au lieu de ça, il avait envie de la renverser sur le sol et de cueillir sur-le-champ les fruits de sa conquête. Et pourtant, la raison finit par tempérer leur ardeur. Par quel miracle ? Ils n'auraient su le dire. Tout à coup, Brett s'écarta. Ella respirait avec difficulté, anéantie par la révélation qu'elle venait d'avoir dans ses bras : elle était amoureuse ! Elle secoua la tête pour dissiper le bourdonnement dans ses oreilles et échapper au bruit assourdissant des perceuses. Les joues en feu, elle serra frénétiquement les poings et toisa Brett avec haine.

— Faites bien attention à ce que je vais dire, Johnson. Ne vous avisez pas de recommencer, ou je vous traîne devant un tribunal pour harcèlement sexuel sur un lieu de travail !

6

Après son altercation avec Brett au fond de la piscine, la malchance s'acharna sur Ella : les ascenseurs du dôme tombèrent en panne, une violente dispute éclata entre deux ouvriers, Rodriguez et Swaggart, un des menuisiers fut blessé à l'œil par un éclat de bois, et Tim vint jusqu'au chantier pour se plaindre d'un surcroît de dépenses imprévu.

« La visite de Jessie a tout désorganisé », songeait Ella avec rancœur en se rafraîchissant le visage dans la caravane, en fin de journée. Willie Barlow et Jessie s'étaient tout de suite plu. Ella avait peut-être tort de le déplorer, mais l'expérience lui avait appris à se méfier des engouements subits de sa mère…

Au lieu de s'inquiéter de la vie amoureuse de Jessie, mieux valait réfléchir à la sienne. Ou plutôt à son absence caractérisée. Jusqu'à aujourd'hui, Ella ne s'en était guère souciée. Ses projets, autant personnels que professionnels, n'en tenaient même jamais compte. Qu'attendait-elle de Brett, au juste ? Avec rage, elle donna un coup de pied dans la table. Quelle question ! N'entretenait-elle pas le même espoir insensé depuis le premier jour ?

Humiliée, furieuse, elle se dit que le monde était peuplé d'hommes aussi séduisants que Brett, sinon davantage. Alors, pourquoi lui ? Et pourquoi maintenant ?

La caravane rangée, elle la ferma à clé et se dirigea vers sa voiture. De sombres pensées l'accablaient. Elle était aussi responsable que Brett de cette scène ridicule au fond de la piscine. Heureusement, elle s'était ressaisie à temps. D'autres difficultés, autrement plus graves et importantes, exigeaient son attention. Dans son travail, quand elle se trouvait confrontée à un problème, il lui suffisait de poser la bonne équation, de venir à bout des calculs, et la solution venait d'elle-même. En procédant de la même manière, elle résoudrait l'énigme de ses sentiments pour Brett. Dès lors, sa vie reprendrait son cours, comme si rien ni personne n'était jamais venu la troubler.

Entendant approcher une voiture, elle tourna la tête et reconnut avec consternation le coupé loué par Brett. Il s'arrêta à sa hauteur dans un nuage de poussière et, sans lui laisser le temps de fuir, il bondit dehors.

— Pas si vite ! J'ai à vous parler.

— J'allais partir.

Pressentant qu'elle ne se laisserait pas aisément fléchir, il lui subtilisa clés et attaché-case, et les jeta sur la banquette arrière de sa propre voiture.

— Montez.

— Jamais !

L'air las, il s'approcha et la souleva dans ses bras.

— Vous êtes complètement fou ! hurla-t-elle alors qu'il la déposait sur le siège du passager.

Il répondit d'une voix douce, sans colère.

— Si vous tentez de fuir, vous vous en repentirez.

— Rendez-moi mes clés !

— Jamais.

— Très bien, je ferai du stop.

— Méfiez-vous…

— Vous ne me faites pas peur, Johnson.

— Dommage.

Malgré ses fanfaronnades, Ella resta immobile quand il contourna la voiture pour venir s'installer au volant. Sans un mot, il démarra.

— Vous voulez prouver quoi, au juste ?

— Je n'en sais rien. Pour le moment, je veux seulement m'installer dans un endroit tranquille et parler avec vous.

L'endroit tranquille fut son hôtel. Ella se cabra aussitôt en bondissant dans le parking. Avec le même calme effrayant, Brett la rattrapa, la bascula sur son épaule et la transporta ainsi jusqu'à sa suite. Là, il se débarrassa de son fardeau dans un fauteuil.

— Voulez-vous boire quelque chose ? demanda-t-il.

Ella le fusilla du regard sans répondre.

— En tout cas, moi, j'en ai bien besoin, continua-t-il en ouvrant le bar.

Il remplit deux verres de chardonnay et en tendit un à Ella. Heureusement, il était sur ses gardes. Au moment où elle allait lui en jeter le contenu à la figure, il lui saisit le poignet.

— Ella, protesta-t-il d'une voix douce, si vous n'êtes pas sage, vous allez récolter une fessée.

Se libérant d'un geste sec, elle vida son verre d'un trait et se dirigea d'un pas ferme vers la porte. Elle n'avait pas fait trois pas que Brett lui barrait le chemin.

— Ce n'est pas comme ça qu'on apprend à apprécier le bon vin, dit-il en la repoussant sans douceur dans son fauteuil. Maintenant, passons aux choses sérieuses. Ou nous discutons raisonnablement, en personnes civilisées, ou bien je cède à mes instincts primitifs. A vous de décider.

— Nous n'avons rien à nous dire ! cria-t-elle, sortant enfin de son mutisme.

— Très bien.

La tirant sans douceur par les poignets, il l'obligea à se lever et l'embrassa. D'abord tendue et rebelle, Ella se trouva emportée par un courant contre lequel elle était impuissante, tremblante de passion et de volupté. Seul l'instant présent comptait désormais. Elle se pressa davantage contre lui, conquise.

La sonnerie du téléphone brisa l'enchantement. Ils firent la sourde oreille, puis Brett enfouit le visage dans les cheveux d'Ella, avant de la prendre à bout de bras. Se lasserait-il un jour de la contempler ?

— Nous ferions mieux de parler, dit-il enfin.

Cette fois, Ella était domptée. Elle se laissa retomber dans le fauteuil, à bout de forces. Brett remplit de nouveau les verres et lui en tendit un avant de s'installer dans le fauteuil voisin. Pour la première fois, Ella accepta de le regarder objectivement et sans méfiance. Le voyage éclair en voiture lui avait ébouriffé les cheveux. Même quand il était immobile, une énergie phénoménale émanait de toute sa personne, à peine domptée, prête à se manifester à tout instant.

Tout à coup moins sûre d'emporter la victoire, Ella ouvrit les hostilités. Le ton qu'elle adopta était la démonstration même qu'en quelques minutes, ils venaient de parcourir beaucoup de chemin.

— Je n'aime pas beaucoup la manière dont tu m'as traînée jusqu'ici.

— Serais-tu venue si je te l'avais demandé poliment ?

Elle sourit.

— Non. Mais ça ne te donnait pas le droit de te comporter comme un homme de Cro-Magnon.

— Veux-tu des excuses ?

— Non. Depuis qu'on se connaît, on ne fait que ça. Tu voulais parler, je t'écoute.

— Tu es très belle, tu sais.

A peine avait-il commencé sa phrase qu'elle se levait avec un soupir excédé.

— Si c'est tout ce que…

— Assez d'hypocrisie, Ella. Quelques politesses échangées sur le ton de la conversation ne changeront rien à notre désir l'un pour l'autre.

Ella reconnut, bien à contrecœur, qu'il avait raison.

— Tu as réponse à tout, c'est horripilant. Brett, nous n'avons ni l'un ni l'autre le temps de faire face à des complications de ce genre.

Des complications ? Il faillit bondir de son fauteuil et lui prouver sur-le-champ que compliqués, leurs rapports l'étaient déjà terriblement. Mais elle avait l'air si vulnérable, tout à coup, qu'il préféra s'abstenir.

— Pour le moment, restons concrets. Primo, j'ai très envie de toi. Secundo, la réciproque est vraie. Nous ne sommes plus des enfants. C'est tout de même assez simple, non ?

Ella ne le suivait déjà plus, torturée par le désir de lui ouvrir et ses bras et son cœur… Affolée, elle chassa ces pensées. Ces égarements étaient bons pour Jessie, pas pour elle. Elle jeta un coup d'œil à Brett. Il paraissait si détendu qu'elle lui en voulut presque.

— C'est très simple, en effet, dit-elle soudain. Ayons une aventure.

Cet air détaché ne lui disait rien qui vaille. Pourtant, n'était-ce pas ce qu'il désirait le plus au monde ?

— Très bien. Quand veux-tu commencer ? demanda-t-il avec une ironie amère.

Ella tressaillit. Mais après tout, elle l'avait bien mérité.

— Mettons-nous bien d'accord. Il n'est pas question de long terme, de promesses ou de regrets éternels. Dans quelques semaines, tu repars en Floride, moi je reste ici. Essayons de ne pas faire semblant.

Quel sang-froid ! Brett se demanda s'il n'allait pas

l'étrangler. Lui qui ne songeait qu'à lui faire l'amour à en perdre la raison !

— On dirait que tu as l'habitude de traiter ce genre d'affaire, dit-il d'un ton cassant.

Elle pâlit et baissa les yeux. L'air si vulnérable qu'il vint s'accroupir au pied de son fauteuil.

— Qu'y a-t-il ? J'ai touché juste ? Quelqu'un t'a brisé le cœur et maintenant tu te méfies ?

— Ça a l'air de t'amuser.

Il lui effleura la joue.

— Pas du tout. Si on t'a fait souffrir, je le regrette.

Sa compassion était sincère et les yeux d'Ella s'emplirent de larmes. « Certaines blessures ne cicatrisent jamais », songea Brett. Un jour, il l'interrogerait. Pas aujourd'hui. Il était encore trop tôt.

— On dîne ensemble ?

Elle essuya une larme et parvint à sourire.

— Je ne suis pas habillée pour sortir.

— Qui te parle de mettre le nez dehors ?

Tendrement, il lui embrassa la main.

— Tu m'as dit un jour que tu adorais les hôtels pour le plaisir de dîner au lit…

— Menteur…

Elle posa la main sur sa joue et se laissa embrasser. Tout irait bien. De quoi s'inquiétait-elle ? Sans lui lâcher la main, Brett l'invita à se lever.

— Dans ton règlement, les promesses ne sont pas interdites ?

— Lacune regrettable.

— Alors je vais t'en faire une.

— Brett...

— Chut. Juste une seule... Je ne te veux aucun mal, Ella, il faut me croire...

La sonnerie du téléphone retentit de nouveau. Cette fois, ils ne pouvaient l'ignorer. Sans lâcher Ella, Brett décrocha. Après les salutations d'usage, il hocha la tête, l'air très ennuyé.

— Lefkowitz, dit-il enfin, on ne vous a jamais dit que vous n'étiez qu'un bon à rien ? Nous pensions vraiment, en vous confiant ce poste, que vous étiez à la hauteur. Vous avez les spécifications sous la main, non ?... Eh bien, lisez-les !... Bon, très bien. Donnez-moi le numéro de téléphone, je vais m'en occuper. Le mieux, c'est que je me rende sur place.

Lorsqu'il eut raccroché, Ella lui tendit son verre.

— Ce n'est pas l'amabilité qui t'étouffe, Johnson.

— Je laisse le tact et la diplomatie à mon associé, Nathan.

— Alors, tu pars en voyage ? demanda-t-elle d'un ton qu'elle voulait détaché.

— A San Diego, oui. Lefkowitz n'est qu'un incapable. Un ingénieur — encore un qui se prend pour une lumière ! — lui a fait modifier les plans. Maintenant, forcément, les fournisseurs regimbent, et il n'est pas foutu de s'en sortir tout seul.

— Des plans à toi ?

— En grande partie, oui.

L'air soudain pensif, il se passa une main dans les cheveux.

— Si tu venais avec moi, Ella ? Tu m'expliquerais pourquoi l'ingénieur a raison et moi tort. Et moi, je te montrerais l'océan.

C'était tentant, et elle faillit accepter. Mais son sens du devoir l'emporta.

— On ne peut pas laisser tous les deux le chantier. Combien de temps pars-tu ?

— Un jour ou deux. Ella…

Il la prit par les épaules.

— Est-ce que je vais te manquer un peu ? Ou est-ce contre le règlement ?

— Je vais tâcher de le modifier un peu…

Brett l'attira contre lui et ils s'étreignirent avec tendresse. Un instant, il eut des visions de leurs corps enlacés glissant sur le lit, mais il sut résister à la tentation.

— Je vais préparer rapidement mon sac de voyage. Après, je te déposerai à ta voiture en allant à l'aéroport. Mais ce n'est que partie remise, d'accord ?

Elle le regarda. Il n'allait pas loin. Il reviendrait. Un jour, cependant, il n'effectuerait pas le voyage de retour et disparaîtrait à tout jamais de sa vie…

Brett fut retenu trois jours. Il enrageait. Et puis enfin, il n'eut plus que quelques heures à tuer avant le départ de son avion. Allongé sur son lit, dans sa chambre d'hôtel, il portait de temps à autre la main à sa poche, où se trouvait le plus précieux de ses bagages : un collier de pierres vert d'eau, comme la mer au printemps. En l'apercevant dans la vitrine du bijoutier, il l'avait acheté sans hésiter pour Ella. C'était sans nul doute un beau cadeau pour une femme dont il n'était même pas l'amant. Mais il était à la mesure de ses sentiments pour elle. Oui, il était amoureux, pour la première fois de sa vie.

Un coup d'œil sur sa montre l'informa qu'il restait deux heures encore avant son départ pour l'aéroport. Décrochant le téléphone, il composa le numéro d'Ella. Sa voix douce lui répondit, mais sur une bande enregistreuse.

— Vous êtes bien chez Ella Wilson. Je suis absente pour le moment, mais si vous laissez un message... je vous rappellerai dès mon retour... N'oubliez pas de préciser la date et l'heure de votre appel. Merci !

— Si tu reviens avant 7 heures, murmura-t-il, appelle-moi à mon hôtel. Je... Ne te mets pas en colère, mais tu m'as manqué. Beaucoup. Allez, rentre vite maintenant.

Profondément déçu, il raccrocha et composa aussitôt un deuxième numéro. La voix qui lui répondit était agréablement féminine.

— Brett ! Que c'est gentil d'appeler !

— Comment va, Jackie ? Je t'envoie par la poste une dizaine de kilos de documentation historique sur l'Arizona.

— Fantastique ! J'en ai vraiment besoin. Mille fois merci !

— De rien, voyons. C'est un véritable plaisir que de donner un coup de main à une célèbre romancière.

— Célèbre ? Laisse-moi encore quelques mois avant de le devenir. Et l'Arizona, ça va ?

— Bien. Mais pour le moment, je suis à San Diego.

— San Diego ? Tiens, tiens… Tu pourrais peut-être m'envoyer des…

— Laisse-moi un peu tranquille, tu veux ? Et dis-moi plutôt si tu as grossi.

Il l'imagina en train de caresser son ventre rond.

— Je crois bien que oui. Nathan m'a accompagnée à la clinique pour des examens, la semaine dernière. Et il a entendu le cœur du bébé. Depuis, ce n'est plus le même homme.

— Il est là ?

— Il vient de sortir. J'avais envie de poisson pour le dîner… Quand rentres-tu ?

— Je ne sais pas. Pas avant la fin des travaux, je crois.

— Ne me dis pas que tu es devenu à ce point consciencieux !

Brett hésita. Puis il se lança.

— Non, mais il y a une femme.

— Oh, oh ! C'est sérieux… ?

— C'est bien possible.

— Elle est architecte ?

— Non, ingénieur.

— Tu plaisantes ? Tu les détestes encore plus que

Nathan et ce n'est pas peu dire ! Tu dois être vraiment amoureux...

— Ça m'en a tout l'air.

— Tu es heureux au moins ?

Il réfléchit un instant. Mais comment répondre à une aussi vaste question ?

— Ça ne dépend pas de moi. Pour tout dire, elle se fait un peu tirer l'oreille.

— Si elle n'est pas gentille avec toi, elle entendra parler de moi !

— Quand je lui dirai ça, je suis sûr qu'elle va trembler. Préviens Nathan qu'à San Diego, tout est arrangé. Il comprendra. Tu veux ?

— Promis ! Et au fait... bonne chance !

Il était près de 9 heures quand Ella rentra chez elle. Comme chaque fois qu'elle passait la soirée avec sa mère, elle revenait partagée entre deux sentiments contradictoires : l'amusement pur et simple, et une vive inquiétude. Jessie était drôle, absurde, primesautière. Mais tellement puérile parfois... Elle ne comptait plus les coups de foudre. Et sa dernière coqueluche était Willie Barlow. Il n'avait été question que de lui durant tout le dîner.

En se massant la nuque, Ella passa en revue le courrier ramassé dans la boîte aux lettres. Comment pouvait-elle songer à travailler sérieusement si sa propre mère était la maîtresse de son client ? De cette question en découlait logiquement une autre : comment pouvait-elle travailler sérieusement en étant la maîtresse de l'architecte ? La vie était devenue bien compliquée, tout d'un coup…

Car elle était amoureuse, irrémédiablement, comme quelques années plus tôt, sinon davantage. Excepté que cette fois, elle était plus mûre et mieux préparée à se défendre. Plus jamais elle ne s'exposerait à l'humiliation et à la souffrance que lui avait infligées James Frye. Avec Brett, cependant, les données n'étaient plus les mêmes. Pour commencer, elle était professionnellement son égale. Ensuite, il était différent de James, elle en était certaine.

Ella secoua énergiquement la tête. Elle devait cesser de penser à lui, ou il allait de nouveau lui manquer. Ayant échangé son tailleur-pantalon contre un immense sweat-shirt de basket-ball, elle se prépara une tasse de café et s'installa dans le canapé avec le journal. Ses yeux tombèrent alors sur le répondeur et elle fit dérouler la bande en écoutant distraitement les messages : une amie, qui rentrait à Phoenix après deux semaines de vacances, la secrétaire de Tim la conviant à une réunion pour le lundi suivant. Puis, reconnaissant la voix de Brett, elle tendit l'oreille.

— … si tu reviens avant 7 heures…

Un coup d'œil sur sa montre, et elle soupira, déçue. Et elle continua d'écouter avidement.

— Tu m'as manqué… beaucoup…

Stupidement heureuse, elle repassa le message quatre fois consécutives. Puis elle travailla un peu, rêva beaucoup. Brett ne parlait pas de son retour. Serait-ce samedi ? Dimanche ? Dès le lendemain matin, elle irait acheter ce joli caraco aperçu dans une vitrine ce soir. Et il y avait bien longtemps qu'elle n'avait pas pris rendez-vous chez l'esthéticienne ou le coiffeur… Quand Brett reviendrait, elle serait méconnaissable !

Un coup de sonnette interrompit le cours de ses pensées.

— J'arrive, j'arrive ! chantonna-t-elle tout excitée à la perspective du lendemain.

Où diable était passé son peignoir ? Ah… Elle l'enfila rapidement et ouvrit la porte. La surprise la pétrifia.

Avec un sourire amusé, Brett la toisa de la tête aux pieds. Sa queue-de-cheval était retenue par un lacet cassé. Elle s'était depuis belle lurette démaquillée et son vieux peignoir était trop petit pour contenir l'énorme sweat-shirt qui lui descendait à mi-cuisses.

— Salut, Ella, dit-il enfin.

7

Ella cligna des yeux. Elle était sûrement en train de rêver…

— Qu'est-ce que tu fais là ?

Brett prit l'air fâché.

— En voilà une question ! Je peux entrer ?

— Oui, mais…

Elle recula comme un automate. Les mirages ne parlaient pas, et ils ne sentaient pas aussi bon… Elle songea à tous ses projets pour son retour et considéra avec dépit le désordre qui régnait dans son appartement.

— Tu aurais pu me prévenir que tu rentrais ce soir, gémit-elle en se passant une main dans les cheveux. Je… je ne suis pas prête !

Où était le dîner aux chandelles et le caraco de soie noire qu'elle avait prévus pour leurs retrouvailles ? Tout à coup, sa déception se changea en colère.

— Tu débarques ici comme dans un moulin ! Pourquoi n'as-tu pas téléphoné ?

Un instant, Brett fut décontenancé. Pourquoi s'était-il imaginé qu'elle éprouverait la même joie que lui à le revoir ?

— Je l'aurais fait si tu étais restée chez toi, ce soir. A propos, où étais-tu ?

— J'ai dîné dehors.

— Ah.

Enfonçant les mains dans ses poches, il sentit l'écrin du collier.

— Avec quelqu'un que je connais ?

— Ma mère.

Stupidement, Brett se sentit soulagé.

— Pourquoi souris-tu ? demanda Ella.

— Pour rien.

— Je sais bien que je suis affreuse ! Si tu n'étais pas arrivé à l'improviste, j'aurais au moins rangé un peu.

Brett commençait à comprendre. Seule la déception la rendait si peu loquace, voire agressive. Elle avait dû se réjouir à l'idée de créer un décor, de se faire belle et, en voulant lui faire une surprise, il avait tout gâché. Comment rattraper cette gaffe ?

— Tu es d'accord pour que nous soyons parfaitement honnêtes l'un avec l'autre, n'est-ce pas ?

— Jusqu'à un certain point, oui, grommela-t-elle.

— Alors voilà…

Il l'attira dans ses bras et pressa sa bouche contre la sienne. Elle sentit aussitôt croître un désir fou et entrouvrit les lèvres dans un gémissement de protestation. En moins de quelques secondes, il lui enleva le peignoir et glissa les mains sous le sweat-shirt, sur sa peau nue. Le souffle coupé, Ella rejeta la tête en arrière.

— Brett…

— Tais-toi…

Puisqu'il lui refusait le droit de parler, elle tira d'un coup sec sur sa veste, déboutonna fébrilement sa chemise avant de la faire glisser sur ses épaules.

— J'ai envie de toi, souffla-t-elle. Maintenant…

Ce délicieux murmure mit le feu aux poudres. Désormais sans entrave, le désir les embrasa tous deux. La chambre leur parut trop éloignée. Ils s'effondrèrent sur le divan. Aidé d'Ella, Brett acheva de se déshabiller tout à fait. Comme possédée, elle le caressait, lui mordillait le cou, prenait possession de ses lèvres. Le sweat-shirt alla rejoindre les vêtements jetés pêle-mêle sur la moquette. Et elle s'offrit à lui.

Elle allait le rendre fou. Partout où ses mains et ses lèvres se posaient, elles rencontraient une peau satinée délicatement parfumée. A chacune de ses caresses, il avait l'impression qu'une vague de plaisir déferlait sur elle. Ils avaient attendu si longtemps… Maintenant, ils étaient ensemble, aussi avides l'un que l'autre. Ella se sentait traversée par de multiples sensations. Jamais elle n'avait éprouvé désir aussi brûlant. Une explosion de plaisir intense lui fit momentanément perdre la raison. Elle cria son nom. Fasciné, Brett regarda son visage transfiguré par la volupté. Elle avait la tête renversée en arrière et ses cheveux tombaient en cascade jusqu'à la moquette. Il essaya de prononcer son nom, mais il était trop ému pour parler.

Plusieurs fois, Ella atteignit les sommets du plaisir. Alors, songeant enfin à lui-même, Brett la prit tout entière, sans plus de limites. Comme possédés, ils s'élevèrent jusqu'à un univers jamais exploré. Puis, à bout de forces, Brett s'affaissa. Ella était aussi douce qu'une ondée de printemps. Il sentit sa main glisser le long de son dos et descendre, toute molle, jusqu'au tapis. Sous ses lèvres, son cœur battait à une vitesse inouïe. Il ferma les yeux, tout entier concentré sur ce dernier lien avec la réalité.

Tous deux se taisaient. D'ailleurs, y avait-il quelque chose à dire ? Ils s'étaient donnés l'un à l'autre, corps et âme. Etait-ce l'amour qui faisait alterner tant de force et de fragilité ? se demandait Ella. Dans les bras de Brett, elle s'était métamorphosée. Tout ce qu'elle avait connu jusqu'à ce jour lui paraissait vide de sens. Alors ? Elle sentit les doigts de Brett glisser dans ses cheveux et ferma les yeux. Elle ne se reconnaissait plus. Pour une de ses caresses, elle était prête à oublier ses principes les plus chers, comme ses plus intimes convictions. A quoi bon nier ses sentiments désormais ? A quoi bon ?

Il posa les lèvres au creux de son cou.

— Ella…

Elle ferma à demi les paupières.

— Brett…

— Ça va ?

— Je ne sais pas. Et toi ?

— Jamais je n'ai été aussi bien. Tu es encore en colère ?

— Je n'étais pas en colère. Mais j'aurais voulu…

Sa phrase resta en suspens quand il lui effleura le

ventre du bout du doigt. Sur ses lèvres, son nom se transforma en soupir voluptueux.

— Etonnant, murmura-t-il en sentant le désir reprendre possession de leurs corps alanguis. Franchement étonnant…

La chaleur du soleil sur son visage sortit Ella de sa torpeur. Légèrement étourdie, elle glissa une main entre les draps en chuchotant le nom de Brett. La place était vide ! Tout à fait réveillée, elle se dressa. Elle était seule. Se pouvait-il qu'il soit parti ? Sans un mot ?

— J'aurais préféré que tu te réveilles avec le sourire, dit-il sur le seuil.

Ella releva brusquement la tête. Puis serra le drap contre sa poitrine nue.

— Je te croyais parti…

S'approchant du lit, il lui tendit une tasse de café.

— Parti où ?

— Je… Simplement parti.

Se sentant un peu ridicule, elle but une gorgée et se brûla la langue.

— Je vois que tu as une excellente opinion de moi.

Avec un sourire, il s'assit à côté d'elle, au bord du lit, et trempa ses lèvres dans sa tasse.

— Ton café est éventé.

— Je n'ai jamais le temps de m'en faire le matin. Je t'offrirais bien un petit déjeuner, mais c'est pareil…

— Je sais. Il n'y a rien dans la cuisine qu'une banane et un paquet de corn-flakes rassis.

Comme elle évitait soigneusement de croiser son regard, il la prit par le menton.

— Veux-tu me regarder, Ella ?

Elle osa enfin.

— Si j'avais su que tu revenais, j'aurais fait des courses.

— Je ne pense pas qu'il s'agisse vraiment de bacon et d'œufs, ma chérie. Si tu me parlais de ce qui te préoccupe vraiment ?

— Mais rien, voyons. Que vas-tu imaginer ?

— Veux-tu que je parte ?

— Non. Ce n'est pas ça.

Brett la prit par les épaules et la secoua doucement.

— Ecoute, depuis hier soir, j'ai l'impression que tu juges ce qui se passe entre nous en fonction d'événements auxquels je n'ai aucune part, et ça ne me plaît pas beaucoup. Vrai ou faux ?

— J'en suis navrée, Brett.

— Ça ne suffit pas. Parle-moi de celui qui t'a rendue aussi méfiante.

La révolte colora les joues d'Ella.

— Occupe-toi de tes affaires. Est-ce que je te pose des questions sur les femmes que tu as connues avant moi ?

— Non, mais si tu trouvais ça important, je le comprendrais tout à fait.

— Justement, ce n'est pas important.

Elle mentait, bien sûr. Il le voyait dans ses yeux, l'entendait à sa voix.

— Si c'était vrai, tu ne serais pas aussi malheureuse et contrariée. Honnêtement, Ella, si tu es en train de me comparer à quelqu'un d'autre, j'ai le droit de savoir à qui et pourquoi.

Sentant qu'il ne lâcherait pas prise, elle céda enfin.

— Très bien, tu vas être servi.

S'enveloppant dans le drap, elle s'assit en tailleur sur le lit.

— C'était un architecte, commença-t-elle avec un sourire ironique. Je travaillais depuis quelques mois chez Thornway sur le même projet que lui. Il était beau parleur, très intelligent. Moi, beaucoup moins, ajouta-t-elle avec un haussement d'épaules désabusé.

Elle était nerveuse, agitée. Brett craignit qu'elle ne ravive d'anciennes blessures.

— Ça suffit, j'ai compris, dit-il doucement.

— Non. Tu as voulu entendre cette histoire, je la raconterai jusqu'au bout. On a commencé à sortir ensemble. Moi, j'étais folle de lui. Il ne me promettait rien, mais il me laissait échafauder les plans les plus insensés. J'étais jeune, je croyais encore à l'amour fou. Quand il m'a dit qu'il avait envie de moi, j'ai supposé qu'il m'aimait, qu'il m'épouserait…

— Ce n'était pas du tout son intention.

— Loin de là ! Tu vas voir…

Elle eut un rire amer en rejetant ses cheveux en arrière.

— J'étais en train de préparer ma valise pour partir en week-end avec lui. Un week-end romantique à la neige. J'imaginais déjà les feux de cheminée, les longues soirées... J'étais sûre qu'il attendait cette occasion pour me demander ma main. Je prévoyais comment serait ma robe... Juste au moment où je fermais à clé la porte de l'appartement, j'ai reçu une visite. C'est très drôle...

Elle se tut un instant, perdue dans ses souvenirs.

— Si j'étais partie quelques minutes plus tôt, je n'ose pas penser à ce qui se serait passé. C'était sa femme, dont il n'avait pas jugé utile de me révéler l'existence.

Prenant une profonde inspiration, Ella s'adossa contre le lit.

— Le pire, c'est qu'elle aimait son mari et venait me supplier de le lui rendre. Elle était prête à lui pardonner si j'avais pitié d'elle. Au début, j'ai cru qu'elle jouait la comédie. J'en étais même sûre. Mais je me suis vite rendu compte qu'elle disait la vérité.

Elle baissa les yeux sur ses doigts qu'elle croisait et décroisait nerveusement.

— Ils avaient un petit garçon de trois ans, elle voulait coûte que coûte sauver leur mariage. Il y avait eu d'autres femmes avant moi. J'étais couverte de honte. Je me sentais non seulement trahie, mais laide, avilie, méprisable. Elle pleurait, implorait, et moi, je ne disais rien.

Brett s'allongea sur le lit, tout près d'elle.

— L'aurais-tu aimé si tu avais su ?

— Je me suis posé cette question d'innombrables fois. Non, j'en aurais été incapable.

— Alors qu'as-tu à te reprocher ? Il t'a abusée autant qu'il abusait sa femme.

— Je sais bien. Ce qui me tracasse, c'est d'avoir été aussi crédule. Je ne lui avais jamais posé la moindre question. Quand on se trompe à ce point sur quelqu'un, après on fait très attention. Depuis, je laisse à Jessie les coups de foudre.

— Tu as peur de moi ?

— Tu n'es pas marié…

— Non, et il n'y a personne d'autre. Je ne t'ai pas fait la cour pour passer le temps pendant mon séjour à Phoenix, ni parce que ça m'arrangeait.

Ces mots procurèrent instantanément un immense bonheur à Ella. Une faible lueur d'espoir brilla au fond de ses yeux.

— Je ne te compare pas à James. Simplement, je ne sais pas comment me comporter…

Brett noua les bras autour de sa taille.

— Tout ce que je te demande, Ella, c'est d'être toi-même. C'est si compliqué que ça ?

Avec une infinie douceur, il lui effleura le front. Elle avait besoin de sa tendresse, bien plus encore qu'elle ne le laissait paraître. S'il avait eu connaissance du dénouement de ses premières et uniques amours, avec quelles autres précautions l'aurait-il aimée, cette nuit-là ! Il la serra contre lui avec dévotion.

— Habille-toi, maintenant, je t'emmène prendre le petit déjeuner dehors.

L'aisance avec laquelle Brett s'était transformé sans

transition en ami bienveillant était pour Ella une source inépuisable d'étonnement. Dans un petit café, ils dévorèrent œufs au bacon, toasts, croissants et café, avant de se rendre au marché où Brett acheta des tonnes de victuailles.

— Mais que veux-tu faire de tout ça ? demanda Ella en posant, à leur retour, deux énormes sacs sur le comptoir de la cuisine.

— Le manger !

Elle jeta un regard dubitatif sur leurs provisions.

— Tu fais la cuisine ?

— Non. C'est pour ça que j'ai acheté des trucs qui se mangent nature ou simplement cuits à l'eau. Ou des surgelés qu'il suffit de réchauffer. Tu sais, quelquefois, avec un ouvre-boîtes et un four, on fait des miracles.

Le lait, les yaourts et le beurre que Brett tendait à Ella trouvèrent leur place dans le réfrigérateur.

— Ce soir, nous aurions pu aller chercher des plats cuisinés…

— Pour ça, il faut sortir, rétorqua Brett en l'enlaçant. Et il n'en est pas question jusqu'à lundi matin…

Elle rit.

— Moi qui voulais m'acheter un caraco de soie noire !

— Mmh, dommage… Mais il est trop tard, maintenant. Au fait, je t'ai rapporté quelque chose.

— Ah ? Qu'est-ce que c'est ? Un souvenir de San Diego ?

— Pas tout à fait. On a terminé ici ?

— Je crois…

— Alors, viens, je vais te le montrer.

La prenant par la main, il l'entraîna vers le salon. Avant de sortir, il avait mis l'écrin dans son sac de voyage, ouvert sur une chaise. Il le prit et le lui tendit.

— Un cadeau ? C'est gentil…

Elle se sentit tout à coup affreusement intimidée.

— Ne te réjouis pas trop vite, plaisanta Brett. C'est peut-être un cendrier avec une décalcomanie de San Diego.

— Ce serait tout de même un cadeau.

Se penchant, elle lui effleura tendrement les lèvres.

— Merci, Brett.

— C'est la première fois que tu fais ça, murmura-t-il, ému.

— Quoi ?

— M'embrasser de toi-même, sans que je te le demande.

Il se pencha pour picorer ses lèvres de petits baisers tendres. Quel courage il lui fallut pour ne pas la renverser sur le canapé… Mais elle soulevait le couvercle de l'écrin et écarquillait les yeux de surprise. Rien ne l'avait préparée à la beauté de ces pierres translucides comme l'eau vive, douces comme le satin.

— C'est… c'est magnifique, balbutia-t-elle.

Brett lui prit le collier des mains et le lui attacha autour du cou.

— Je ne sais pas quoi dire, murmura Ella. On ne m'a jamais rien offert d'aussi joli.

Avec une vivacité qui trahissait sa joie, elle alla s'admirer dans la glace.

— Superbe ! Regarde comme elles brillent !

Se retournant d'un bloc, elle se jeta au cou de Brett et le serra à l'étouffer.

— Merci ! Oh, merci !

— Si j'avais su qu'il suffisait de quelques cailloux pour te mettre dans cet état, je m'en serais occupé depuis longtemps ! ironisa-t-il pour cacher sa propre joie.

— Ris tant que tu veux. J'adore ce collier !

« Et moi, c'est toi que j'adore », songea-t-il. Il l'enlaça et le désir rejaillit.

— Tu es belle, Ella.

Et brusquement, il défit le nœud qui retenait son pantalon de jogging et fit passer son T-shirt pardessus sa tête. A présent, elle n'était plus habillée que du collier et d'un minuscule petit slip. Sa poitrine se soulevait de plus en plus vite. Brett lui prit le visage dans ses mains, avec douceur, comme si elle était infiniment fragile, et il posa tendrement les lèvres sur les siennes. Lui prenant la main, Ella voulut l'entraîner vers la chambre.

— Nous avons tout notre temps, chuchota-t-il en continuant à l'embrasser et à la caresser.

Ce matin-là, il lui fit l'amour avec lenteur, et une délicatesse qu'elle n'oublierait jamais. La nuit, ils avaient assouvi une passion primitive. A présent, ils évoluaient dans le monde merveilleux de l'infiniment délicieux. Après avoir découvert la sensualité passionnée d'Ella, Brett découvrait sa fragilité, sa crainte d'aimer et d'être aimée. Ce qu'il avait éprouvé pour elle la veille n'était rien en comparaison de cette intimité généreuse. Son corps coulait comme une rivière entre ses mains, s'épanouissait comme une fleur au soleil. Quand elle murmura son nom, son cœur bondit dans sa poitrine. Des promesses furent échangées, tacitement, mais Ella n'en était pas encore consciente. Un lien solide et inaltérable s'était formé.

8

« Finalement, être amoureuse est moins dramatique que je ne l'avais redouté », songea Ella en garant sa voiture dans le parking de la Thornway. Après tout, elle pouvait aimer Brett jusqu'à ce qu'il reparte, sans rien changer à sa vie... Elle voulait — elle devait — le croire.

Elle se dirigea vers les bureaux de la Thornway. Elle enfonça le bouton d'appel de l'ascenseur et sourit au souvenir de leur long week-end paresseux entrecoupé de moments de passion intense. A moitié nus, vautrés sur la moquette, ils avaient regardé un festival Cary Grant à la télévision. Pour le dîner, ils avaient fait réchauffer une pizza, dégustée ensuite aux chandelles. Le dimanche après-midi, ils avaient fait une longue sieste en écoutant du jazz à la radio. Oui, Brett l'avait rendue heureuse. A chaque instant. Quand viendrait le moment de se séparer de lui, elle pourrait regarder ces quelques semaines comme un précieux cadeau de la vie.

Les portes de l'ascenseur s'ouvrirent. Elle pénétra dans la cabine et sentit les mains de Brett lui encercler la taille. Ils n'étaient pas restés séparés plus d'une heure, le temps qu'il rentre se changer à son hôtel pour la réunion, mais leur joie de se retrouver était immense. Les portes se refermèrent et Ella, entre les bras de Brett, se retourna pour l'embrasser.

— Tu as un goût de fraise, ce matin, murmura-t-il. Et tu es ravissante.

Ella rit de plaisir.

— Tu n'as pas traîné, dis-moi.

— L'hôtel n'est pas loin. Mais ça aurait tout de même été plus pratique si tu m'avais laissé apporter quelques affaires chez toi.

Elle n'était pas encore prête à franchir ce pas. S'ils vivaient ensemble durant les prochaines semaines, l'appartement lui paraîtrait affreusement vide lorsque Brett repartirait pour la Floride.

— Je ne voudrais pas te priver d'une aussi belle suite.

Elle se dérobait, refusait d'abolir la faible distance qui les séparait encore. Tout à coup, il enfonça un bouton et la cabine s'arrêta entre deux étages.

— Mais… qu'est-ce que tu fais ?

— J'ai une question à te poser, avant de pénétrer dans le sacro-saint domaine du travail. Tu veux bien dîner avec moi ?

Avec un soupir, Ella remit l'ascenseur en marche.

— Franchement, tu n'avais pas besoin d'une telle mise en scène pour me le demander.

— Alors, c'est oui ?

— Mais bien sûr !

— A mon hôtel, ajouta-t-il, les lèvres sur le poignet d'Ella. Et tu passes la nuit là-bas avec moi.

— Le programme me plaît. A quelle heure ?

— Le plus tôt sera le mieux.

Elle riait aux éclats quand les portes de l'ascenseur s'ouvrirent à l'étage de Tim. Celui-ci les attendait avec du café et des pâtisseries qu'Ella refusa poliment.

Tim paraissait sous pression. Impatiente, Ella l'écouta rabâcher des points de détail. Si elle n'était pas au chantier à 10 heures, elle manquerait de nouveau l'inspecteur. Quand il sortit l'organigramme général des travaux pour se lancer dans d'interminables estimations au sujet des délais, elle abandonna tout espoir d'arriver à l'heure.

— Comme vous pouvez voir, expliquait-il, nous avons commencé à prendre du retard à l'installation des toitures.

Brett alluma une cigarette et étudia l'organigramme de plus près.

— Il n'y a pas de quoi s'affoler pour deux ou trois jours.

— Nous sommes aussi en retard pour la plomberie.

— Là non plus, pas plus d'un jour ou deux... Avec les villas, on rattrapera le temps perdu.

Tim ne paraissait pas convaincu.

— Ce n'est pas tout. Le budget aussi me préoccupe. Si nous ne trouvons pas le moyen de rogner les dépenses, nous allons avoir des ennuis.

— Ces questions ne me concernent pas, répondit

Brett. Pas plus qu'Ella. Mais laissez-moi tout de même vous dire que là non plus, il n'y a pas de quoi en faire un drame.

— Brett a raison, intervint Ella. Jusqu'à maintenant, tout marche comme sur des roulettes. Les matériaux nous sont livrés en temps et heure, ou avec des retards minimes. Je crois que vous...

La sonnerie du téléphone l'empêcha de terminer.

— Excusez-moi...

Tim décrocha le combiné. C'était Marci.

— Je suis en réunion, ma chérie... Non, pas encore. Je n'ai pas eu le temps... Cet après-midi, c'est ça...

Il avala nerveusement une gorgée de café. Il en était à sa troisième tasse.

— Oui, oui, je te le promets. Tu... Non, je n'oublie pas. A tout à l'heure.

Quand il raccrocha, la transpiration perlait sur son front.

— Je ne vais pas vous retenir davantage, dit-il. Vous avez sûrement mieux à faire.

Ils prirent congé et se retrouvèrent au rez-de-chaussée sans trop savoir pourquoi ils étaient venus.

— Je comprends qu'il soit nerveux, remarqua Ella. Après tout, c'est le premier projet qu'il supervise seul d'un bout à l'autre.

— Sa boîte a bonne réputation, mais que penses-tu de lui ?

— Je ne sais pas... J'étais très proche de son père. Je l'aimais comme un ami. Il connaissait le métier sur le bout des doigts, tu comprends ? Il était proche de ses hommes, quelle que soit leur place dans la hiérarchie. Tim est totalement différent. Je ne devrais pas mais je ne peux pas m'empêcher de le comparer à son père.

Dans le parking, elle plissa les yeux pour se protéger de la lumière aveuglante du soleil.

— En tout cas, il est très nerveux, dit-elle. Remarque, les sanctions financières en cas de retard ont de quoi flanquer la frousse.

— Ou alors il compte sur le bonus et veut à tout prix être en avance sur les délais prévus. Sa femme a l'air de lui coûter cher… Tu te souviens de ce petit collier de chien qu'elle portait l'autre soir ? Rien que ce bijou vaut plusieurs milliers de dollars.

— Les perles n'étaient pas fausses ?

Il sourit.

— Tu es vraiment naïve, ma chérie. Les femmes de ce genre ne portent pas de la verroterie.

— Après tout, il a le droit de dépenser son argent comme il veut…

— Il considère peut-être ça comme un investissement. Pour rester avec un homme, certaines femmes ont d'énormes exigences.

Tout à coup, le malaise envahit Ella.

— Tout ça ne nous regarde pas, dit-elle brusquement. Partons, l'heure tourne.

— J'ai quelque chose à prendre en allant au chantier et j'aurai besoin de toi. Tu veux bien me suivre ?

Dix minutes plus tard, ils s'arrêtaient devant un entrepôt

où l'on vendait des pneus de voiture neufs et d'occasion. Un peu perplexe, Ella suivit Brett à l'intérieur. Le hangar sentait le caoutchouc et le cambouis. Un petit homme chauve à lunettes s'avança à leur rencontre.

— Bonjour. Vous désirez ?

Brett montra la Land Rover.

— Je voudrais quatre pneus, plus un de rechange. Ce qu'il y a de mieux.

Muette de stupéfaction, Ella vit le petit homme feuilleter un catalogue.

— J'ai quelque chose en stock qui devrait faire parfaitement l'affaire.

Brett hocha la tête.

— Je vous laisse carte blanche. Vous pensez que ça peut être prêt d'ici 5 heures ce soir ?

L'homme regarda sa montre, fit la grimace, et finit par hocher la tête.

— Ça pourra aller.

— Parfait. A tout à l'heure…

Abasourdie, Ella emboîta le pas à Brett. Dehors, elle retrouva enfin l'usage de la parole.

— Mais enfin… vas-tu m'expliquer ce que ça veut dire ?

— C'est ton anniversaire, non ?

— Je suis née en octobre !

— Tu vois, je suis déjà très en retard.

— Ecoute, Brett, je ne plaisante pas. Tu n'as pas le droit de prendre ce genre de décisions à ma place.

S'arrêtant brusquement, il lui prit le visage dans ses mains.

— Ella, chaque fois que tu roules avec ces pneus lisses, tu es un véritable danger public, pour toi comme pour les autres. Tu veux qu'on se dispute à ce sujet ?

Parce qu'elle n'était pas encore remise de son audace, elle se contenta de froncer les sourcils.

— Non. Mais je m'en serais occupée, de toute façon.

— Quand ?

— Bientôt.

— Maintenant, c'est fait. Joyeux anniversaire !

Cédant enfin à la joie que lui procurait cette attention, elle sauta au cou de Brett et l'embrassa.

— Merci...

Ce soir-là, Ella rentra précipitamment chez elle. Une fois de plus, elle avait manqué son rendez-vous avec l'inspecteur, mais les fondations de la première série de villas avaient satisfait aux normes de sécurité. Le toit ouvrant au-dessus de la piscine était enfin posé et les ascenseurs fonctionnaient normalement. De la réunion avec Tim, elle était ressortie suffisamment inquiète pour vérifier les emplois du temps journaliers des contremaîtres. Ces tâches supplémentaires avaient prolongé sa journée de travail jusqu'à 6 heures. Elle avait ensuite dû prendre un taxi pour aller récupérer sa voiture.

En débouchant au pas de course sur le palier de son

appartement, elle eut la surprise de découvrir Jessie devant sa porte.

— Tiens, qu'est-ce que tu fais là ?

— J'allais te laisser un message, mais puisque tu es là… Tu es essoufflée. Tu as couru ?

— Je suis éreintée, avoua Ella en invitant sa mère à entrer.

— Je tombe mal ?

— Oui. Enfin, non. Je repars dans un instant.

— Tu as été retenue au chantier ?

— Non. Mais j'ai dû aller chercher des pneus neufs que m'a offerts un ami.

— Tu as des amis qui t'offrent des pneus, toi ?

Ella sortit un jean de velours côtelé vert d'eau du placard et s'examina dans la glace.

— Qu'en penses-tu ? demanda-t-elle à Jessie.

— Très joli. Tu as toujours eu le sens des couleurs. Ce qu'il te faudrait, ce sont des anneaux dorés aux oreilles. Pourquoi t'a-t-on offert des pneus ?

— Parce que les miens étaient lisses, répondit distraitement Ella en cherchant sa boîte à bijoux au fond d'un tiroir. Et il avait peur que j'aie un accident.

— Il… ? Je n'ai jamais rien entendu d'aussi romantique…

Ella haussa les épaules.

— Je ne vois pas en quoi offrir des pneus est romantique !

— Justement, tu ne vois jamais ces choses-là.

Devinant ce que sa fille allait répondre, elle leva la main.

— Je sais ! Moi, c'est l'inverse… Que veux-tu, je suis comme ça. Tu ressembles beaucoup plus à ton père qu'à moi. S'il n'était pas mort si jeune…

Jessie tapota les oreillers sur le lit, comme pour cacher son trouble.

— Tu l'aimais ? s'étonna Ella.

Aussitôt, elle se rendit compte de ce que sa question contenait de mépris.

— Pardon, je ne voulais pas te demander…

— Et pourquoi pas ?

Avec un soupir rêveur, Jessie plia un chemisier de sa fille.

— Je l'adorais. Nous étions jeunes, amoureux fous. C'est avec lui que j'ai connu le plus grand bonheur de ma vie. Au fond, c'est ce bonheur que j'essaie de retrouver avec les autres. Tu étais si petite quand il est mort… Tu ne peux pas te souvenir de lui… Mais tu lui ressembles d'une manière étonnante !

— C'est curieux… Je n'aurais jamais cru que tu avais tant de regrets, en pensant à lui.

— Pourquoi ? Parce que je suis volage ?

Avec des gestes précis et méticuleux, Jessie commença à faire le lit.

— La solitude me fait peur, que veux-tu. Une peur sûrement aussi grande que ton amour de l'indépendance. Si ton père avait vécu, j'aurais été différente, c'est certain. Et tu ne me ferais pas tous ces reproches.

— Pardon, je ne voulais pas te juger...

— Oh, je sais bien que tu désapprouves ma manière de vivre. Moi non plus, je ne te comprends pas toujours. Et pourtant, je t'aime.

— Moi aussi, je t'aime, maman. Et je voudrais que tu sois heureuse.

— A propos, je pars quelques jours.

— Ah ? Où ça ?

— A Las Vegas. Willie veut m'initier au black-jack.

— Tu pars avec M. Barlow ?!

— Ne fais pas cette tête ! Willie est un homme charmant, spirituel, délicat... Un vrai gentleman ! Il a loué deux suites séparées.

— Eh bien, bonne chance...

— J'en ai toujours eu. Tiens, tiens...

Jessie s'approcha avec curiosité de la commode.

— Où as-tu déniché ce collier ?

— C'est un cadeau. Tu le trouves joli ?

Déjà, Jessie paradait devant la glace, les perles à son cou.

— Et même beaucoup plus que ça, répondit-elle avec admiration. Tu ne devrais pas le laisser traîner...

— J'ai l'écrin, quelque part. Mais je vais le porter ce soir.

— A ta place, il ne me quitterait jamais. Qui te l'a offert ?

— Un ami.

— Allons, Ella...

Se taire ne ferait qu'exciter davantage la curiosité de sa mère.

— Brett. Il me l'a rapporté de San Diego.

— Eh bien... C'est le genre de cadeau qu'un homme fait à sa femme. Ou à sa maîtresse.

Ella se sentit rougir.

— Ce n'est pas grand-chose... Que vas-tu imaginer ?

— Pas grand-chose... des diamants ! ?

— Maman, ne sois pas stupide, tu veux ? Tu as déjà vu des diamants colorés ?

Jessie poussa un soupir à fendre l'âme.

— Ella, quelquefois, tu m'inquiètes. Je n'ai qu'une fille, et il y a tellement de lacunes dans son éducation...

Ouvrant son sac, elle en sortit un poudrier et désigna la petite glace ovale.

— Voilà du verre.

Elle fit glisser une des pierres à la surface du miroir.

— Maintenant, regarde.

— C'est rayé...

Ella était médusée.

— Bien sûr, reprit Jessie, puisque ce sont des diamants ! De cinq carats, je dirais. Tous les diamants ne sont pas blancs, tu le sais maintenant.

— Oh... Mon Dieu !...

— Pourquoi fais-tu cette tête ?

Pétrifiée, Ella n'osait plus bouger. Jessie lui attacha le collier autour du cou.

— Sur toi, ils font un malheur.

— Ce sont des vrais…, murmura Ella. Et moi qui les trouvais… jolis !…

— Achève de te préparer. Et va vite le remercier comme il se doit.

Où diable était Ella ? Elle avait eu largement le temps de rentrer chez elle, de jeter quelques affaires dans un sac, et de faire le trajet jusqu'à l'hôtel… Que signifiait ce retard ?

Brett se laissa tomber dans un fauteuil et alluma une cigarette. Regardait-on continuellement sa montre, quand on était amoureux ? Oui, c'était bien connu.

Sur le chantier, il s'était conformé à ses désirs toute la journée, ne s'adressant à elle que sur un ton strictement professionnel. Ils avaient d'ailleurs failli se disputer deux fois. Mais à cette heure, les masques étaient tombés et il ne pensait déjà plus qu'à elle.

Quand elle frappa, il se leva et gagna la porte en moins de quelques secondes. Dès qu'il la vit, son anxiété fondit comme neige au soleil.

— Ça valait le coup.

— Quoi donc ?

— D'attendre.

La prenant par le bras, il l'attira à l'intérieur. Mais au moment où il allait l'embrasser, il la sentit préoccupée.

— Qu'est-ce qui ne va pas ?

— Je ne sais pas. Enfin, si… Tu comprends, je ne m'en suis pas rendu compte tout de suite parce que je… je n'y connais rien… Et maintenant, je ne sais plus quoi penser.

— Ah.

Brett s'assit sur le canapé.

— Si tu recommençais, mais en précisant quelques détails, cette fois ? Par exemple, de quoi parles-tu exactement ?

Elle se laissa tomber à côté de lui en serrant les mains sur ses genoux.

— Du collier, naturellement.

— Je croyais qu'il te plaisait ?

— Bien sûr ! Il est magnifique… Mais ma mère est passée chez moi tout à l'heure. Elle part à Las Vegas avec M. Barlow.

Brett hocha gravement la tête.

— Et… c'est ça le problème ?

— Non, pas tout à fait. Elle dit que ces pierres sont des diamants, qu'il en existe des colorés.

— Ça concorde avec les dires du bijoutier. Et alors ?

— Alors ? Mais, Brett, tu ne peux pas m'offrir un aussi beau cadeau !

— Attends, je n'y comprends plus rien.

Il se souvint de son plaisir et de son excitation en ouvrant l'écrin et sourit.

— Tu es vraiment étrange, Ella. Ce collier te plaisait

beaucoup tant que tu le croyais acheté dans un supermarché. Qu'y a-t-il de changé ?

Ella écarta les mains dans un geste d'impuissance.

— Je n'ai jamais eu de diamants de ma vie, dit-elle comme si ça expliquait tout.

— Tant mieux ! Je préfère être le premier à t'en offrir. Tu as faim ?

— Brett, tu ne m'écoutes pas…

— Je ne fais que ça depuis que tu es arrivée ! J'aimerais mieux t'embrasser…

— Je me demande si je dois le garder. Et en même temps, je n'ai pas du tout envie de te le rendre… Tu n'es vraiment pas gentil de m'avoir mise dans cette situation.

Brett se leva en secouant la tête.

— Tu as raison. Il faut vraiment être un salaud pour acheter un truc comme ça et espérer faire plaisir.

— Ce n'est pas ce que je voulais dire, et tu le sais. Oh… et puis zut !

Elle se jeta à son cou.

— Il est splendide, Brett.

— Je suis vraiment navré. La prochaine fois, j'en choisirai un très laid.

— Ne dis pas de bêtises. Il faut aussi que je te remercie pour les pneus.

Il lui effleura les lèvres de sa bouche.

— Mmh…

— Ma mère trouve que les pneus… c'est un cadeau très romantique…

— Voilà une femme sensée.
— Brett…
— Oui ?
Il la regarda dans les yeux, possédé par le désir.
— Ne m'offre plus d'aussi beaux cadeaux…
— D'accord. Alors, c'est toi qui m'invites à dîner.
— Tu… tu as vraiment faim ?
Elle l'embrassa. Il en perdait la tête.
— Plus tellement, finalement…

9

— Brett ! Tu veux bien répondre ?

Assise au bord du lit, Ella enfilait ses bottes de cuir. Qui donc pouvait bien la déranger à 7 heures du matin ?

Brett sortit de la cuisine, une tasse de café à la main. Ses cheveux étaient encore humides et sa chemise flottait, ouverte sur sa poitrine.

Jessie était sur le palier. Ils se sourirent.

— Bonjour !

— Bonjour… Vous êtes bien matinale !

— Oui, je voulais voir ma fille avant qu'elle parte pour le chantier. Euh… elle est là ?

— Dans sa chambre. Je vous sers du café ?

— C'est-à-dire que je… Ah, te voilà, dit-elle avec un sourire nerveux en voyant arriver Ella.

Tous trois se regardèrent, paralysés par la gêne. Ne sachant que faire de ses mains, Ella les fourra dans ses poches. Jessie s'installa sur le canapé.

— Cette tasse de café, ça tient toujours… ?

Dès que Brett eut disparu dans la cuisine, Jessie se tourna vers sa fille.

— Tu as deux minutes pour bavarder avec moi ?

Alarmée, Ella s'assit dans un fauteuil, face au canapé.

— Maman... Que se passe-t-il ?

Brett revint avec une tasse pleine qu'il tendit à Jessie.

— Je vais vous laisser bavarder tranquillement toutes les deux.

— Non, je vous en prie, Brett... asseyez-vous. Je suis ennuyée de vous retenir, mais rassurez-vous, je n'en ai pas pour longtemps.

Elle prit une profonde inspiration avant de poursuivre.

— Je viens de rentrer de Las Vegas.

Ella essaya de plaisanter.

— Tu es ruinée, c'est ça ?

— Non. Je me suis mariée.

Ella écarquilla les yeux de stupeur.

— Quoi ?! Mais avec qui ?

— Avec Willie, bien sûr.

Quand Ella eut retrouvé un peu de calme, elle parla lentement, en détachant chaque syllabe.

— Tu as épousé M. Barlow à Las Vegas ?

— Il y a deux jours.

— Mais... tu le connais à peine.

— Depuis deux semaines, nous ne nous quittons plus. Il est merveilleux, chérie... Je dois reconnaître que je ne m'attendais pas à une telle proposition. On était là, devant cette petite chapelle, on est entrés et... et un prêtre nous a mariés.

— C'est vrai que tu n'en es plus à un mari près, lança Ella méchamment.

La consternation assombrit le visage de Jessie.

— Je voudrais que tu sois heureuse pour moi, ma chérie. Ou si c'est impossible, au moins que tu acceptes. Willie voulait venir avec moi, ce matin, mais il valait mieux que je t'annonce moi-même la nouvelle. Il t'aime beaucoup, tu sais.

— Moi aussi, dit Ella avec raideur. Je te souhaite bonne chance.

Le cœur de Jessie se serra.

— Bon. Je vais vous laisser. J'ai rendez-vous à 9 heures pour remettre ma démission à mon patron et elle n'est pas encore tapée.

— Parce que, en plus, tu démissionnes ?

— Oui. Je vais vivre à Dallas, chez Willie.

— Je vois. Tu pars quand ?

— Nous prenons l'avion cet après-midi. Mais je reviens dans une semaine, pour le déménagement… Je t'appellerai.

— Très bien, dit Ella avec froideur. Bon voyage, maman.

Brett se leva précipitamment pour raccompagner Jessie à la porte. Là, il l'embrassa affectueusement sur la joue.

— Tous mes vœux de bonheur, Jessie.

— Merci, répondit-elle, les yeux pleins de larmes. Prenez bien soin d'elle…

Brett referma la porte et se retourna.

Ella n'avait pas bougé. Elle était livide.

— Que t'arrive-t-il, chérie ? Tu as l'air si bouleversée…

— Il y a de quoi, non ?

— Parce que ta mère se marie ? Elle a tout de même le droit de vivre, non ?

Cette intervention mit le feu aux poudres.

— Vivre ! Tu appelles ça vivre ? Bob, trois ans de mariage ! Jim, six mois ! Bud, Bud Peters. Celui-là est resté sept ans, un record ! Je l'aimais beaucoup. Je ne te parle pas des autres, les… les oncles… de trois ou quatre semaines !

Brett essaya de l'apaiser.

— C'est sa vie, Ella…

— C'était la mienne aussi ! cria-t-elle. Tu sais ce que c'est que de se demander constamment quel sera le prochain nom de ta mère, dans quelle maison ou quel appartement tu vas vivre, dans quelle école on va t'inscrire ?

Brett songea au mariage heureux de ses propres parents, aux liens indestructibles qui unissaient sa famille.

— Non, je le reconnais. Mais tu n'es plus une enfant, maintenant. Tu n'es donc plus concernée directement…

— Tu ne comprends pas ! C'est la même histoire qui se répète depuis toujours ! J'ai vu ma mère tomber amoureuse et se lasser des dizaines de fois ! Et qu'elle se marie ou qu'elle divorce, dire toujours la même chose : c'est mieux pour tout le monde ! Eh bien, pas pour moi !

Brett la prit dans ses bras. Elle tremblait.

— En dépit de tout ça, elle t'aime comme une mère ! Te rends-tu compte de ce que ton attitude peut avoir de blessant ?

Ella se taisait. La serrant fort contre lui, Brett finit par l'apaiser à force de caresses et de mots tendres.

— Je sais bien que ma mère m'aime, soupira-t-elle. A sa manière. Mais pas comme je l'aurais voulu.

Doucement, elle s'écarta, un peu honteuse.

— Ma réaction est excessive, j'en conviens. Je lui parlerai à son retour. Pardonne-moi pour cette scène, Brett.

— Il n'y a rien à pardonner, c'est bien humain…

Il la serra contre lui, pour le seul plaisir de lui prodiguer sa tendresse.

— Je suis fou de toi, tu sais. Quand les travaux seront terminés, j'aimerais beaucoup que tu viennes avec moi en Floride. Pour prendre un peu de bon temps…

Ella n'eut pas le cœur d'émettre ses réserves habituelles.

— Pourquoi pas ? Tu me montrerais l'océan à moi qui ne t'ai pas encore montré le désert…

— On pourrait y remédier dès aujourd'hui, non ?

Avec des mots simples, et grâce à sa présence miraculeuse, il l'avait aidée à retrouver son équilibre menacé. Elle lui sourit.

— Non, pas aujourd'hui. Il ne faudrait pas négliger les travaux du nouveau mari de ma mère…

A son arrivée sur le chantier, Ella se rendit directement aux villas. En apercevant le chef électricien, elle agita la main.

— Bonjour, Tunney. Ça marche ?

— Bien, mademoiselle Wilson.

Il passa une main sur son front ruisselant de sueur.

— Vous pensez que l'installation électrique sera terminée dans les temps ? demanda-t-elle. Je vous avoue que Thornway est assez inquiet.

— Il n'y a pas de quoi. Jugez vous-même. Les menuisiers aussi avancent à pas de géant.

— Ces câbles viennent d'être livrés ? s'enquit-elle en désignant trois énormes bobines. Si les fournisseurs sont aussi consciencieux pour les délais, c'est merveilleux.

Distraitement, elle s'approcha d'une des bobines pour s'y adosser un instant. Elle aimait la forme que prenait peu à peu le centre de loisirs. Elle n'en avait pas encore parlé à Brett, mais elle commençait à percevoir sa vision. Et c'était beau cette magie, cette fantaisie, dans une des régions les plus arides du pays. Des coyotes erraient encore dans les collines, des serpents dans les rochers, mais l'homme y avait aussi sa place. Terminé, le centre ne se fondrait pas seulement avec le désert, il deviendrait le témoin de sa beauté sauvage.

— Ça va être quelque chose, hein ? dit-elle en hochant la tête.

— Ouais…

— Vous êtes déjà allé en week-end dans un endroit comme celui-ci, Tunney ?

— Non.

— Moi non plus. Nous, on les construit, c'est déjà pas mal…

— Ouais…

Tunney n'était pas bavard. Elle sentit son impatience.

— Mais je vous empêche de travailler.

Comme elle se redressait, l'extrémité d'un câble se prit dans l'ourlet de son pantalon. En se penchant pour se libérer, elle fronça les sourcils et, perplexe, prit le câble entre ses doigts pour l'examiner de plus près.

— Ça vient d'arriver, vous dites ?

— Il y a une heure à peine.

— Bon sang… vous avez vérifié ?

— Pas encore.

— Faites-le maintenant.

Les bras croisés, elle attendit son verdict.

— Ce n'est pas du quatorze, dit-il enfin.

— Non. Plutôt du douze…

— Oui, c'est aussi mon avis.

Elle fit rapidement le tour des trois bobines.

— Rien que du douze, Tunney, dit-elle avec consternation. Ils se sont trompés à la livraison. J'aurais dû m'en douter… C'était trop beau pour durer.

Elle essuya ses paumes moites sur son pantalon.

— Appelez tout de suite le fournisseur et demandez-lui s'il peut procéder à un échange standard sans délai. Heureusement qu'on a véri…

Un vacarme épouvantable de verre brisé et de cris couvrit le son de sa voix. Aussitôt, elle se mit à courir vers le centre de remise en forme. En arrivant, hors d'haleine, elle vit Brett penché sur le corps d'un homme gisant à terre, grièvement blessé, au milieu de débris de verre. Son cœur cessa de battre. Le blessé n'avait sûrement pas plus de vingt ans.

— C'est grave ? demanda-t-elle.

— Difficile à dire. Quelqu'un est parti appeler une ambulance.

— Que s'est-il passé ?

— Apparemment, il était sur un échafaudage, à l'intérieur, en train de poser des fils électriques. Il a dû perdre l'équilibre, faire un faux pas, je ne sais pas. En tout cas, il est tombé d'une bonne dizaine de mètres. A travers la vitre.

Ella se tordit les mains. L'attente des secours leur parut interminable. Dès que la sirène se fit entendre, elle prit en main la direction des opérations.

— Brett, va prévenir Tim. Vous, lança-t-elle vers le petit attroupement d'ouvriers, reculez, vous risquez de gêner les secours. Comment s'appelle le blessé ?

— Dave Mendez, répondit une voix.

— Il a de la famille ?

Un des ouvriers, témoin impuissant de la chute, leva la main. Il était livide.

— Il est marié. Sa femme s'appelle Carmen.

— Je m'occupe de la prévenir, intervint Brett.

Ella le remercia d'un regard.

— Je pars à l'hôpital. Dès que le chirurgien l'aura examiné, je téléphonerai.

Une demi-heure plus tard, Ella arpentait la salle d'attente en attendant le diagnostic. Elle ne connaissait pas personnellement Mendez, mais elle souffrait comme pour un ami de longue date. Elle se sentait de la même famille, car c'étaient des hommes comme lui qui concrétisaient ce qu'elle et Brett imaginaient sur le papier.

— Ella !

Elle se jeta dans les bras de Brett.

— Je croyais que tu n'arriverais jamais.

— Je suis allé chercher sa femme. Elle est en train de remplir les papiers.

— Comment réagit-elle ?

— Elle est terrifiée. Mais très courageuse… Elle a peut-être dix-huit ans, pas plus…

— Tim est prévenu ?

— Oui.

— Si seulement on pouvait voir le médecin !

Une jeune femme enceinte entra dans la pièce. Brett la prit par les épaules et l'entraîna vers une chaise, tant elle tremblait. Ella s'agenouilla devant elle et lui prit les mains. Elles étaient aussi petites que celles d'une enfant, et glacées.

— Madame Mendez, je suis Ella Wilson, l'ingénieur. Je vais rester avec vous. Voulez-vous qu'on appelle quelqu'un ?

— *Mi madre*, répondit la jeune femme effrayée.

— Pouvez-vous me donner le numéro ? demanda-t-elle doucement.

Ella tendit à Brett un petit morceau de papier où des chiffres étaient griffonnés d'une main malhabile. Et s'asseyant auprès de Carmen, elle lui apporta tout le réconfort dont elle était capable. L'attente dura plus de quatre heures. De temps à autre, Brett allait chercher du thé au distributeur, dans le couloir. Il rapporta même des sandwichs et des gâteaux que Carmen refusa.

— Il faut manger, la gronda doucement Ella. Pour le bébé.

— Pourquoi ne viennent-ils pas ?

Ils durent patienter encore avant que le chirurgien apparaisse. Il sortait tout juste du bloc opératoire et paraissait épuisé. En l'apercevant, Carmen devint livide.

— Madame Mendez ? dit-il. Je viens d'opérer votre mari. Il est actuellement en réanimation.

De violents tremblements saisirent Carmen. Incapable d'articuler le moindre son, elle attendait le verdict.

— Nous l'avons stabilisé. Il a fallu lui faire une ablation de la rate, et il a perdu beaucoup de sang. Mais il est jeune, en parfaite condition physique…

Carmen ferma les yeux. Rate, ablation, ces mots lui étaient inconnus. Une seule question l'obsédait.

— *Por favor*, il va mourir ?

— Nous allons faire tout ce qui est en notre pouvoir pour le sauver.

— Je peux le voir ? Maintenant ?

— Il faut attendre un peu. Nous viendrons vous chercher dès que ce sera possible.

Ella rattrapa le chirurgien dans le couloir, sous prétexte d'aller se rafraîchir un peu.

— Je vous en prie, soyez franc avec moi. Remarchera-t-il ?

— Je vous avoue qu'en le voyant arriver, j'en doutais. Il est encore un peu tôt pour se prononcer, mais j'ai bon espoir. Ce sera cependant au prix d'une rééducation draconienne.

Obéissant à un élan du cœur, Ella serra les mains du chirurgien entre les siennes.

— Merci, docteur.

Brett l'attendait sur le seuil de la salle d'attente. Un regard lui suffit pour comprendre qu'elle rapportait sinon de bonnes nouvelles, du moins un message d'espoir. Il l'enlaça.

— Tu as été merveilleuse avec Carmen. Elle avait besoin de parler, qu'on lui tienne la main.

— Ils étaient si heureux d'avoir bientôt un bébé…

— Tais-toi. Tout ira bien, il le faut.

— Je me sens tellement impuissante…

— Je vais te raccompagner chez toi.

Ella secoua la tête.

— Je ne veux pas la laisser.

— Alors, attendons l'arrivée de sa mère.

— Merci. Brett ?

— Oui ?

— Je suis contente que tu sois resté tout le temps.

Il frotta son nez contre le sien.

— Tu verras, tu n'es pas près de te débarrasser de moi…

Recroquevillée sur le canapé, Ella dormait profondément. A l'horizon, le soleil déclinait lentement. Tout en veillant sur son sommeil, Brett pensait à l'avenir. Désormais, il ne l'envisageait plus sans elle. Venir à bout de sa méfiance lui prendrait du temps. Mais il saurait gagner sa confiance et faire en sorte que leur amour soit éternel.

Il écrasa sa cigarette dans un cendrier et se leva pour prendre Ella dans ses bras. Elle s'éveilla dans un sursaut.

— Que… ?

— Tu es fatiguée, ma chérie. Viens te coucher.

— Non, non, je me suis seulement un peu assoupie.

Sourd à ses protestations, il la transporta jusqu'à son lit et commença à délacer ses chaussures.

— Je rêvais, murmura-t-elle.

— A quoi ? demanda-t-il en s'attaquant à son jean.

— Je ne sais pas exactement, mais c'était très bien. Dis donc, Brett, serais-tu en train de me séduire ?

Il regarda ses longues jambes, ses hanches étroites, puis son visage fatigué, ses paupières lourdes.

— Non. Pour ça, je te préfère en pleine possession de tes moyens.

Rabattant le drap sur ses épaules, il se pencha pour lui embrasser le front. Ella lui saisit la main.

— Ne pars pas.

Brett ôta ses bottes et s'allongea à côté d'elle.

— Qui te parle de partir ?

Les bras autour de sa taille, elle chercha ses lèvres.

— Vas-tu m'aimer ?

— Mais je t'aime déjà, murmura-t-il, oubliant aussitôt ses résolutions.

La lumière baissa peu à peu, s'adoucit, puis le ciel flamboya. Ils n'échangèrent pas un mot de plus. A quoi bon ? Jamais Ella ne se lasserait de le caresser. Etrange comme elle se sentait en sécurité dans ses bras. Protégée, désirée, aimée… Voilà ce dont elle avait toujours rêvé, non pas seulement du plaisir, de la volupté et du désir, mais du bonheur de vivre avec l'être aimé. En prenant son visage entre ses mains, elle essaya de lui montrer ce qu'elle n'était pas encore tout à fait prête à lui dire…

10

— Je suis vraiment soulagée que tu aies pu venir avec moi, déclara Ella.

Brett lui jeta un coup d'œil à la dérobée en se garant devant l'hôtel de Jessie et Willie.

Vêtue d'une légère robe blanche serrée à la taille par un foulard brillant vert émeraude, Ella jouait nerveusement avec son collier. Sur le trottoir, elle respira à fond pour se donner du courage. Le sentiment d'insécurité qui, à l'évidence, l'agitait parfois ne cessait d'étonner Brett. Ses clés dans sa poche, il la prit par le bras et l'entraîna dans le hall.

— Je ne vois pas pourquoi tu t'inquiètes autant.

— J'ai de bonnes raisons, crois-moi.

— Ella, il s'agit seulement de dîner avec ta mère et son dernier mari. Rien de bien nouveau pour toi, ajouta-t-il dans l'intention de la dérider.

Il y parvint presque.

— D'accord, je vais essayer de me calmer. Ça ne va pas être facile…

Le maître d'hôtel vint à leur rencontre.

— Madame… monsieur… Bonsoir. Une table pour deux ?

— Nous sommes attendus par M. et Mme Barlow.

— Ils viennent justement de descendre. Si vous voulez bien me suivre…

Il était tôt et de nombreuses tables étaient encore inoccupées. Au centre de la salle, des palmiers en pot encerclaient une petite fontaine d'où fusait la courbe gracieuse d'un jet d'eau. Attablés tout près, Barlow et Jessie se tenaient par la main. Barlow les aperçut d'abord.

— Quelle exactitude ! s'écria-t-il avec un entrain que démentait l'anxiété de son regard.

Il se leva et se tourna vers Ella.

— Puis-je embrasser ma belle-fille ?

— Bien sûr…

Elle lui tendit la joue, mais Barlow la prit dans ses bras et l'étreignit de toutes ses forces.

— J'ai toujours rêvé d'avoir une fille, murmura-t-il avec émotion. A mon âge, c'est une chance de réaliser ce rêve.

Gênée, Ella se pencha pour embrasser sa mère sur la joue.

— Tu as l'air en pleine forme. Vous avez fait bon voyage ?

— Oui. Dallas est une ville très agréable. J'espère que tu auras le temps de nous y rendre visite !

— Il y aura toujours une place pour vous à la maison, ajouta Barlow en malmenant son nœud de cravate.

— C'est gentil. Merci.

— Nous sommes désormais de la même famille !

— Désirez-vous un apéritif ? demanda le maître d'hôtel.

— Apportez-nous un dom-pérignon 71, décida Barlow.

Il y eut un silence lourd. Sentant la main d'Ella chercher la sienne sous la table, Brett décida de leur venir en aide.

— J'espère que vous viendrez faire un tour sur le chantier avant de rentrer à Dallas ?

Barlow saisit la perche que l'architecte lui tendait.

— C'était bien notre intention !

Brett poursuivit sur sa lancée. De temps à autre, il parvenait à dérider un peu les deux femmes. Sans toutefois que Jessie cesse de froisser nerveusement sa serviette. De son côté, Barlow passait sans arrêt un doigt dans le col de sa chemise en toussotant et touchait à la moindre occasion la main de Jessie, son bras, son épaule…

« Comme ils ont besoin de se rassurer… », songea Ella. Et cela, elle le sentait bien, uniquement à cause d'elle, de son égoïsme, de sa mesquinerie. Pourquoi ne pouvait-elle donc leur donner sa bénédiction ?

Le sommelier apporta le champagne. Le bouchon sauta sans bruit, et les visages se détendirent un peu. Barlow goûta, approuva. Le liquide pétillant moussa dans les verres.

— Je voudrais porter un toast, commença Brett.

Ella lui posa une main sur le bras.

— Non, moi d'abord.

Ils se tournèrent tous vers elle, redoutant visiblement ce qui allait suivre.

— A votre bonheur, dit-elle simplement. Willie, j'espère que vous aimerez ma mère autant que je l'aime.

Jessie toussota, tenta sans succès de se ressaisir. Et brusquement, elle se leva.

— Excusez-moi, bredouilla-t-elle. Je reviens tout de suite…

Elle s'éloigna rapidement, presque en courant. Barlow cligna des yeux et, avec un large sourire, il prit la main d'Ella.

— C'est très gentil, Ella. Je saurai prendre soin d'elle, je vous le promets.

Ella hocha la tête.

— Je n'en doute pas. A mon tour de vous demander de m'excuser…

Elle retrouva Jessie au vestiaire des femmes. Assise dans un fauteuil tendu de velours blanc, elle pleurait à chaudes larmes. Ella s'approcha doucement et lui posa la main sur l'épaule.

— Je t'ai fait de la peine ?

Jessie secoua énergiquement la tête en se tamponnant les yeux.

— Au contraire ! Tu as dit exactement ce qu'il fallait pour me combler de joie…

— Je suis vraiment désolée d'avoir été aussi dure, maman.

— Non, tu n'as rien à te reprocher. Je sais que j'ai

souvent manqué à mes devoirs, ma chérie. Je le regrette profondément. Quelquefois, c'est toi qui as payé pour mes erreurs... Il est bien normal que tu m'en veuilles...

Certes, il était arrivé à Ella de maudire sa mère, les jours de désespoir. Mais à quoi bon évoquer ces temps difficiles ? L'heure était à la joie, aux bons souvenirs.

— Tu te souviens quand je suis rentrée de l'école avec les genoux en sang ? Bob Hardy m'avait fait tomber de vélo. Mon pantalon et ma chemise étaient en lambeaux...

— Ce gamin était tellement insupportable, soupira Jessie.

— Tu m'as couverte de mercurochrome et tu m'as câlinée jusqu'à ce que j'arrête de pleurer. Puis tu es allée trouver Mme Hardy pour lui dire ta façon de penser.

— Et comment ! Je crois qu'elle n'en est toujours pas revenue !

— Le soir, elle a obligé Bob à venir me faire des excuses. Il ne m'a plus jamais embêtée. Grâce à toi.

Jessie soupira de nouveau, assaillie par une nouvelle vague de larmes.

— Si tu savais comme je t'adorais... Et pourtant, je n'ai jamais su m'y prendre avec toi quand tu étais enfant. Il est bien plus facile de parler à une femme qu'à une petite fille.

Ella l'embrassa tendrement sur la joue.

— Attention, maman... Tu vas abîmer ton maquillage.

Consternée, Jessie se leva pour voir l'étendue du désastre dans le miroir.

— Quel gâchis ! Willie va s'enfuir en courant !

— Je crois que tu n'as aucun souci à te faire ! Tout de même, mets-toi vite un peu de poudre avant que le champagne ne soit tiède…

En entrant dans l'appartement d'Ella, Brett commença par enlever sa cravate.

— Finalement, ça ne s'est pas trop mal passé.

— Plutôt bien, même, répondit-elle en lançant ses chaussures à l'autre bout de la pièce.

Voyant Brett approcher de la fenêtre, elle fronça les sourcils.

— Tu as l'air bien préoccupé, depuis tout à l'heure.

Il se retourna lentement. Un peu gênée d'être dévisagée avec autant d'insistance, elle essaya de sourire.

— Qu'y a-t-il ?

— Rien… Rien du tout. Je pense à certaines choses, c'est tout.

— Tu es inquiet pour le chantier ?

— Non.

Le regard sombre et grave de Brett lui donna le frisson.

« Il veut rompre », songea-t-elle, affolée. S'humectant les lèvres, elle se prépara à l'inéluctable. Elle s'était promis d'être forte, le moment venu. Pourquoi avait-elle soudain envie de mourir... ?

— Tu veux qu'on parle ? insista-t-elle, préférant le danger à cette incertitude.

Il jeta un coup d'œil circulaire autour de lui. Comme d'habitude, l'appartement était très en désordre. Il lui ferait sa déclaration, même s'il n'y avait ni clair de lune, ni musique douce, ni bougies à la flamme vacillante... Il ne mettrait pas non plus un genou à terre, non. Et pourtant, le moment le plus important de son existence était arrivé.

— Oui, dit-il. Je crois que ce serait bien...

La sonnerie du téléphone les fit tous deux sursauter. Comme dans un rêve, Ella s'approcha de l'appareil et décrocha.

— Allô ?... Je... oui, il est là.

Le visage impassible, elle tendit le combiné à Brett.

— C'est ta mère.

Elle n'entendit rien de la conversation, trop occupée à rassembler ses forces en prévision de l'affrontement qui allait suivre. Comme Brett quelques minutes plus tôt, elle marcha jusqu'à la fenêtre, jouissant des derniers instants de paix avant l'orage. Une question sournoise lui venait à l'esprit : pourquoi envisageait-elle toujours systématiquement le pire ?

— Ella ?

Elle sursauta, puis se tourna vers lui. Il avait raccroché.

— Oui ? Rien de grave, j'espère ?

— Il ne faut pas m'en vouloir d'avoir donné ton numéro à ma mère. Elle doit toujours savoir où me joindre depuis que mon père a eu une crise cardiaque, il y a deux mois.

— Oh, je suis désolée. Il va bien, au moins ?

— Oui, rassure-toi. Elle voulait seulement me communiquer les résultats de ses dernières analyses.

— Tu as dit deux mois… C'est arrivé à peu près à l'époque des réunions préparatoires, n'est-ce pas ?

— Oui…

Elle ferma les yeux, soudain envahie par la honte.

— Pourquoi diable ne m'as-tu rien dit, le premier jour ?

— Ça ne te concernait pas. A l'époque.

Lui prenant la main, il la porta à ses lèvres.

— Les temps changent. Ella…

Quand la sonnerie du téléphone retentit de nouveau, il faillit arracher le fil. Riant de son mouvement d'humeur, Ella alla répondre.

— Allô ? Madame Mendez ! Comment va votre mari ?… Je suis bien contente… Non, vous ne me dérangez pas du tout… Ce soir ? Eh bien, je… Oui, vous avez bien fait. C'est important. Nous serons là dans vingt minutes. A tout à l'heure.

— Dans vingt minutes… ? Mais où ça ? s'enquit Brett quand elle eut raccroché.

— A l'hôpital. Carmen semble bizarre, très agitée… On a installé Mendez dans un autre service. Il paraît qu'il veut absolument nous parler.

— On y va, mais à une condition.

— Laquelle ?

— A notre retour, tu débranches le téléphone.

Ils trouvèrent Mendez allongé sur le dos, le corps relié à plusieurs sondes et appareils de contrôle.

— C'est gentil d'être venus.

Ella posa affectueusement la main sur l'épaule de Carmen.

— Avez-vous besoin de quelque chose ? demanda-t-elle.

Stupéfaite, elle vit les yeux du jeune homme s'emplir de larmes.

— Non, *gracias*. Carmen m'a raconté combien vous aviez été généreux avec elle.

Il s'humecta les lèvres, et quelques gouttes de sueur perlèrent sur son front.

— J'ai bien cru que j'allais mourir sans m'être mis en règle avec ma conscience. Carmen et moi avons longuement parlé. Et nous avons décidé de tout vous dire.

Il avala sa salive et ferma les yeux un moment.

— Nous avions besoin de cet argent… pour le bébé. Quand M. Tunney m'a fait cette proposition, je savais que c'était mal, mais je voulais tant de choses pour Carmen et notre enfant. Et moi-même…

Mal à l'aise, Ella échangea un bref regard avec Brett, et s'approcha du blessé.

— Que vous a demandé exactement M. Tunney ?

— Seulement de fermer les yeux sur son trafic. La plupart des câbles que nous utilisons sur le chantier ne sont pas conformes.

Ella sentit son estomac se nouer.

— Tunney vous a payé pour installer des câbles électriques non conformes ?

— Oui. Pas tous, et pas partout. Il n'a pas confiance dans tous ses hommes, vous comprenez. Quand une livraison arrive, il dirige les mauvaises bobines vers certains d'entre nous. Je sais que je risque la prison en vous avouant cela... Tant pis. Je ne peux plus vivre avec ce mensonge.

— Je ne comprends pas. Les câbles sont vérifiés par un inspecteur. A moins que...

— Il est de mèche, lui aussi. Souvenez-vous... quand il vient, M. Johnson et vous êtes presque toujours retenus ailleurs. Ce n'est pas par hasard...

Un doute affreux s'insinuait peu à peu dans l'esprit d'Ella.

— De qui Tunney reçoit-il ses ordres ? demanda-t-elle.

Le jeune homme hésita longtemps avant de répondre.

— De M. Thornway lui-même. Et il n'y a pas que les câbles, d'après ce que j'ai entendu dire : certains rivets, certaines feuilles d'acier, une partie du béton armé...

— Nous allons rendre l'argent, intervint Carmen.

— Ne vous inquiétez pas de ça, dit Ella d'un ton apaisant. Ni du reste. Vous avez bien agi en me prévenant.

M. Johnson et moi allons nous occuper de tout ça. La police aura peut-être besoin de votre témoignage.

Instinctivement, Carmen posa la main sur son ventre.

— Nous ferons ce que vous nous demanderez. *Por favor...*, mon mari n'est pas un mauvais homme...

— Je sais. Vous n'avez rien à craindre.

Ella ressortit de la chambre aussi étourdie qu'après une chute.

— Qu'allons-nous faire ?

— Rendre une petite visite à Tim, répondit Brett en la prenant par les épaules. Mais auparavant, je vais prévenir Nathan. Attends-moi là, j'en ai pour une minute...

Ils n'échangèrent pas une parole en chemin. Ella songeait avec désespoir à l'entreprise que le père de Tim avait bâtie pierre par pierre, à sa réputation durement acquise. Dès la première année, Tim Thornway avait ruiné le travail de toute une vie...

— J'aurais dû m'en douter, murmura-t-elle en arrivant chez Tim. Le jour de l'accident de Mendez, j'étais avec Tunney. On venait de livrer du câble. J'ai vérifié tout à fait par hasard. C'était du douze. Avec l'accident, je n'y ai plus pensé...

Brett se gara et se tourna vers elle.

— Si tu m'attendais ici ?

— Non. Je veux être présente.

*
* *

— Un quart d'heure plus tard, et vous n'auriez trouvé personne, s'exclama Tim en leur ouvrant. Marci et moi, nous sortons ce soir. Elle finit de s'habiller. Entrez donc ! Je vous offre l'apéritif…

Ils le suivirent jusqu'au salon. Mais au moment de s'asseoir, Brett lui fit face et le toisa.

— Tim, nous avons besoin d'une explication, dit-il avec froideur.

— Pourquoi utilisez-vous du matériel non conforme aux spécifications pour le projet Barlow ? enchaîna Ella.

Le visage de Tim prit une couleur de cendre.

— Mais vous êtes complètement fous ! De quoi parlez-vous ?

— De pots-de-vin, de dessous-de-table, de chantage, accusa Ella.

Tim se mit à transpirer.

— J'ignore à quoi vous faites allusion ! Et je vous avertis… je n'apprécie pas du tout vos accusations. Tout ce que je fais est parfaitement légal. Si c'est une plaisanterie…

Il se servit un whisky qu'il avala d'un trait.

— Franchement, Ella, vous me décevez beaucoup. Mon pauvre père doit se retourner dans sa tombe…

— Assez joué la comédie, Thornway, intervint Brett. Nous savons tout. Nous avons même des témoins.

— Vos accusations sont ridicules, mais je vais faire mon enquête. Si quelqu'un s'est permis d'acheter du matériel au rabais, je prendrai les sanctions qui s'imposent.

Ella lui posa une main sur le bras et le regarda droit dans les yeux.

— Parfait. Appelez l'inspecteur.

— Vous pouvez y compter.

— Tout de suite, Tim.

— Je ne vais certainement pas le déranger un samedi soir.

— Oh ! je suis sûre qu'il sera très intéressé. Pendant que vous y êtes, appelez aussi Tunney.

Cette fois, Tim parut comprendre que ses protestations d'innocence étaient inutiles. Sans un mot, il s'affaissa dans un fauteuil et avala un deuxième whisky d'un trait.

— Ça doit pouvoir s'arranger, murmura-t-il enfin. Disons que j'ai pris certains raccourcis. Rien de très grave, croyez-moi.

— Mais pourquoi ? explosa Ella. Pour quelques dollars de plus ?

Tim eut un rire strident. Le masque était bel et bien tombé.

— Quelques dollars ? Des milliers, vous voulez dire ! J'avais besoin de cet argent ! Pour Marci !

Il leva les yeux comme s'il voyait la chambre à travers le plancher.

— Elle est belle, exigeante et jamais satisfaite. Plus je lui en donne, plus elle en veut ! Pour emporter le marché, j'ai dû faire une offre ridiculement basse à Barlow. Il fallait bien que je trouve le moyen de rentabiliser l'affaire. Depuis que j'ai repris la direction de la Thornway, les dettes s'accumulent. J'ai perdu cinquante mille dollars sur le projet Lieterman. Et ce n'est pas tout… Depuis neuf mois, le compte commercial de la Thornway est à découvert. Si en plus des économies réalisées j'avais pu empocher la prime, j'aurais enfin comblé le déficit.

— Et si un incendie électrique s'était déclaré ? intervint Brett avec colère.

— C'était un risque à prendre. Vous préfériez que je dise à Marci que nos finances ne nous permettaient pas de partir en Europe cet été ?

— Ce que vous allez être obligé de lui dire est dix fois pire, Tim. Car vous comprenez bien que, maintenant, les travaux ne reprendront qu'après une enquête serrée.

— Vous n'avez encore prévenu personne ?

— Non, répondit Ella. En souvenir de votre père, j'ai voulu vous laisser une chance de vous racheter.

Tim réfléchissait très vite.

— Je voudrais d'abord préparer Marci. Laissez-moi vingt-quatre heures, je vous en prie.

Ella n'hésita pas.

— D'accord. Après-demain, vous organiserez une réunion générale de tous les responsables dans votre bureau.

— Je n'ai pas le choix, murmura Tim, atterré.

Brett et Ella prirent congé, laissant derrière eux un homme brisé et affreusement seul.

*
* *

Tim était seul dans le salon. Il imagina brusquement les conséquences terribles de sa déchéance. Là-haut, insouciante, égoïste et capricieuse, sa femme se faisait belle.

Il jeta rageusement son verre qui se fracassa contre le mur. Il la haïssait. Il l'adorait ! Si jamais elle le quittait…

Non, la seule pensée du départ de Marci lui était intolérable. Comme l'idée du scandale qui allait éclater le lendemain à Phoenix. Il serait crucifié, honni, accusé, il allait tout perdre.

A moins que…

Il restait peut-être une chance. Il y en avait toujours une. Titubant jusqu'au téléphone, Tim Thornway composa un numéro.

11

Ella ouvrit les yeux. Un bruit venait de la réveiller. Un bruit ou un rêve ? Elle roula sur le côté, cherchant Brett de la main. Personne…

— Brett ?

— Je suis là !

Debout dans la pénombre, près de la fenêtre, il fumait.

— Qu'y a-t-il ? demanda-t-elle.

— Je n'arrive pas à dormir.

Elle se redressa et écarta les cheveux qui lui tombaient sur les yeux.

— Viens quand même près de moi… On n'est pas obligés de dormir…

— Tu es insatiable… Je n'aurais jamais pensé qu'un jour, je rencontrerais une femme capable de m'épuiser !

— C'est un compliment ?

— Non, une constatation, répondit-il en s'asseyant au bord du lit.

— Tu es habillé ? Pourquoi ?

— Je m'apprêtais à sortir. Pour une balade en voiture… J'hésitais à te réveiller.

— Tu aurais dû. Où veux-tu aller ?

— Devine. Je dois voir ça de mes propres yeux ! Peut-être qu'ensuite, je pourrai penser à autre chose.

— Je viens avec toi. Tu veux bien m'attendre ?

— Bien sûr.

Il lui embrassa la main.

— Merci…

Ils quittèrent la route bordée de maisons et de magasins. Le ruban d'asphalte se déroulait maintenant dans l'immensité du désert. Ella entendit le cri d'un coyote. Autour d'eux, les dunes n'étaient que des ombres indistinctes happées par la nuit fraîche.

— C'est la première fois que je fais ce chemin la nuit. Quel calme… On aimerait que ce soit toujours ainsi…

— Curieuse réflexion pour un architecte… D'ordinaire, en voyant ces terres désertiques, les gens de notre profession pensent plutôt à les couvrir de constructions.

Elle resta silencieuse un instant.

— Toi aussi d'ailleurs.

— Non. Certaines choses sont inviolables.

Ella sourit.

— Je t'aime bien, Johnson.

— Merci, Wilson. Moi aussi.

Elle conduisait. Il lui entoura les épaules du bras et joua avec ses cheveux.

— Tu disais une fois que ce contrat était ton dernier

avec la firme Thornway, dit-il. Tu as reçu des propositions ?

— Non. Je ne cherche pas un autre employeur.

Il était le premier à qui elle parlait du projet qui lui tenait à cœur.

— Je vais travailler pour mon compte, monter ma propre affaire. Je mets de l'argent de côté depuis un certain temps.

— C'est un grand pas pour toi, n'est-ce pas ?

— Oui. Je dois tout au père de Tim. Il est le seul à m'avoir donné une chance. Mais depuis que Tim a pris sa place, les choses ont changé. Et pour cause…

Son regard fut attiré vers l'horizon. Le jour se levait.

— Je n'arrive toujours pas à y croire. Je pensais le connaître et… Comment un homme peut-il en arriver à de telles extrémités simplement pour plaire à une femme ?

— Par amour. Tout simplement.

— Peut-être l'aime-t-elle aussi. Et pas seulement pour son argent.

Brett secoua lentement la tête.

— Non, Ella. Il y a de fortes chances pour que Marci Thornway reprenne bientôt sa liberté.

— C'est cruel. Il est tout de même son mari…

Elle ralentit. Ils arrivaient sur le chantier. Brett remarqua une voiture qui en sortait.

— Tiens, c'est étrange… Je me demande qui c'est…

— Des gosses, probablement.

— A cette heure-ci ?

La voiture s'engagea sur la piste.

— En tout cas, si c'était des vandales, nous le saurons bientôt.

Ils s'arrêtèrent près de la grue, descendirent de voiture et, main dans la main, contemplèrent leur œuvre commune.

— Quand je pense qu'il va falloir en démolir une partie, murmura Brett. Sinon la totalité.

— On reconstruira tout.

— Peut-être… mais ce ne sera pas facile.

Ella comprenait maintenant tout ce que Brett avait mis de lui-même dans cette construction — son imagination, sa sensibilité, son cœur.

— Je crois que le moment est venu de te dire la vérité, dit-elle soudain.

Il lui embrassa doucement les cheveux.

— A quel propos ?

— A propos d'ici. J'avais tort. Tu avais raison.

Prenant son temps, il l'embrassa tendrement sur la bouche.

— Ça ne change pas grand-chose entre nous…

— Continue comme ça, et je ne te dirai pas ce que je pense.

— C'est-à-dire ?

S'écartant de quelques pas, les mains dans les poches, elle tourna lentement sur elle-même.

— Cet endroit est merveilleux. Et je ne dis pas ça pour

te faire plaisir, ni pour te consoler. Il m'a fallu quelques semaines pour bien voir ce que tu voulais exprimer, par le biais de cette construction. Eh bien, c'est très beau, Brett. Et majestueux. Quand ça sera terminé, ce sera une véritable œuvre d'art.

A cet instant, le soleil apparut au-dessus de la montagne et avec lui, les premières lueurs du jour.

— Tu peux être fier de toi. Moi, je le suis. Quand le moment sera venu de reconstruire, je veux être là, à tes côtés. Enfin, il y aurait bien quelques modifications à apporter...

Il rit et l'attira contre lui. En quelques mots, Ella venait de lui apporter un immense réconfort.

— C'est plus fort que toi, hein ?

— Des modifications minimes, Brett.

— Naturellement.

— Mais nous avons tout le temps d'en reparler.

— Je ne changerai pas mes plans d'un iota, Ella.

— Brett...

— Allons faire un tour. Après tout, c'est pour ça que nous sommes venus ici, coupa-t-il.

Toujours main dans la main, ils se dirigèrent vers le bâtiment principal.

— L'enquête risque de compromettre tes velléités d'indépendance. Du moins pour un temps.

— Je sais. J'y penserai plus tard. Au fait, qu'a dit Nathan ?

— Qu'il prenait le premier avion, répondit-il en poussant la porte. Il sera là tout à l'heure.

Deux jours plus tôt, les plâtriers avaient terminé leur travail. Les cabines d'ascenseur, qui avaient causé tant de souci à Ella, fonctionnaient maintenant parfaitement, et attendaient toutes au rez-de-chaussée. Les échafaudages étaient en place pour la construction des escaliers en spirale. Dans ce silence tellement inhabituel, Ella et Brett partageaient la même émotion, la même tristesse. Tout ce travail, bientôt réduit à néant…

— Ça fait mal, dit-elle.

— Oui, soupira Brett. Mais nous y survivrons. Je préfère simplement ne pas être là quand ils commenceront à tout casser.

— Je ne veux pas voir ça, moi non plus. Je vais te proposer quelque chose, ajouta-t-elle avec un sourire. Quand les travaux seront terminés, que tes damnées cascades fonctionneront, je t'offrirai un week-end ici.

— On n'est pas obligés d'attendre ! J'ai fait les plans d'un centre similaire à Tampa. Il est déjà ouvert.

— Il y a des cascades ?

— Non ! Juste un petit lac au milieu du hall.

— Oh… mais il fait noir comme dans un four, ici.

— J'ai une lampe torche dans la voiture. Attends-moi, je vais la chercher.

Restée seule, Ella leva les yeux vers le ciel. La faible lumière de l'aube pénétrait dans le bâtiment, joliment teintée par le verre du dôme. Elle se représentait sans peine la splendeur des meubles, des plantes et des fleurs qui orneraient le rez-de-chaussée, le luxe des luminaires, le brouhaha des conversations, le doux clapotis des fontaines… Un jour, Brett et elle reviendraient ici. Ce jour-là, ils se rappelleraient comment tout avait commencé. Rêvant éveillée, elle approcha des immenses canalisations grimpant le long d'une paroi en imaginant le mur aquatique qui la dissimulerait bientôt. Ce serait splendide. Elle le voyait déjà…

Tout à coup, un détail étrange attira son regard. Un petit tas de mortier… Pourquoi les ouvriers l'avaient-ils oublié là ? Intriguée, elle s'accroupit pour l'examiner de plus près et tendit la main pour toucher. On aurait dit du mastic…

Un frisson d'horreur l'ébranla. Prestement debout, elle courut vers la porte en hurlant le nom de Brett.

Brett entendit son cri au moment où il refermait le coffre de la voiture. Il releva brusquement la tête, son cœur cessa de battre. Déjà, il courait à perdre haleine vers le bâtiment principal.

A mi-chemin, une formidable explosion retentit.

Au même instant, un mur d'air chaud, de bris de verre et de débris métalliques le heurtait de plein fouet. Le choc le laissa étourdi quelques secondes — une dizaine, pas davantage. Bondissant comme un tigre, il reprit sa course, ignorant qu'il était blessé à la tempe et que le sang coulait. Il ne voyait que les flammes qui s'échappaient par les baies vitrées pulvérisées. Les explosions se succédaient très rapidement, comme sur un champ de bataille. Il criait le nom d'Ella à tue-tête, tout son être possédé par une angoisse insoutenable. Toussant, pleurant, il s'accroupit devant la porte et entra.

A travers l'épaisse fumée, il vit des murs entiers effondrés, ainsi qu'une partie du toit. Aveuglément, au milieu du fouillis de verre et d'acier, il progressa vers l'intérieur. Sans se soucier du métal qui lui lacérait les paumes, ni du sang et des larmes qui lui brouillaient la vue, il continuait sa lente avancée dans les entrailles de l'enfer.

Apercevant par miracle la main d'Ella, il commença à dégager son corps inerte, au milieu des flammes. Elle lui apparut bientôt, couverte de débris et baignée de sang. Sans même savoir si elle était encore vivante, il la souleva avec mille précautions. Puis, talonné par la terreur et un désir farouche de triompher de la mort, il reprit sa marche pénible en sens inverse. D'un moment à l'autre, le bâtiment allait s'effondrer et les ensevelir tous les deux.

Il parcourut une dizaine de mètres à l'air libre sans même s'en apercevoir, tant la fumée était épaisse. La terre disparaissait sous les débris de verre, de métal et de bois. Chaque inspiration lui brûlait les poumons. Epuisé, il marcha encore quelques mètres, Ella dans les bras.

Brusquement, il s'effondra.

Il entendit vaguement le hurlement des sirènes. Tout ce sang sur le visage d'Ella, dans ses cheveux… Ses forces le quittaient peu à peu, mais il continuait de lui crier son nom. Il approcha une main tremblante de sa gorge.

Il n'entendit pas le fracas apocalyptique derrière lui quand le bâtiment s'écroula. En revanche, il perçut le battement faible du cœur d'Ella…

12

— Vous avez besoin de soins, monsieur Johnson.

L'angoisse décuplait les forces de Brett. S'apercevait-il seulement qu'il tenait le médecin par le col de sa chemise ?

— Non, laissez-moi ! Je veux d'abord savoir où vous avez transporté Ella.

— Mlle Wilson est entre les mains des meilleurs spécialistes, répondit le Dr Holm.

— Où ?! cria Brett.

Holm songea un instant à appeler de l'aide, puis il se ravisa.

— On est en train de la préparer pour l'opération. Nous ne savons pas encore si son état est grave…

Brett s'affaissa sur une chaise. Mais sans lâcher la veste du médecin.

— Je veux la voir.

— C'est impossible pour le moment. Vous avez déjà beaucoup de chance d'être en vie tous les deux, monsieur Johnson.

Holm desserra prudemment les doigts de Brett crispés sur son col.

— Laissez-vous soigner. Dès qu'elle sortira de la salle d'opération, on viendra vous chercher.

Brett baissa les yeux sur ses mains. Elles étaient gonflées et couvertes de sang séché.

— Excusez-moi, soupira-t-il, vaincu.

— D'après les renseignements qui m'ont été fournis par l'ambulancier, vous avez plusieurs blessures à la tête. A en juger par l'état de vos vêtements, vous devez être touché ailleurs. Je vais vous ausculter.

— Messieurs…

Le médecin et Brett tournèrent la tête vers la porte qui venait de s'ouvrir. Un homme en civil, exhibant un badge, venait d'entrer.

— Lieutenant Asaro de la police criminelle. J'aimerais vous parler, monsieur Johnson.

— Vous ne voyez pas que cet homme est grièvement blessé ? protesta Holm. Attendez au moins qu'il ait reçu les premiers soins !

Asaro avisa une chaise et y prit place, l'air renfrogné.

Raisonnable à présent, Brett s'assit sur la table d'examen et enleva ce qui restait de sa chemise. Comme l'avait soupçonné le médecin, il était couvert de brûlures et de coupures. Holm commença par nettoyer la plaie à la tempe. Asaro ne fut pas long à rompre le silence.

— Pourriez-vous me dire ce que Mlle Wilson et vous-même faisiez sur le chantier à l'aube ? demanda-t-il tout à coup.

— Elle est ingénieur. Et moi architecte.

— Je vais être obligé de vous insensibiliser, dit Holm.

Brett hocha la tête.

— Hier soir, nous avons appris que certains responsables avaient commis des irrégularités. Notamment en achetant des matériaux au rabais et non conformes aux spécifications.

— Qui vous l'a dit ?

— Je préfère ne pas divulguer son nom. En revanche, je veux bien vous répéter ce que je sais.

Asaro brancha un petit magnétophone.

— Volontiers.

Pendant que le médecin le soignait, Brett raconta toute l'histoire. Il n'omit aucun détail, excepté le nom de Mendez, mais il parlait comme un automate, l'esprit ailleurs, obsédé par l'image d'Ella allongée sur la table d'opération. Lorsqu'il en vint à l'épisode de la voiture rencontrée à l'entrée du chantier, il secoua la tête.

— Je n'ai pas vu le visage du conducteur. Mais je suis pratiquement certain que c'est lui qui a posé des explosifs partout dans les bâtiments du centre, pour faire disparaître les preuves…

— Est-ce une accusation, monsieur Johnson ?

— Se sentant pris à la gorge, Thornway a paniqué et décidé de tout détruire. Dès qu'Ella sortira de la salle d'opération, j'irai le tuer. De mes propres mains. C'est terminé ? demanda-t-il avec impatience au médecin.

— Pas tout à fait. Vous avez des morceaux de verre

dans le dos, et quelques belles brûlures au troisième degré.

— Monsieur Johnson, reprit le policier, je vous remercie de votre coopération. Un conseil cependant… En présence d'un policier, faites attention à ce que vous dites.

Brett haussa les épaules, mouvement qui lui arracha une petite grimace de douleur.

— Je me fous de ce qui peut m'arriver, lieutenant. Il y a dans cet hôpital une femme que j'aime plus que tout au monde. Si vous aviez vu dans quel état on l'a transportée ici… Son seul crime, c'est d'avoir eu la générosité d'accorder quelques heures à ce salaud pour préparer sa femme au scandale. En guise de remerciement, il a failli la tuer.

Asaro se leva.

— La justice va s'occuper de lui. Laissez-la faire. Je reprendrai contact avec vous.

— Vous allez être hospitalisé un jour ou deux, reprit Holm dès qu'ils furent seuls. L'infirmière vous donnera des analgésiques. Maintenant, vous allez pouvoir vous reposer un peu.

— Il n'en est pas question tant que je n'aurai pas vu Ella. A quel étage est-elle ?

Holm comprit qu'il était inutile d'insister.

— Comme vous voudrez. Elle est au cinquième. Il y a une salle d'attente confortable, vous verrez. Faites-moi plaisir, arrêtez-vous à la pharmacie au passage, d'accord ?

Il rédigea hâtivement une ordonnance et la lui tendit.

— Merci, dit Brett en l'empochant. Je vous remercie sincèrement, docteur.

Ses blessures le faisaient souffrir, mais il ne s'arrêta pas à la pharmacie. Il n'avait pas une minute à perdre. La salle d'attente ne lui était pas inconnue. Il y avait passé plusieurs heures avec Ella, en attendant d'avoir des nouvelles de David Mendez. Il se souvint de l'inquiétude d'Ella, de sa douceur avec Carmen. Aujourd'hui, c'était elle qui était allongée sur une table d'opération, entre la vie et la mort, et tout ça pour quoi ? Pour les misérables dollars empochés par ce bandit de Tim Thornway ! Un gémissement de rage lui échappa et il serra les poings. Puis il se laissa tomber dans un fauteuil et y resta prostré.

— Brett ?

Les cheveux en bataille, les traits tirés, Jessie entra dans la salle d'attente, Barlow sur les talons.

— Qu'est-il arrivé à Ella ? On m'a dit qu'il y avait eu un accident au chantier ! Mais que faisait-elle là-bas, un dimanche matin à l'aube ?

Se rendant soudain compte de l'état de Brett, elle porta la main à sa bouche et retint un cri d'effroi.

— Mon Dieu ! Brett, comment est-elle ?

Barlow lui prit la main et l'obligea à s'asseoir.

— Calme-toi, ma chérie. Et ne fatigue pas Brett. Il est suffisamment mal en point…

— Ils sont en train de l'opérer, dit enfin Brett d'une voix lasse. Je n'ai pas encore pu la voir...

Il allait s'effondrer, il le sentait. L'immobilité, l'incertitude auraient raison de ses dernières forces.

— Elle est vivante, c'est tout ce que je sais. Quand je l'ai sortie de là, elle respirait...

— Sortie de quoi ? demanda Jessie avec angoisse.

— Elle était dans le bâtiment quand il a explosé. Le feu s'est propagé à une vitesse inouïe.

De nouveau, il était au cœur de la fournaise, en train de chercher Ella comme un fou, aveuglé, étouffé par la fumée.

— Il devait y avoir plusieurs charges de plastic. C'est sa main que j'ai vue en premier, sous un monceau de gravats...

Jessie était livide. Et le récit incohérent de Brett décuplait son inquiétude. Voyant cela, Barlow posa une main sur le bras de Brett.

— Si vous recommenciez depuis le début, Brett...

Anesthésié par la douleur, Brett répéta son récit. Jusqu'au moment où les infirmiers de l'hôpital avaient emporté Ella. Jessie secoua lentement la tête.

— Vous avez risqué votre vie pour la sauver...

— Parce que, sans elle, ma vie n'a aucun sens.

Les yeux brûlant de larmes non versées, elle lui prit la main.

— Vous ne la perdrez pas, Brett. Vous l'aimez trop.

Barlow s'absenta pour donner quelques coups de téléphone, et l'attente interminable reprit. Le regard enfiévré de Brett voyageait sans cesse entre la pendule murale et la porte. Quand Nathan et Jackie entrèrent, une heure plus tard, il était trop assommé pour être surpris. Jackie s'assit à côté de lui et lui prit doucement les mains.

— M. Barlow nous a tout raconté. Il était dans le hall, en train de téléphoner, quand nous t'avons demandé à la réception. Ne dis rien, on parlera plus tard.

Nathan lui posa une main sur l'épaule.

— Thornway est sous les verrous, lui dit-il. Quand la police est venue l'interroger, il s'est effondré en apprenant qu'Ella et toi étiez à l'intérieur pendant l'explosion.

Brett se leva péniblement, les membres ankylosés, et s'approcha de la fenêtre. Peu lui importait que Thornway soit en prison ou en enfer, désormais. Sa colère était retombée, cédant la place à un immense désespoir. Sans bruit, Jackie approcha.

— C'est l'ingénieur, n'est-ce pas ? demanda-t-elle simplement.

— Oui, murmura-t-il. Et je n'ai même pas eu le temps de lui dire que je l'aimais.

Il appuya le front contre la vitre dont la fraîcheur lui fit un peu de bien.

— Brett, je sais que mon optimisme est parfois horripilant, mais crois-moi, tu le lui diras très bientôt. Je le sens.

Du bout du doigt, elle effleura les pansements sur son visage. Puis elle retourna les mains de Brett entre les siennes en réprimant un frisson d'effroi.

— T'ont-ils au moins donné quelque chose pour calmer la douleur ?

— Une ordonnance...

— Que tu as gardée dans ta poche.

Enfin quelque chose qu'elle pouvait faire pour lui ! Ayant saisi l'ordonnance qui dépassait de la poche déchirée, elle embrassa Brett sur la joue.

— Je vais à la pharmacie, au rez-de-chaussée.

A partir de l'instant où Jackie prit les choses en main, Brett fut bien obligé de se soigner.

Une heure passa. Puis une autre. Il souffrait moins. Et sa peur en était décuplée. Quand le chirurgien entra, il glissa un regard sur le groupe étrange tassé dans les fauteuils et le canapé, et s'approcha de Jessie.

— Vous êtes madame Barlow, la mère de Mlle Wilson ?

— Oui.

Elle voulut se lever, mais ses forces la trahirent.

— Je vous en prie, dites-moi...

— L'opération est terminée. Bien sûr, elle n'a pas encore repris connaissance. Je ne vous cache pas qu'elle a perdu beaucoup de sang. Heureusement, les poumons sont intacts. Il s'agit essentiellement de fractures au bras gauche et au genou.

— Elle guérira ?

— Elle a reçu un choc énorme à la tête, à en juger par la gravité de ses blessures. Nous en saurons davantage sur ses lésions avec l'électro-encéphalogramme et le scanner.

— Quand saurons-nous ?

— Dans la soirée.

Se tournant vers Jessie, Brett l'implora du regard.

— Permettez-moi de la voir…

Jessie hocha silencieusement la tête.

Sa peau était presque translucide tant elle était pâle. Et éteinte. On lui avait enfilé une chemise de nuit d'hôpital. Il en voulut à toutes les femmes qui avaient porté cette chemise avant elle.

« Où est-elle ? » se demanda-t-il en lui prenant la main. Il était horrifié qu'elle soit aussi lointaine, ne savait que dire pour la ramener près de lui.

— Ils ne veulent pas que je reste, Ella, murmura-t-il, mais je vais rester dans la salle d'attente jusqu'à ce que tu te réveilles. Reviens vite, mon amour…

Il se tut. Ce fut de nouveau le silence, troublé par les bips des moniteurs électroniques dont elle était entourée.

— On pourrait aller en Floride, quand tu sortiras d'ici. Pour l'amour du ciel, Ella, ajouta-t-il dans un sanglot, ne me laisse pas…

Il crut sentir ses doigts remuer à peine entre les siens.

*
* *

— Il faut te reposer, Brett.

Etonné, il leva les yeux du journal qu'il regardait sans le voir.

— Que fais-tu là, Nathan ?

— J'ai raccompagné Jackie à l'hôtel et je suis revenu.

— Sois gentil, Nathan. Laisse-moi…

— Permets-moi au moins de t'offrir à dîner.

— Je ne voudrais pas manquer le chirurgien.

— D'accord. Tu veux connaître les dernières nouvelles, pour Thornway ?

Brett hocha la tête. Nathan attendit qu'il ait allumé une cigarette avant de poursuivre.

— Il a fait des aveux complets. Substitution de matériel, pots- de-vin, chantage, fraude… tout y est passé. Il dit que tout de suite après ton départ avec Ella, il est devenu comme fou. C'est là qu'il a tout arrangé. Il a pensé que, le centre détruit, personne ne pourrait rien prouver contre lui.

Brett souffla lentement la fumée.

— A cause de lui, Ella a failli mourir. Encore maintenant, elle…

Sa voix s'étrangla dans sa gorge.

— Il va passer de longues années en prison, murmura Nathan.

— Ce ne sera jamais assez.

Holm entra dans la salle d'attente, et secoua la tête.

— Depuis ce matin, personne n'a encore eu la bonne idée de vous aliter de force, monsieur Johnson ?

— Non.

— Dommage... J'ai croisé Bost, tout à l'heure. Le chirurgien. Il était en train d'examiner les résultats des derniers examens de Mlle Wilson. Ils m'ont tout l'air satisfaisants...

La gorge sèche, Brett s'éclaircit la voix.

— Vous voulez dire que... qu'elle est sauvée ?

— Tout juste. Le scanner et l'électro-encéphalogramme n'ont révélé aucune lésion. Elle a une bosse carabinée, si je puis m'exprimer ainsi. Mais Bost doit descendre dans quelques minutes pour vous annoncer lui-même la bonne nouvelle. Elle a repris très brièvement connaissance. Le temps de dire son nom et son adresse. Et de vous demander.

— Où est-elle ?

— Vous ne pourrez pas la voir avant un certain temps. Elle est sous sédatifs.

Brett se leva et tendit péniblement le bras vers Jessie qui s'était assoupie sur l'épaule de Barlow.

— Répétez à sa mère ce que vous venez de dire. Moi, il faut que j'aille prendre l'air.

— Un lit vous attend au troisième, dit Holm en l'accompagnant jusqu'au couloir. Restez donc dans notre petit hôtel... Je vous recommande notre soupe de légumes.

— J'y songerai.

*
* *

Ella voulut ouvrir les yeux. Des bruits de voix, très lointains, lui parvenaient. Elle ne souffrait pas, elle avait l'impression de flotter. Au prix d'un immense effort, elle arrivait à se souvenir confusément de certains événements, sans les rattacher entre eux : le soleil levant visible à travers le dôme, sa terreur en découvrant la charge de plastic, l'apocalypse puis la sensation d'une main amie qui la soulevait de terre. Celle de Brett ? Elle sentait constamment sa présence auprès d'elle. Ou bien rêvait-elle ? Non, en soulevant très légèrement les paupières — elles étaient si lourdes ! — elle l'avait vu assis tout près, des pansements sur le visage et autour des mains. Jessie aussi était venue. Et puis des inconnus, qui s'étaient penchés au-dessus d'elle pour approcher des petites lampes très vives de ses yeux, lui poser des questions... Pourquoi ne réussissait-elle pas à leur parler ? Etait-elle morte ?

Deux jours qu'elle était plongée dans un semi-coma encore accentué par les sédatifs. Deux jours où Brett ne l'avait pratiquement pas quittée une seule seconde. Tour à tour consciente et inconsciente, assommée par les médicaments, elle articulait des mots sans suite, incohérents.

Le troisième jour, il perçut une différence nette dans son état. De toute évidence, elle essayait de parler. Elle y parvint.

— Je ne veux plus dormir... Que me donnent-ils ?

Fou de joie, Brett lui prit doucement la main.

— Quelque chose pour t'aider à te reposer.

— Je n'en veux plus, murmura-t-elle en tournant la tête pour le regarder. Dis-leur.

— Tu en as besoin.

— J'ai surtout besoin de réfléchir…

En essayant de bouger, elle vit le plâtre autour de son bras et lutta pour retrouver la mémoire. Sa jambe aussi était prise dans un cylindre de plâtre.

— Les bâtiments du centre… Il n'y a plus rien, c'est ça ? demanda-t-elle.

Brett lui embrassa le bout des doigts.

— C'est sans importance, répondit-il. Tu m'as fait si peur, Ella…

La douleur commençait à la tenailler. Dès qu'elle restait éveillée plus de quelques minutes, cette douleur revenait la persécuter.

— Tu as mal, s'affola Brett. Je vais appeler l'infirmière !

— Non ! Je ne veux plus dormir…

Il se pencha pour lui embrasser le front.

— Je ne supporte pas de te voir souffrir…

— Embrasse-moi encore. Ça me fait du bien…

L'infirmière entra, très affairée.

— Le médecin va vous examiner, mademoiselle Wilson, déclara-t-elle avec un regard appuyé à Brett. Monsieur, soyez gentil d'attendre dehors.

Il sortit tandis qu'Ella disait :

— Je ne veux pas de médicaments... C'est compris ?

Brett sourit. Pour la première fois depuis des jours, il croyait vraiment à sa guérison.

Une semaine plus tard, Ella ne tenait pas en place. Elle se sentait comme prisonnière, avec son bras et sa jambe plâtrés. Elle traversait tour à tour des périodes de colère, de découragement et d'ennui. Un après-midi, en se réveillant après la sieste, elle aperçut une jeune femme inconnue dans sa chambre. Une jeune femme enceinte de plusieurs mois.

— Bonjour.

— Ah, vous êtes réveillée ! Brett va m'en vouloir... Je l'ai envoyé chercher des gâteaux et du thé à la cafétéria. En une semaine, il a perdu plus de dix kilos !

Jackie s'approcha et s'assit près d'Ella, au bord du lit.

— Comment vous sentez-vous ?

— Bien. Mais... qui êtes-vous ?

— Oh ! pardonnez-moi ! Que je suis sotte ! Je suis Jackie, la femme de Nathan. Vous devez vous ennuyer ici...

— A mourir. C'est gentil d'être venue. Comment va Brett ?

— De mieux en mieux au fur et à mesure que vous reprenez des forces. Nous nous sommes fait beaucoup de souci pour vous.

Ella observa un instant le visage amical et frais de Jackie, et eut instantanément confiance en elle. Il fallait faire vite. Brett allait revenir d'une seconde à l'autre.

— Si je vous demande quelque chose, vous me répondrez ? s'enquit-elle soudain.

— J'essaierai.

— Racontez-moi tout ce que vous savez de l'attentat. Chaque fois que j'essaie d'en parler à Brett, il change de sujet ou se met en colère.

Le premier mouvement de Jackie fut de détourner elle aussi la conversation, mais il y avait une telle angoisse dans les yeux d'Ella qu'elle n'eut pas le cœur de se dérober.

— Si vous me racontiez déjà ce dont vous vous souvenez ?

Ella se détendit sensiblement.

— Nous étions tous les deux dans le bâtiment principal. Le jour se levait à peine. Brett est parti chercher une lampe torche dans la voiture. En l'attendant, je jetais un coup d'œil… Vous êtes au courant, pour les câbles électriques ?

Jackie hocha la tête.

— Tout d'un coup, j'ai aperçu quelque chose qui ressemblait à du mastic, dans un endroit vraiment incongru. Je me suis penchée. C'était une charge de plastic. J'ai couru vers la sortie… Je n'ai pas eu le temps d'y arriver…

Jackie sentit que ce n'était pas la peur qui animait le regard d'Ella, mais la détermination farouche de comprendre ce qui lui était arrivé. A présent, son tour était venu de terminer le récit.

— Brett était dehors quand tout a commencé à exploser, continua Jackie. Il est quand même entré et s'est lancé à votre recherche. Je ne connais pas les détails, il n'en parle jamais... sûrement parce que ces instants ont dû être terrifiants pour lui. Il a réussi à vous sortir de là sans même savoir si vous étiez morte ou vivante.

Ella secoua lentement la tête. Cette main, ces bras qui l'avaient secourue...

— Ainsi, c'était lui...

— Il se sent responsable de ce qui vous est arrivé.

— Pourquoi ?

— Il se dit que s'il avait livré Thornway à la police, s'il n'avait pas eu envie de venir sur le chantier, s'il ne vous avait pas laissée seule à l'intérieur... si...

— C'est ridicule.

— Qu'est-ce qui est ridicule ?

Les deux femmes sursautèrent en entendant la voix de Brett.

— Toi ! répondit Jackie en riant. Je vous laisse tous les deux. Où est Nathan ?

— Il a voulu faire un détour par la nursery.

Riant de plus belle, Jackie s'éclipsa.

— Je la trouve très sympathique, dit Ella.

— Le contraire m'aurait étonné.

Il lui tendit une rose en prenant bien garde, comme il le faisait depuis plusieurs jours, de ne pas la toucher.

— Il y a des fleurs partout dans cette chambre, mais je me suis dit que tu aimerais peut-être en toucher une.

— Merci, dit Ella.

— Tu te sens bien ?

— Non.

— J'appelle l'infirmière !

— Assieds-toi ! s'écria-t-elle avec impatience. J'aimerais bien que tu arrêtes de me traiter comme une invalide !

— D'accord. Tu viens faire un peu de jogging dans le parc ?

— Désopilant, Brett.

Avec un soupir, il s'assit.

— Et pourquoi ne me regardes-tu pas, quand tu me parles ?

Il se tourna vers elle.

— Je te regarde, non ?

— Tu m'en veux beaucoup ?

— Allons, ne sois pas ridicule.

— Je ne suis pas ridicule. Tu viens ici tous les matins, tous les soirs…

— C'est vrai que je dois être furieux pour faire une chose pareille.

Il s'approcha du lit et redressa ses oreillers.

— Fiche-moi la paix, Brett. Je peux me débrouiller toute seule.

Il faillit répliquer sur le même ton, mais ravala sa colère.

— Tu vois ? continua Ella. Tu ne veux même plus

te disputer avec moi. Tu ne sais plus que me tapoter l'épaule ou la joue et me demander si je n'ai besoin de rien…

De frustration, elle tapa du poing sur le matelas, à côté d'elle.

— Tu me traites comme une infirme, j'en ai assez ! Tu n'as même pas été foutu de me raconter ce qui s'était vraiment passé !

En quelques secondes, elle venait de semer le chaos dans les pensées et les émotions de Brett.

— Qu'est-ce que tu veux exactement ? s'emporta-t-il. Que je te raconte quel effet ça fait de voir un bâtiment exploser en sachant que tu es à l'intérieur ? Et de te trouver inconsciente sous un tas de décombres, en sang, complètement disloquée ?

En parlant, il agrippa le pied du lit.

— Tu veux que je te dise tout ce qui m'est passé par la tête dans la salle d'attente, quand je ne savais pas si tu allais t'en sortir ?

— Parfaitement ! Je veux savoir tout ça ! Comment allons-nous recommencer à vivre, si nous n'en parlons jamais ? Toi aussi, tu as souffert ! Tu crois que ça ne me fait rien quand je regarde tes mains, ton visage ? Tu es retourné me chercher dans cet enfer. Je veux que tu me racontes tout, dans les moindres détails.

— Tais-toi ! Je n'en peux plus, Ella. Je t'aime, j'en ai assez de revivre toutes les nuits le même cauchemar, de penser à ce qui aurait pu arriver…

— Justement, il ne s'est rien passé, Brett ! Je suis là,

vivante, grâce à toi. Tu n'es pas responsable, idiot ! Tu m'as sauvé la vie ! Je t'aime trop pour supporter de te voir dans cet état. Si tu ne peux pas me traiter normalement, alors ne viens plus !

— Tu veux que je parte ? Très bien, je m'en vais. Mais pas avant de t'avoir dit le fond de ma pensée. En effet, je me sens responsable de ce qui t'est arrivé. Et ça me regarde. Ce n'est pas toi qui me dicteras ce que je dois ressentir ou non. J'ai été trop bête de me plier à toutes tes exigences.

— De quelles…

— Pas d'attaches, pas de promesses, pas de projets à long terme !

— Nous étions d'accord…

— Je ne suis plus d'accord avec rien ! Et j'en ai plus qu'assez d'attendre toujours le bon moment, le bon endroit, la bonne atmosphère pour dire ce que j'ai sur le cœur ! As-tu seulement entendu, tout à l'heure ? J'ai dit que je t'aimais. Voilà, je le répète ! Je t'aime ! Je veux t'épouser !

— Mais…

— Non, j'irai jusqu'au bout maintenant.

Il laissa tomber les bras le long de son corps.

— Je ne peux pas me passer de toi, Ella. Je voudrais qu'on se marie dès que tu sortiras de l'hôpital, et que tu viennes vivre avec moi en Floride.

Elle prit une profonde inspiration.

— C'est d'accord.

Sa réponse le laissa abasourdi. Avec un demi-sourire,

il se massa le visage et les yeux, comme pour s'assurer qu'il ne rêvait pas.

— C'est tout ?

— Pas tout à fait. Viens ici.

Elle lui tendit les bras — l'un plâtré, l'autre entouré de bandages — et le serra contre elle. Pour la première fois depuis des jours, il put l'étreindre comme il en avait envie.

— Je te demande pardon, Brett.

— Pardon pour quoi ?

— Pour tout ce que tu as enduré par ma faute.

Elle sourit, glissant les phalanges qui dépassaient de son plâtre entre les doigts bandés de Brett.

— Il y a tout de même une chose qui me réjouit... Cette aventure t'a obligé à me demander ma main.

— Je l'aurais fait. Enfin, peut-être..., ajouta-t-il, ne pouvant résister au plaisir de la taquiner un peu.

Épilogue

Brett remplit la fiche de renseignements à la réception. Au fond, sur la roche, les cactées commençaient à fleurir. L'employée lui sourit.

— Nous vous souhaitons un excellent séjour parmi nous, monsieur Johnson.

Il mit la clé dans sa poche et se retourna. Des gens allaient et venaient dans le hall, certains descendaient l'escalier en spirale, d'autres empruntaient les ascenseurs de verre. Brett contempla un instant ces allées et venues à la lumière du soleil traversant le dôme. Une cascade — la sienne — tombait en chantant dans un vaste bassin. Souriant, il s'approcha de la femme qui la contemplait.

— Rien à redire ?

Ella se retourna.

— Je me souviens encore des kilomètres de tuyauterie qu'il a fallu faire installer pour satisfaire ton petit caprice. Enfin, grâce à moi, tout cela fonctionne !

Décidément, elle ne changerait jamais. Brett lui trouva soudain l'air bizarre.

— Qu'est-ce qu'il y a ?

— Rien, c'est stupide.

— Dis toujours.

— Les enfants me manquent…

Il éclata de rire, la prit par la taille pour la faire tournoyer autour de lui et l'embrassa.

— Je peux t'aider à ne pas trop y penser ! Je me suis laissé dire que les lits étaient très confortables, dans les villas… Mais auparavant, je dois t'avouer une chose. Il y a cinq ans, quand nous sommes venus ici, à l'aube, que tout était vide, que nous doutions de l'avenir du centre…

— Brett, il vaut mieux oublier tout ça.

— Non, laisse-moi finir. Ce matin-là, je voulais te demander ta main.

Malgré leurs cinq ans de mariage et la naissance de deux enfants, Ella sentit son cœur battre plus vite. Leur amour n'avait fait que grandir depuis cette époque troublée.

— Tu sais, j'aime beaucoup ta cascade, finalement.

Brett lui glissa une pièce dans la main.

— Fais un vœu…

— Pas la peine. Puisque tu es là…

Elle jeta par-dessus son épaule la pièce qui s'enfonça lentement dans l'eau tandis qu'ils s'éloignaient, étroitement enlacés.

DANS LA MÊME COLLECTION

Par ordre alphabétique d'auteur

JINA BACARR	*Blonde Geisha*
JILL BARNETT	*Souvenirs d'enfance*******
MARY LYNN BAXTER	*La femme secrète*
MARY LYNN BAXTER	*Un été dans le Mississippi*
JENNIFER BLAKE	*Une liaison scandaleuse*
BARBARA BRETTON	*Le lien brisé*
BENITA BROWN	*Les filles du capitaine*
MEGAN BROWNLEY	*La maison des brumes*
CANDACE CAMP	*Le bal de l'orchidée*
CANDACE CAMP	*Le manoir des secrets*
CANDACE CAMP	*Le château des ombres*
CANDACE CAMP	*La maison des masques*
MARY CANON	*L'honneur des O'Donnell*
LINDA CARDILLO	*Le tourbillon d'une vie*
ELAINE COFFMAN	*Le seigneur des Highlands*
ELAINE COFFMAN	*La dame des Hautes-Terres*
ELAINE COFFMAN	*La comtesse des Highlands*
JACKIE COLLINS	*Le voile des illusions*
JACKIE COLLINS	*Reflets trompeurs*
JACKIE COLLINS	*Le destin des Castelli*
PATRICIA COUGHLIN	*Le secret d'une vie*
MARGOT DALTON	*Une femme sans passé*
EMMA DARCY	*Souviens-toi de cet été*
CHARLES DAVIS	*L'enfant sans mémoire*
SHERRY DEBORDE	*L'héritière de Magnolia*
BARBARA DELINSKY	*La saga de Crosslyn Rise*
BARBARA DELINSKY	*L'enfant du scandale*
WINSLOW ELIOT	*L'innocence du mal*
SALLY FAIRCHILD	*L'héritière sans passé*
MARIE FERRARELLA	*Une promesse sous la neige*****
MARIE FERRARELLA	*Maman par intérim********
ELIZABETH FLOCK	*Moi & Emma*
CATHY GILLEN THACKER	*L'héritière secrète*
LYNNE GRAHAM	*Une passion en Irlande*
GINNA GRAY	*Le voile du secret*
GINNA GRAY	*La Fortune des Stanton*

... / ...

DANS LA MÊME COLLECTION

Par ordre alphabétique d'auteur

JENNIFER GREENE	*Le cadeau de l'hiver*
JILLIAN HART	*L'enfant des moissons*
METSY HINGLE	*Une vie volée*
KATE HOFFMANN	*Destins d'Irlande*
KATE HOFFMANN	*Fille d'Irlande*
FIONA HOOD-STEWART	*Les années volées*
FIONA HOOD-STEWART	*A l'ombre des magnolias*
FIONA HOOD-STEWART	*Le testament des Carstairs*
FIONA HOOD-STEWART	*L'héritière des Highlands*
LISA JACKSON	*Noël à deux***
RONA JAFFE	*Le destin de Rose Smith Carson*
PENNY JORDAN	*Silver*
PENNY JORDAN	*L'amour blessé*
PENNY JORDAN	*L'honneur des Crighton*
PENNY JORDAN	*L'héritage*
PENNY JORDAN	*Le choix d'une vie*
PENNY JORDAN	*Maintenant ou jamais*
PENNY JORDAN	*Les secrets de Brighton House*
PENNY JORDAN	*La femme bafouée*
PENNY JORDAN	*De mémoire de femme*
BRENDA JOYCE	*L'héritière de Rosewood*
BRENDA JOYCE	*La tentation de Lady Blanche*
MARGARET KAINE	*Des roses pour Rebecca*
HELEN KIRKMAN	*Esclave et prince*
ELAINE KNIGHTON	*La citadelle des brumes*
ELIZABETH LANE	*Une passion africaine*
ELIZABETH LANE	*La fiancée du Nouveau Monde*
CATHERINE LANIGAN	*Parfum de jasmin*
RACHEL LEE	*Neige de septembre*
RACHEL LEE	*La brûlure du passé*
LYNN LESLIE	*Le choix de vivre*
MERLINE LOVELACE	*La maîtresse du capitaine*
JULIANNE MACLEAN	*La passagère du destin*
DEBBIE MACOMBER	*Rencontre en Alaska*****
DEBBIE MACOMBER	*Un printemps à Blossom Street*
DEBBIE MACOMBER	*Au fil des jours à Blossom Street*

... / ...

DANS LA MÊME COLLECTION

Par ordre alphabétique d'auteur

DEBBIE MACOMBER	*Retour à Blossom Street*
DEBBIE MACOMBER	*La saison des roses*
DEBBIE MACOMBER	*Un parfum de bonheur*
DEBBIE MACOMBER	*La baie des promesses*
DEBBIE MACOMBER	*Les secrets de Rosewood Lane*
DEBBIE MACOMBER	*Le printemps des rêves*
DEBBIE MACOMBER	*Un Noël sous le givre*****
DEBBIE MACOMBER	*L'île du paradis*******
DEBBIE MACOMBER	*Le jardin de Susannah*
DEBBIE MACOMBER	*Uin été à Cranberry Point*
MARGO MAGUIRE	*Seigneur et maître*
ANN MAJOR	*La brûlure du mensonge*
ANN MAJOR	*Le prix du scandale**
SUSAN MALLERY	*Un parfum d'été*
SUSAN MALLERY	*Le rêve de Gracie*
SUSAN MALLERY	*La vie en couleurs*
KAT MARTIN	*Lady Mystère*
SANDRA MARTON	*Une passion impossible********
ANNE MATHER	*L'île aux amants****
CURTISS ANN MATLOCK	*Sur la route de Houston*
CURTISS ANN MATLOCK	*Une nouvelle vie*
CURTISS ANN MATLOCK	*Une femme entre deux rives*
MARY ALICE MONROE	*Le masque des apparences*
MARY ALICE MONROE	*Le passé à fleur de peau*
MARY ALICE MONROE	*Dans l'ombre du secret*
CAROLE MORTIMER	*L'ange du réveillon*****
BRENDA NOVAK	*L'écho du souvenir*
BRENDA NOVAK	*L'héritière du manoir*
DIANA PALMER	*D'amour et d'orgueil****
DIANA PALMER	*Les chemins du désir*
DIANA PALMER	*Les fiancés de l'hiver*****
DIANA PALMER	*Le seigneur des sables*
DIANA PALMER	*Une liaison interdite*
DIANA PALMER	*Le voile du passé*
PATRICIA POTTER	*Noces pourpres*
MARCIA PRESTON	*Sur les rives du destin*
MARCIA PRESTON	*La maison aux papillons*
EMILIE RICHARDS	*Mémoires de Louisiane*
EMILIE RICHARDS	*Le testament des Gerritsen*
EMILIE RICHARDS	*La promesse de Noël***

... / ...

DANS LA MÊME COLLECTION

Par ordre alphabétique d'auteur

EMILIE RICHARDS	*L'écho du passé*
EMILIE RICHARDS	*L'écho de la rivière*
EMILIE RICHARDS	*Le refuge irlandais*
EMILIE RICHARDS	*Promesse d'Irlande*
EMILIE RICHARDS	*La vallée des secrets*
EMILIE RICHARDS	*Du côté de Georgetown*
EMILIE RICHARDS	*Un lien d'amour**** **
EMILIE RICHARDS	*L'héritage des Robeson*
EMILIE RICHARDS	*Le chemin de l'espoir*
NORA ROBERTS	*Retour au Maryland*
NORA ROBERTS	*La saga des Stanislaski*
NORA ROBERTS	*Le destin des Stanislaski*
NORA ROBERTS	*L'héritage des Cordina*
NORA ROBERTS	*Love*
NORA ROBERTS	*La saga des MacGregor*
NORA ROBERTS	*L'orgueil des MacGregor*
NORA ROBERTS	*L'héritage des MacGregor*
NORA ROBERTS	*La vallée des promesses*
NORA ROBERTS	*Le clan des MacGregor*
NORA ROBERTS	*Le secret des émeraudes*
NORA ROBERTS	*Un homme à aimer* *
NORA ROBERTS	*Sur les rives de la passion*
NORA ROBERTS	*La saga des O'Hurley*
NORA ROBERTS	*Le destin des O'Hurley*
NORA ROBERTS	*Un cadeau très spécial* **
NORA ROBERTS	*Le rivage des brumes*
NORA ROBERTS	*Les ombres du lac*
NORA ROBERTS	*Un château en Irlande*
NORA ROBERTS	*Filles d'Irlande*
NORA ROBERTS	*Pages d'amour*
NORA ROBERTS	*Rencontres*
NORA ROBERTS	*Une famille pour Noël* ****
NORA ROBERTS	*Passions*
NORA ROBERTS	*La promesse de Noël*
NORA ROBERTS	*Contre vents et marées* *****
NORA ROBERTS	*Rêves d'amour*
NORA ROBERTS	*Liens d'amour*
NORA ROBERTS	*Séduit malgré lui* *******
NORA ROBERTS	*Promesses de Noël*
ROSEMARY ROGERS	*Le sabre et la soie*
ROSEMARY ROGERS	*Le masque et l'éventail*
ROSEMARY ROGERS	*La maîtresse du rajah*
ROSEMARY ROGERS	*Lady Sapphire*
ROSEMARY ROGERS	*Nuits de satin*
JOANN ROSS	*Magnolia*

… / …

DANS LA MÊME COLLECTION

Par ordre alphabétique d'auteur

JOANN ROSS	*Cœur d'Irlande*
MALLORY RUSH	*Ce que durent les roses*
EVA RUTLAND	*Tourments d'ébène*
PATRICIA RYAN	*L'escort-girl****
DALLAS SCHULZE	*Un amour interdit*
DALLAS SCHULZE	*Les vendanges du cœur*
DALLAS SCHULZE	*La promesse d'un enfant*
DALLAS SCHULZE	*L'appel de l'aube*
KATHRYN SHAY	*L'enfant de l'hiver*
JUNE FLAUM SINGER	*Une mystérieuse passagère*
ERICA SPINDLER	*L'ombre pourpre*
ERICA SPINDLER	*Le fruit défendu*
ERICA SPINDLER	*Trahison*
ERICA SPINDLER	*Parfum de Louisiane*
ERICA SPINDLER	*Un parfum de magnolia*
ERICA SPINDLER	*Les couleurs de l'aube*
LYN STONE	*La dame de Fernstowe*
TARA TAYLOR QUINN	*Le cadeau d'une vie*
CHARLOTTE VALE ALLEN	*Le destin d'une autre*
CHARLOTTE VALE ALLEN	*L'enfance volée*
CHARLOTTE VALE ALLEN	*L'enfant de l'aube*
SOPHIE WESTON	*Romance à l'orientale****
SUSAN WIGGS	*Un printemps en Virginie*
SUSAN WIGGS	*Les amants de l'été*
SUSAN WIGGS	*L'inconnu du réveillon***
SUSAN WIGGS	*La promesse d'un été*
SUSAN WIGGS	*Un été à Willow Lake*
SUSAN WIGGS	*Le pavillon d'hiver*
SUSAN WIGGS	*Retour au lac des Saules*
SUSAN WIGGS	*La maison du Pacifique*
SUSAN WIGGS	*Neige sur le lac des Saules*
SUSAN WIGGS	*Rendez-vous sous le gui******
SUSAN WIGGS	*Les amants du Pacifique*
SUSAN WIGGS	*Un été de rêve*******
SUSAN WIGGS	*L'amoureuse rebelle********
SUSAN WIGGS	*Le rêve de Leah*
LYNNE WILDING	*L'héritière australienne*
LYNNE WILDING	*Les secrets d'Amaroo*
BRONWYN WILLIAMS	*L'île aux tempêtes*

… / …

DANS LA MÊME COLLECTION

Par ordre alphabétique d'auteur

REBECCA WINTERS	*Magie d'hiver***
REBECCA WINTERS	*Un baiser sous le gui*****
JOAN WOLF	*Le blason et le lys*
SHERRYL WOODS	*Refuge à Trinity*
SHERRYL WOODS	*Le testament du cœur*
SHERRYL WOODS	*Le rêve de Noël******
SHERRYL WOODS	*La Maison Bleue*
SHERRYL WOODS	*Soleil d'avril*
SHERRYL WOODS	*Dans la chaleur de l'été********
SHERRYL WOODS	*Le temps de l'espoir*
LAURA VAN WORMER	*Intimes révélations*
KAREN YOUNG	*Un vœu secret***
KAREN YOUNG	*L'innocence bafouée*
KAREN YOUNG	*La mémoire blessée*

* *titres réunis dans un volume double*

** *titres réunis dans le volume intitulé* : Magie d'hiver 2007

*** *titres réunis dans le volume intitulé* : Passions d'été

**** *titres réunis dans le volume intitulé* : Magie d'hiver 2008

***** *titres réunis dans le volume intitulé* : Magie d'hiver 2009

****** *titres réunis dans le volume intitulé* : La Maison sur l'île

******* *titres réunis dans le volume intitulé* : Promesses d'été

7 TITRES À PARAÎTRE EN DÉCEMBRE 2010